있을 법한 연애소설

조윤성 지음

당신이 반드시 공감할 이야기

상상앤미디어

프롤로그。

저에게는 3년 조금 넘게 만나고 있는 남자 친구가 있습니다. 가끔은 토라지고 다툽니다만, 비교적 사이좋게 지냅니다. 처음 만났을 때처럼 심장이 새빨갛게 쿵쾅거리지 않아도 여전히 그 사람을 보는 것은 저에게 큰 기쁨입니다. 내가 좋아하는 사람이 나를 좋아한다는 기적을 매일 실감하면서요.

사랑이 엇갈렸던 기억이 한 번쯤 있으시겠지요. 그렇다면 제 말에 더 공감하시리라 생각합니다. 꼭 내가 관심 있는 사람은 나를 헌신짝 취급하고, 눈 씻고 봐도 친구 이상으로는 보이지 않는 사람이 별안간 고백을 하는 운명의 장난. 저에게도 그런 시절이 참 길었습니다. 첫사랑은 짝사랑이라는데 제 외사랑은 유독 길어서 무려 7년이나 되었고, 겨우 그 사람을 지워내고 처음 마음에 들인 사람은 다른 여자와 바람이 나더군요. 세상에 제대로 된 사랑이 있기는 한 걸까. 나 좋다는 사람을 감흥 없이 만나보기도 했고 나 싫다는 사람에게 매달려 보기도 했습니다. 상처를 주기도 하고 받기도 하면서, 연애가 이렇게 힘든 거라면 차라리 안 할래, 항복하면, 우습게도 매번 그 백기 펄럭이는 전쟁터에 백마 탄 왕자님이 나타나곤 했습니다. 줄 마음이 하나도 남아 있지 않은데 나는 다르다고, 한번 믿어보라면서. 저의 전쟁터에 나타난 지금의 남자 친구를 믿기까지 참 오랜 시간이 걸렸지만, 한 사람을 마음 놓고 사랑해보니 이제 조금 알겠습니다. 내가 좋아하는 사람이 나의 직업, 외모, 성격, 이것, 그것, 저것 때문이 아니라 그냥 이렇게 늙어가는 못된 나라도 상관없이 사랑해준다는 것이 엄청난 축복이라는 것을요. 그리고 그 안도감은, 평생을 걸어 찾아 헤매볼 만한 가치가 있다고 생각합니다. 아마도 그래서 우리는 상처 받고 이별해도 다시 사랑하기를 그치지 않는 것이겠지요.

이 소설은 저의 20대가 고스란히 녹아 있는 글입니다. 저와 술잔을 부딪쳤던 친구들의 고백이고, 제가 절절히 느꼈던 감정의 기록이기도 합니다. 사랑을 찾아 헤매는 분에게 공감의 메시지를 전할 수 있다면 더할 나위 없이 기쁘겠습니다. 너무 힘들어서 나만 안되는 연애 같이 느껴진다면 여기 그것보다 더했으면 더했지 덜 하지 않은 여자의 이야기가 있다고, 곧 좋은 사람 만날 수 있을 거라고, 같이 재미있게 웃어볼 수 있다면 좋겠습니다. 이런저런 굴곡을 거쳐, 이제 별 탈 없는 연애 중인분께는 연애의 초입을 떠올리게 되는 계기가 되길 바랍니다. 이 책을 덮을 때쯤, 두 분의 사랑이 어쩌다가 그렇게 된 것이 아니라 기적적인 확률로 가능했다는 것을 실감하시면 좋겠습니다.

그럼 모두, 예쁜 사랑하세요.

감사합니다.

목차

아, 맞다.
사랑 조심하는 걸 깜빡했네

1。

    나의 하루는 한강이 내려다보이는 오피스텔에서 시작된다. 밥값을 줄여서라도 야경은 포기할 수 없는 취향의 결과다. 아침 6시에 일어나서 나갈 채비를 하고 7시가 넘을락 말락 할 때쯤 집을 나선다. 걷는 시간까지 포함해서 30분 정도면 사무실에 도착한다. 엘리베이터가 11층까지 오르는 동안 아는 분들과 눈인사를 하며 회사원으로서의 하루를 실감한다. 가끔은 가방도 채 놓기 전에 부장님을 마주쳐 이번 달 계획에 대한 잔소리를 듣기도 하지만, 오늘은 다행히 평화롭게 자리에 도착했다. 노란 포스트잇 서너 개를 붙인 모니터가 오늘의 업무를 알리며 방긋 웃는다. 어제의 내가 남긴 숙제를 하나하나 처리하면서 이번 시즌 마네킹에 무슨 옷을 입힐지, 지나가는 고객님들의 관심을 끌기 위해 무슨 짓을 해볼지 고민하노라면 하루가 뉘엿뉘엿 저문다. 퇴근 후 일상은 단조롭다. 가끔 친구를 만나기도 하지만 보통은 바로 집으로 돌아와 반신욕을 하거나 와인 한 잔을 따라두고 넷플릭스를 본다. 특별할 것 없는 일상에 만족하는 보통의 서른 하나. 일주일 전까지 나는 그랬다.

결혼 이야기가 오가던 남자 친구에게 이별을 고한 것은 그에게 스물다섯 살 된 애인이 있었기 때문이다. 친구가 두 사람의 데이트 현장을 목격하고 사진을 보냈을 때도 '닮은 사람이겠지' 했다. 만난 지 5년도 더 된 우리 사이에 바람이라니 그럴 리 없잖아, 하며 남자 친구에게 그 사진을 보여주었는데. 고맙게도 그는 사진 속 남성을 순순히 자신이라고 인정했다. 학원 수업에 새로 등록한 여자인데 처음에는 수업 관련 질문을 답해주다가 차 한잔했고, 밥 한 끼 했고, 그렇게 6개월 정도 지내다 보니 조금씩 친해지고 편해져서 이제는 없으면 안 되겠다고. 그 다음에도 무슨 변명 같지도 않은 말을 했는데 잘 기억나지 않는다. 어이없도록 솔직한 이야기에 뺨을 칠 힘도, 배신감에 죽죽 흐르는 눈물을 닦을 힘도 없이 물 한 잔 시원하게 갈기고 나왔을 뿐이다.

'잘 먹고 잘 살아라. 나쁜 새끼.'

처음에는 숨쉬기도 힘들 만큼 화가 났는데 다음 순간, 사회 초년생 때부터 함께한 4000일의 추억을 어떻게 처리하나, 머리가 아팠다. 습관이 되어버린 주말 데이트를 무엇으로 채워야 할지, 잠들기 전 수다는 무엇으로 대체해야 할지 하나도 알려주지 않은 채 자기 혼자 쏙 빠져버렸다는 것이, 허탈하고 속상했다. 지난 연애를 후회하며 잠드는 밤 대신 왁자지껄한 사람들 틈에 섞이기로 했다. 술친구들과 기울이는 술잔이 늘어났고 스물여덟 이후로 발길을 끊었던 클럽도 자주 드나들게 됐다. 나가서 술 한잔 하자는 제안을 거절할 이유도 없었다. 이름도 가물가물한 남자들과의 술자리가 끝나고 나면 배신감과 분노보다 짙은 피곤함이 나를 잠재웠다. 이렇게 살면 안 된다는 생각이 불쑥불쑥 들기도 했지만 그럼 어떻게 살아야 하는데, 하는 비뚤어진 생각에 답을 할 수 없었다. 그런 날일수록 더 독한 술을 연거푸 들이켰고 멍한 눈으로 아침을 맞았다.

출근을 해도 일이 손에 잘 잡히지 않았다. 핀터레스트를 뒤지며 아이디어를 내려 해도 마음이 콩밭에 가 있었다. 아직 내 사람을 못 만난 거라고 위로를 해봐도 마음이 편하지 않았다. 울적한 심정으로 스크롤을 내리고 있는데 사내 메신저가 울렸다.

[팀장님~ 식사하셔야죠!]

졸업도 채 하기 전에 인턴으로 일하던 곳에서 정직원 전환이 되었던 터라, 거북스럽게도 팀장님이라는 호칭이 생긴 지 1년째. 사근사근한 민아 씨는 때로는 친구처럼, 때로는 든든한 지원군으로 나를 살뜰히 챙긴다. 몇 주 전에는 단둘이 치킨에 맥주잔을 부딪친 적도 있어 더욱 정이 갔다. 고만고만한 인근의 식당 중에 오늘 점심은 뭐로 때워야 하나 싶어 답장을 망설이고 있는데 뒤이어 메신저가 울린다.

[쌀국수 어때요?]

조금 걸어야 하긴 하지만 막 봄이 살랑이기 시작한지라 수다 떨면서 걷는 것도 좋을 것 같았다.

[좋아요. 로비에서 만나요.]

답장을 보내고 립스틱을 덧발랐다. 지갑을 챙기고 1층으로 내려가니 원피스에 재킷을 걸친 민아 씨가 손을 흔든다. 이런저런 이야기를 하며 쌀국숫집에 앉아 절인 양파를 양껏 집어넣는데, 민아 씨가 난데없는 질문을 한다.

"팀장님, 지금 남자 친구 없죠?"

요즘 그것 때문에 머리가 지끈거리는데 또 남자 이야기라니! 눈살이 찌푸려지려는 것을 가까스로 참으며 좋은 남자가 없다고 웃어넘겼다.

"제가 남자 소개해드려도 돼요?"

대답하기도 전에 핸드폰으로 무언가를 찾더니 사진 한 장을 보여주었다. 듬직한 어깨와 누가 봐도 뭐 하나 빠질 것 없이 잘생긴 얼굴이 눈에 들어왔다.

"너무 잘생겼는데?"

"그러니까요! 잘 어울릴 것 같아요~ 제발 받으세요, 소개."

망설이는 나에게 민아 씨의 권유는 밤마다 의미도 애정도 없이 노닥거리는 남자들과의 관계는 청산하고 제대로 된 사람을 만나보라는 이야기처럼 들렸다.

"학교 선배의 친구인데 요리하는 사람이래요. 엄청 젠틀하고 다정한데 여자 친구가 없다지 뭐에요. 그래서 제가 냉큼 사진 받아 왔거든요. 괜찮죠 팀장님?"

마지못한 척, "그래요" 했지만 기분이 좋았다. 어쩌면 이 남자 저 남자 기웃거리는 일상에 종지부를 찍어줄지도 모른다는 생각이 무거웠던 마음을 한결 가볍게 했다.

    민아 씨는 평소 일 처리 속도만큼 빠르게 소개를 주선했다.

    [안녕하세요. 최세욱입니다. 정수아 씨?]

    프로필 사진도 없는 사람으로부터 도착한 첫마디가 너무 딱딱하고 사무적이라 거래처에서 온 카톡인 줄 알았다. 답장을 뭐라 보내야 하나 망설이는 사이 도착한 다음 카톡.

    [이런, 광고인 줄 아셨겠다. 제가 사진이 별로 없어서요.]

    방금까지 파란 배경에 회색 실루엣만 덩그러니 있던 프로필에는 하얀 유니폼을 입고 활짝 웃고 있는 사진이 들어가 있었다.

    [사진 완전 멋있는데요?]

    [지난주에 아는 형이 웃기게 나왔다고 보내준 건데, 형한테 고맙다고 해야겠네요.]

    [그 형한테 제 프로필 사진도 부탁할 수 없나요?]

    [그건 안 되겠는데. 수아 씨 사진 보고 제가 완전 반해서요.]

    뭐라는 거야 이 남자가. 이건 젠틀이 아니라… 완전 선수잖아. 나 또 여자 관리 잘하는 이상한 남자에게 걸린 건 아닐까. 잠깐 불안한 생각이 들었지만, 속는 셈치고 믿어보기로 했다.

    세욱 씨의 입담 좋은 카톡은 지루했던 일상에 활력이 되어주었다. 출퇴근 길에 핸드폰을 붙잡은 내 엄지를 춤추게 하는 그 사람이 차츰 궁금해졌다. 문자를 주고받는 것만으로도 이렇게 재밌는데 만나서 대화를 나누면 어떨까. 하루 이틀 지날수록 첫 만남에 대한 기대가 커져

갔다.

금요일 저녁 8시. 헤어진 후 소개팅은 몇 번 했지만, 이번처럼 설레는 만남은 없었기 때문에 뭘 입지 고민하는 시간이 길었다. 이 원피스 저 원피스 다 입어보다가 너무 멋 부린 게 부담스러워 보여서 그냥 청바지에 얇은 니트를 입고 재킷을 걸쳤다. 대신 니트는 브이넥으로. 적당히 세련되고 적당히 단아한 느낌으로 보이고 싶었다. 약속장소인 간장새우집 앞으로 걸어가면서, 하고 많은 메뉴 중에 간장새우라는 것에 피식 웃음이 났다. 며칠 전, 세욱 씨는 약속장소에 대해 물었다.

[우리 첫 만남인데 뭐 먹을까요?]

평범한 소개팅 장소 몇 군데가 떠올랐지만 그래도 요리사인데. 이 사람에게 기회를 넘겨보자 싶어 대답을 아꼈다.

[이런 대답이 최악인 거 아는데. 저는 진짜 다 잘 먹거든요.]

[와. 진짜 수아 씨니까 봐주지. 그럴까봐 제가 리스트를 뽑아봤죠.]

[우와. 요리사님의 맛집 리스트라.]

[먼저 고르셔야 돼요. 1번. 밥만 먹고 집에 간다. 2번. 밥 먹고 차도 마신다. 3번. 밥 먹고 술도 한잔한다.]

[음… 신선한 보기인데요….]

여기서 내가 덥석 당신이 어떤 사람인지 궁금하니 술을 마셔봅시다, 하면 너무 쉬워보일까?

[참고로 저는 술 마시는 걸 좋아합니다. 좋은 술, 좋은 분과.]

[좋은 술 좋은 사람과. 그럼 저도 3번이요.]

다 큰 어른들이 이야기 몇 번 해보면 나랑 맞는 사람인지 아닌지는 금방 알 텐데, 굳이 밥 먹고 차 마시며 시간 끌 필요 있나. 나도 술 한잔 하면서 빨리 속마음 확인하는 게 낫다. 그래서 그 결론이 간장새우집이라는 게 좀 웃기긴 하지만, 이 집 간장 새우에 소주 한 잔이 기가 막힌다는 게 그의 이유였다.

싱숭생숭한 기분으로 간장새우집 앞에 도착했을 때, 나는 첫눈에 그 사람을 알아볼 수 있었다. 와자지껄한 사람들을 배경으로 장승같이 서 있는 까만 실루엣. 나 지금 사람 찾고 있소, 하는 강렬한 눈빛으로 서 있는 남자의 모습이 누가 봐도 세욱 씨였다. 그도 나를 알아본 듯 허리 숙여 인사를 한다. 90도 인사라니 너무하잖아. 그럴 생각은 없었는데, 당황한 나는 손사래를 치며 걸어갔다.

또각또각. 단화 소리가 아스팔트를 튀길수록 사진에서 봤던 날카로운 콧대며 짙은 눈썹이 가까워진다. 살짝 까무잡잡한 피부와 누가 봐도 다부진 어깨, 고개를 살짝 들어야 눈을 마주칠 수 있는 장신이라는 것은 가까이 가서야 새삼 느낄 수 있었다.

"일찍 오셨네요."

"수아 씨를 기다리게 할 수는 없죠."

뭐야, 이 남자. 목소리가 너무 좋다. 한마디만 더 하면 얼굴이 빨개질 것 같아서 괜히 방긋 웃었다.

"웃는 모습이…"

그런데 이 사람, 내 얼굴을 뚫어지게 보더니 결국 나를 홍시처럼 만들어놓고 말았다.

"정말 훨씬 예쁘시네요."

나는 화끈거리는 얼굴을 가리며 세욱 씨를 간장새우집 안으로 밀어넣었다.

"들어가요, 빨리."

복잡해 보였던 외관과 달린 테이블은 정갈했다. 아주 조용한 편은 아니었지만 서로 소리를 고래고래 질러야 대화할 수 있는 술집도 아니었다. 간장새우와 안동소주 하나를 주문한 우리는 한동안 멋쩍어했다. 그 어색함을 깬 것은 세욱 씨의 농담이었다.

"그런데… 그거 알아요?"

"어떤 거요?"

"수아 씨 들어오니까 테이블에 앉은 남자들 다 쳐다본 거."

놀리는 건지 칭찬인지 애매한 말에 물을 홀짝이며 웃었다. 나를 민망하게 하기로 작정이라도 한 듯, 이 남자는 그 작은 행동도 그냥 넘어가 주질 않았다.

"또, 또. 자꾸 그렇게 웃으니까 다 쳐다보는 거 아니에요."

"음… 그만 웃으라는 거죠?"

"아닌데. 예쁘다는 건데."

예상은 했지만 세욱 씨의 입담 레벨은 상상 그 이상이었다. 무슨 이야기를 해도 심심할 틈을 주지 않는 것은 물론, 없던 호감도 불같이 일어나게 할 말만 골라서 했다. 남자다운 목소리로 좋은 이야기만 듣다 보니 시간이 얼마 지나지도 않았는데 이 사람이 마음에 쏙 들어 버렸다.

"저는 술 잘 마시는 분이 좋아요. 제가 워낙 술을 좋아하다 보니."

"저는 술 잘 못 하는데."

말은 그렇게 했지만 나는 그 기대에 부응하고자 아까부터 부지런히 술잔을 비우는 중이었다.

"겸손하시긴. 3번 고르실 때부터 저는 알아봤습니다. 우리는 천생연분이구나."

"저희 오늘 처음 봤는데. 너무 쉽게 빠지신다."

"아직 빠졌다고는 안 했어요."

"쳇, 그럼 한잔하시죠."

약간의 호감만 있어도 따라주는 술은 예의상 마시기 마련인데, 그 조각 같은 얼굴로 "잘 먹으니까 더 예쁘네요"라고 하니 도대체 어떤 여자가 거부할 수 있었을까. 소주를 주고받을 때 손가락 끝이 스쳤던 기억이 정확하다면 분명 그때까지 분위기는 나쁘지 않았다.

"수아 씨는 마지막 연애가 언제예요?"

그래. 이 질문이 문제였다. 취기가 오른 그윽한 눈빛으로 나의 아픈 손가락을 건드리다니. 맨정신이었다면 얼마 안 됐어요, 서로 안 맞아서, 하며 넘어갔을 텐데, 그놈의 술이 원수지. 무슨 말부터 꺼내야 할지 몰라 연거푸 죄 없는 소주만 들이키는 나에게 세욱 씨는 다독이듯 말했다.

"…말하기 힘들면 안 해도 괜찮아요."

"…"

"아무 말 안 해도 나 어디 안 가니까."

다시 생각해보면 뻔한 작업용 멘트인데. 그 차분한 말투에 실린 온전한 공감이 참 오랜만이었다. 금방이라도 같이 울어줄 것처럼 반짝이는 눈으로 쳐다보는 세욱 씨를 보고 있노라니, 이렇게 누군가에게 애정 어린 눈빛을 받아본 게 얼마 만이지 싶어 갑자기 서러워졌다.

"완전 최근이라 그러면… 나 되게 별로죠."

"응? 난 고맙죠. 덕분에 수아 씨를 만났는데."

"…그 사람이 바람이 났거든요."

안 해도 그만인 이야기를 쏟아내면서 이기지도 못할 술을 연거푸 마셨던 것이 마지막 기억이다.

필름이 완전 끊겨버린 채로 눈을 뜬 곳은 낯선 침대 위였다. 실오라기 하나 걸치지 않은 내 모습도 충격이었지만, 내 옆에서 자고 있던 조각 같은 얼굴의 세욱 씨는 더더욱 충격적이었다. 화장도 채 지우지 못하고 잠든 터에 휘둥그레 뜬 눈이 뻑뻑했다.

"지금… 우리… 그러니까… 그게…."

어버버 말도 제대로 못 하는 나에게 세욱 씨는 잠긴 목소리로 일어났어요, 묻더니 믿고 싶지 않은 나의 추한 어제를 담담하게 설명했다.

"어제 술이 많이 취해서 어쩔 수 없이 데려왔어요. 옷은… 토를 너무 많이 해서."

그의 눈길이 가닿은 빨래 건조대에는 손빨래한 것이 분명한 나의 옷이 물기를 뚝뚝 흘리며 대롱대롱 걸려 있었다. 그러니까 내가 지금 어제 처음 만난, 이 센스 만점 조각남 앞에서 만취 상태로 토를 하며 오만 추태를 부렸다는 이야기가 되겠다.

"저… 정말 죄송해요."

나는 얼굴이 새빨갛게 달아오른 채로 아무 말도 할 수 없었다. 그는 이불 속으로 얼굴을 숨기더니 말했다.

"화장실은 저쪽이에요."

그래, 나갈 때 나가더라도 씻긴 씻어야 한다. 화장실로 쭈뼛쭈뼛 들어선 나는 샤워기 물로 머리를 얼굴을 씻어 내리면서 어제의 기억을 더듬어보았다. 그렇지만 아무리 애를 써도 어떻게 술집을 나와 여기에 오게 되었는지 전혀 떠올릴 수 없었다. 입고 왔던 옷은 아직도 물에 푹 젖은 상태라 염치없이 그의 셔츠를 빌려 입고 도망치듯 그 집을 나왔다. 가출 소녀마냥 우스운 꼬락서니에 택시 아저씨마저 나를 수상하게 쳐다보는 것 같았다. 집 주소를 더듬더듬 이야기하고 택시가 출발하자 비로소 창피하고, 속상하고, 아쉬운 오만 감정이 밀려왔다. 미쳤다, 미쳤어.

당연한 이야기지만, 며칠이 지나도 세욱 씨에게서는 연락이 없었다. 그에게서 빌려온 셔츠 하나만 나 어떻게 할 거야? 물어오며 민망하게 걸려 있다. 뭐가 옳은 건지 어떻게 하는 게 맞을지 가늠이 안 갔다. 아무렇지 않은 척 연락하기에는 내 실수가 너무 낯 뜨거웠고, 모른 척 넘어가기엔 그 사람이 너무 보고 싶었다. 내가 먼저 연락을 해야 할까.

답도 없는
짝사랑

<u>2</u>。

그 일이 있고 나서 이틀째가 되던 월요일 저녁, 아마도 그가 퇴근하고 나왔을 시간 즈음에 카톡을 하나 보냈다.

[밥 먹어요, 우리. 사과하고 싶어요.]

수십 번 보낼까 말까 망설이던 메시지였는데 전송을 누른 지 30초도 안 되어서 심장이 폭주하고 팔다리가 떨려왔다. 답장만 기다리고 있는 내가 싫어서 핸드폰을 멀리 던졌다가, 다시 붙들고 앉았다가, 방을 나갔다가 들어오기를 몇 번째, 답장이 없었다. 자제하지 못한 내가 싫어졌다. 세상에서 사라지고 싶은 기분이었다.

불안이 익을 대로 익은 밤 9시에 답장이 왔다.

[그러시죠. 지금 올래요?]

분명 기다리던 게 맞는데, 막상 답장을 받고 나니 더 긴장이 됐다. 그가 보내온 위치가 내가 지난번 멋쩍게 나섰던 그의 집 주소였기 때문이다. 집에서 식사를 한다고? 사과를 하러 가는 마당에 그 사람보고 만들어달라고 할 수도 없고 배달 음식을 먹는 것도 민망했다. 부족한 음식 솜씨지만 내가 뭐라도 만들어보는 수밖에 없겠다. 하, 이렇게까지 하는 게 맞는 걸까. 복잡한 생각이 들었지만 맞고 틀리고를 계산하는 건 내 몫이 아니었다. 그렇게 치명적인 매력을 가진 사람을 만날 때 마음 간수를 제대로 하고 나갔어야지. 첫눈에 사랑에 빠져서 주는 술을 다 받아 마신 나를 탓하기엔 이미 늦은 것이다.

곱게 개어 담아둔 셔츠를 들고 집 앞 슈퍼마켓에 들어섰다. 내가 만들 수 있는 몇 안 되는 요리 중에 그나마 실패 확률이 적은 것을 꼽아보며 재료들을 담았다. 와인 코너를 지나면서 잠깐 망설이다가 레드와인 한 병도 함께 담았다. 어쩌면 내가 담은 것은 750밀리리터짜리 희망인지도 모른다.

현관 앞에 도착한 나는 크게 심호흡을 하고 벨을 눌렀다.

문이 열리는 3초 동안 사과의 말을 되짚어보려 했지만, 웬걸. 막상 그 얼굴을 마주하고 나니 인삿말조차 하나도 생각이 안 났다. 그렇게 열심히 연습을 했는데 막상 문이 열리자, 그 잘생긴 얼굴을 빤히 쳐다보는 것 말고는 할 수 있는 게 없었다. 꿀 먹은 벙어리처럼 선 나를 보다못해 먼저 인사를 건넨 쪽은 세욱 씨였다.

"오랜만이네요."

깊은 눈으로 나를 맞은 그는 안쪽으로 열린 현관문 끝을 잡고 섰다.

"들어와요."

현관문은 방 안에 나를 들이고서 삐리릭 소리를 내는 것으로 역할을

다했다. 마주 보고 선 우리 사이에는 정적만 흘렀다. 이제 용기를 내는
건 내 몫이다. 나는 셔츠가 담긴 쇼핑백을 내밀며 사과를 했다.

"그날은 정말! 미안했어요."

세욱 씨의 눈은 쇼핑백 너머 바리바리 묵직한 비닐봉지를 바라보고
있었다. 그 호기심 가득한 눈을 견디기 어려워 말이 횡설수설 나왔다.

"그냥 오기가 미안해서, 뭐라도 만들어드리려고요. 식사 안 하셨
죠?"

적막한 방에 내 허둥거리는 소리만 울려 퍼졌고, 그는 그 민망한 소
리를 덮어주듯 블루투스 스피커를 켰다. 음악이 침묵을 메워주니 한결
나았다. 요리 경력만 몇 년인 사람 앞에서 뭘 하고 있는 건지 모르겠지
만 택시에서 다시 한번 살펴본 레시피대로 면을 삶고, 양파를 까고, 마
늘을 다졌다. 스테이크를 꺼내 들고 프라이팬에 올리려는데 뒤에서 가
만히 보던 그가 손을 뻗었다.

"고기는 그렇게 하면 안 돼요. 그럼 겉에만 타."

체온이 가까이 느껴지니 또 심장이 덜컹댔다. 나를 자연스럽게 카운
터 앞 의자에 앉히더니 장난스럽게 말을 건다.

"수아 씨 그래도 최악의 상황은 면했으니 얼마나 다행이에요."

"…최악의 상황이요?"

"뭐… 내가 그 전남친인 줄 알고 뺨을 때렸다거나. 그러진 않았으
니까."

낯 뜨겁기 짝이 없는 내 실수가 날것 그대로의 모습으로 대화에 등
장하는 게 죽을 것처럼 창피했다. 하지만 묵직한 침묵보다야 한결 나

았다. 나는 그가 놀릴 때마다 고개를 숙이며 사과를 했고, 사과를 반복하면서 웃음도 터졌다. 열두 번쯤 사과를 하고 식탁 앞에 마주 앉으니 그 눈을 바라보는 게 그 전만큼 어색하지 않았다.

"그런데, 수아 씨, 용감하네요? 다시 연락 못 할 줄 알았거든요."

뭔가 비꼬는 것 같은 말투에 살짝 발끈했지만 잘못한 건 누가 뭐래도 나였다.

"…사과는 해야 할 것 같아서요."

"다시 수아 씨 만나면 완전 화나거나 완전 웃기겠다 싶었는데. 둘 다 아니네요."

"그럼 어떤데요?"

"음… 반가움?"

내가… 반갑다고? 처음 만난 날 술이 떡이 된 서른한 살 먹은 여자보고 반갑다는 건 신종 비속어인가.

"지금 반갑다고 한 거예요?"

"네. 반가운데요?"

아리송한 표정이 재밌다는 듯 웃으며 세욱 씨는 이유를 설명했다.

"수아 씨만큼 말 잘 통하는 술친구, 오랜만이었거든요."

아, 술친구. 그 단어로 우리 사이를 정의하는구나. 약간의 허탈함이 불쑥 솟았지만, 차라리 잘된 것인지도 모른다. 나는 분위기를 전환하듯 눈 끝으로 와인을 가리켰다.

"그럼 술친구끼리 진짜 가볍게 와인 한 잔만 할까요?"

"그래요."

그는 알 수 없는 미소를 지으며 와인을 따랐다.

"우리 집에 왔다가 나랑 손 한번 안 잡고 나간 여자는 수아 씨가 처음인 것 같은데."

"뭐, 손잡아드려요?"

나는 오른손을 앞으로 내밀며 장난을 쳤다.

"손잡는 것 정도로 되겠어요, 내가 옷까지 갈아입혔는데."

"입…입혀주진 않았거든요?!"

알몸으로 그의 옆자리에 누워있던 그날 아침이 떠오르면서 얼굴이 새빨갛게 달아올랐다. 어찌할 바를 모르는 내 모습이 재밌는지 그는 말장난을 이어갔다.

"입혀주려고 했는데 내가 건들기만 하면 자꾸 토를 해서 그런 거라구요."

하, 그래. 이 사건에 있어서 나는 장난칠 입장도 안 된다. 나는 식어가기 시작한 애꿎은 파스타로 화제를 돌렸다.

"그… 파…파스타. 맛 어때요? 괜찮죠? 어머, 다 드셨네."

허둥지둥 크림 파스타를 앞접시에 담아주려다가 그의 손가락에 하얀 크림을 떨어뜨렸다. 나는 우리 집도 아닌 주제에 자동 반사적으로 냅킨을 찾으러 일어났고 그는 장난스럽게 말했다.

"닦아줘요."

"잠깐만요, 지금 닦으려고요."

"음, 그렇게 말고."

장난기 가득한 목소리로 내 앞에 다가온 손가락과 그의 눈을 번갈아 바라보던 나는 무언가에 홀린 것처럼 크림을 입에 물어 닦아냈다. 아주 이상한 일인데 그 눈을 바라보고 있노라니 전혀 이상한 일이 아닌 것처럼 느껴졌다. 손가락이 입에서 멀어지다가 다시 내 턱 아래에 닿았다. 깊이를 알 수 없는 그의 눈이 가까워올 때, 정신이 퍼뜩 들었다.

"아, 설거지할 게 많던데요!? 제가 해드릴게요."

오늘은 절대 그런 일이 일어나서는 안 된다. 남녀 사이의 어떤 일도. 다른 날이라면 몰라도 맨정신에 사과하겠다고 찾아온 오늘 같은 날, 쉬운 여자가 되어버리면 정말 이런 관계로 자리매김할지도 모른다. 설거지를 하는 내 등과 어깨에 그의 손이 살짝씩 닿을 때마다 온몸의 감각이 오소소 일어났지만, 너털웃음을 지으며 "왜 이러실까"를 반복했다. 이성과 감정이 씨름하는 설거지가 끝나고. 나는 카디건을 들었다.

"갈게요. 사과 받아줘서 고마워요."

'다시 볼 수 있을까요?'가 입에서 맴돌았지만 차마 뱉을 수가 없었다. 그는 웃으면서 손을 흔들었다. '연락할게요'는 없었지만, 나는 손 인사가 그 뜻이기를 바랐다.

그렇게 하루, 또 이틀이 느릿하게 흘러가던 한낮.

사무실에서 기획서를 만들고 소품을 발주하는 일상적인 업무에는 아무 변화가 없었다. 분노와 배신감을 주체하지 못하던 마음에 사랑이 들어선 것 말고는 달라진 것이 없는데, 소리 소문 없이 덜컥 들어선 그 사람 때문에 모든 것이 엉망진창이 됐다. 민아 씨에게 물어볼까 싶다가도 소개팅 첫날 있었던 사건을 말하는 것은 죽기보다 싫었기 때문에 한숨만 삼킬 뿐이었다.

둘이 해야 마땅한 이 감정을 혼자 하는 기분이란 심장에 차가운 물을 끼얹는 것 같다. 가지고 놀아도 좋으니 나를 한 번만 더 쳐다봐주었으면 좋겠다는 기대를 한다. 오늘뿐이라도 좋으니 사랑을 못 이기겠다는 눈빛으로 바라봐주기를 바라다가, 상상 속 그 모습조차 너무 멋져서 눈을 감아버린다. 이것보다 더 힘든 사랑들을 어떻게 잊어냈던가를 되짚어본다. 분명 이보다 더 힘든 사랑이 있었고 어려운 사람이 있었는데, 이불 두 개 정도는 너끈히 적셔낼 만큼 울면서 잊어냈던 경험이 있는데, 왜, 이 나이를 먹고도 사랑을 비워내는 건 이토록 어려울까.

이대로 정말 끝나는 걸까 상심하다가, 잊어버려야지 다짐하기를 5분 간격으로 반복했다. 그냥 그 밤에 그의 집에서 못 이기는 척 시간을 더 보냈더라면 달랐을까. 그랬다면 관계는 연장되었을지 몰라도 마음과 마음이 오고 가는 게 아닌, 몸과 몸만 오가는 사이가 되었으리라는 확신에 도리질을 친다. 그런 사랑일 바에야, 힘들어도 잊는 게 낫지. 나를 조금 더 소중히 여기는 마음을 갖는 게 약 없는 짝사랑의 민간요법쯤은 되는지도 모른다. 쇼핑이나 가야겠다.

뭘까 이 사람.
자꾸 기대하게 돼

3 。

　세욱 씨의 레스토랑은 내 직장과 가까운 거리에 있었다. 그가 이따금 들른다고 했던 카페 앞을 지날 때면 행여 마주칠까 기대 반 걱정 반으로 살금살금 걸었다. 그렇지만 빼꼼 바라본 어느 곳에서도 그 얼굴은 찾을 수가 없었다. 하긴, 이렇게 마주칠 인연이었다면 진작 만났겠지. 설렘으로 가득할 뻔했던 길목이 이렇게 심란스러울 수가 없었다.

　평소보다 조금 이른 퇴근을 한 목요일 저녁, 가장 늦은 시간대를 골라 폴댄스 센터를 찾았다. 밤 9시 40분에 폴을 타고 싶은 사람은 별로 없는지라 이 시간이 가장 한적하고, 집중이 잘 된다. 3주째 연습하던 동작을 처음으로 성공하고 나니 뿌듯했다. 오늘 이 동작은 꼭 영상으로 남기고 싶었다. 락커에서 핸드폰을 꺼내 구도를 잡으려는데, 페이스타임이 걸려왔다.

　그 사람이었다.

일주일 동안 아무 연락 없다가 도대체 왜? 잠깐 거울을 봤다. 땀에 전 얼굴이 말도 아니었다. 게다가 일반 전화도 아니고 페이스타임이 뭐야 대체. 반가움과 속상함이 줄다리기를 하는 동안 전화가 끊겼다. 한숨과 함께 아쉬움이 물밀 듯 밀려왔다. 그냥 받을 걸 그랬나.

"어, 아가씨 영상 찍으시려고? 내가 도와줄까요?"

아주머니 수강생 한 분의 말씀에 정신이 들었다.

"네. 처음 찍어보려니까 잘 안되네요."

처음 폴댄스를 시작할 때부터 비슷한 시간에 찾아오시는 분이라 낯이 익었다. 보통 따님이 같이 오시는데 오늘은 웬일로 혼자 오신 것 같았다.

"여기 앞쪽에 놔드릴게. 우리 딸이 여기서 찍을 때 각도가 제일 좋다고 하더라고."

세팅을 마친 아주머니가 촬영 버튼을 눌렀다는 표시를 했다. 처음 시작할 때는 한 동작 한 동작이 어설픈 건 물론, 폴이 닿는 곳 하나하나 안 아픈 곳이 없었는데 동영상을 찍을 수 있을 정도가 되다니. 뿌듯한 마음과 카메라 앞이라는 부담감 때문인지 더 자연스럽게 마무리하고 내려왔다. 다음 주부터는 영상을 좀 더 자주 찍어놔야지 싶었다.

"와, 잘하네. 나는 언제쯤 그렇게 해보나."

"어머님도 잘하시면서. 감사합니다."

부끄럽게 인사를 하고 촬영한 영상을 확인하려는데, 최세욱. 그 사람에게 또 전화가 걸려오고 있었다. 이번에는 다행히 음성 통화로.

"여보세요."

"수아 씨, 폴댄스도 하는지 몰랐는데."

"네?"

"어, 나 보라고 틀어준 거 아니었어요? 각도가 완전 작정하고 찍었던데."

나는 말문이 막혔다.

"무슨 소리를 하는 거예요?"

"아까 어떻게 지내나 궁금해서 페이스타임 걸었는데 갑자기 수아 씨가 춤을 추고 있더라구요?"

그럴 리가 없는데? 설마 동영상 촬영을 페이스타임이랑 착각하고 찍으신 건가? 못살아…. 아주머님에게 물어본다고 해도 영상통화하는 화면 자체는 동영상 촬영 화면과 똑같으니, 뭐가 잘못됐는지 몰랐다고 하시면 할 말이 없다. 그리고 이 해프닝을 가지고 화를 낼 수도 없는 것 아닌가. 아, 정말 나는 이 남자랑 단단히 안 될 인연인가보다. 창피함을 꾹꾹 누르며 말했다.

"뭘 잘못 눌렀나 봐요. 놀리려고 전화했어요?"

"아니, 그런 건 아니고. 잘 지내나 궁금해서 한 거예요."

"됐어요."

"근데 시원하게 입고 춤도 추시는 걸 보면 잘 지내고 계신 것 같아요."

"으아. 왜 그래요, 정말."

더 이상 이 사람과 나 사이에 이불킥할 일은 만들고 싶지 않았는데. 오랜만에 연락 온 남자에게 맨살이 훤히 드러난 모습을 페이스타임으로 보여주는 여자는 어떻게 해보고 싶어서 환장한 사람이거나, 아니면 그냥 머리가 이상한 사람 같이 보일 것이 뻔하다. 예쁜 모습만 골라서 보여줘도 모자랄 판에 매번 추한 몰골뿐이라니. 나는 빨리 전화를 끊고 집으로 돌아가, 와인 한 병을 쏟아붓고 싶었다. 그런데 이 사람은 나를 놀리는 게 퍽 즐거운 모양이다.

"제가 수아 씨 공연 잘 봤으니까, 집에 모셔다드릴게요."

"진짜 왜 이래요? 나 괴롭히는 게 재밌어요?"

"아니 오랜만에 얼굴도 볼 겸 그러는 거죠. 싫어요?"

"싫은 게 아니라…. 나 지금 세욱 씨 보면 창피해서 죽어버릴지도 몰라요."

"우리 사이에 더 창피할 게 있어요?"

순간 말문이 턱 막혔다. 아직도 생각하면 아찔한 첫 만남의 실수. 그래 그것보다 더 창피할 일은 없다.

"장난이에요. 삐진 거 아니죠?"

고양이가 생쥐를 갖고 놀 듯 빙글대는 그의 목소리가 싫지 않다는 것이 미치고 팔짝 뛸 노릇이었다. 식식대며 말을 잇지 못하는 나에게 그는 거절할 수 없는 말을 건넸다.

"빨리. 어디에요. 보고 싶으니까."

그 말에 대고 지금은 꼴이 말이 아니니 나중에 봐요, 하는 말을 나는 절.대. 할 수 없었다. 이런 능글맞은 놀림에 못 이기는 척 넘어가서라도 다시 한번 그 반듯한 이목구비를 마주하고 싶었으니까.

센터 주소를 전송하고 다시 한번 거울 속에 비친 내 모습을 확인했다. 새빨갛게 달아오른 두 뺨이 못난이 인형 같다. 부랴부랴 샤워를 하고, 파우치에 담긴 몇 안 되는 화장품을 찍어 바르는 내내 심장이 쿵쾅쿵쾅 폭주를 했다.

'갑자기 왜 연락을 했을까.'

집에 데려다주겠다는 생각은 이전부터 한 계획인 걸까, 아니면 심심해서 놀리는 걸까. 심란한 마음으로 뷰러 없이 마스카라를 덧바르고 있는 찰나, 카톡이 왔다.

[내려와요.]

하. 뜻 모를 한숨이 나왔다. 이미 주사위는 던져졌으니 앞으로 갈지 뒤로 갈지, 확인은 해야 한다. 복잡한 마음으로 내려간 센터 앞에는 까만 차 한 대가 주차되어 있었다. 깜깜한 차를 빤히 쳐다보고 있으려니 조수석 창문이 내려갔다. 낯익은 손이 좌우로 흔들렸다. 일주일 내내 잠 못 이루게 했던 사람이 유리창 너머에 있다는 것에 마음이 들썩이기 시작했다. 설레고 떨리는 마음을 빤히 안다는 듯, 조수석에 앉자마자 그의 농담이 시작됐다.

"한밤에 그렇게 섹시한 영상을 보여주면 어떡해요."

"아, 나 진짜 내릴 거예요."

"장난, 장난이라니까. 일주일 사이 짜증이 늘었어요?"

뭐가 그렇게 재밌는지 웃고 있는 그를 노려보았다, 아니, 노려보려고 했다. 하지만 그 까만 눈을 마주한 순간, 나는 토라질 위치에 있지 못하다는 것을 받아들여야 했다. 눈 한 번 마주치는 것만으로 배시시 웃음이 새어 나오는 것이다. 더 많이 사랑하는 쪽이 패자라는 말을 누가 했나, 정말 만고의 진리다. 이런 답답한 속을 아는지 모르는지, 그는 쭉 뻗은 손가락으로 핸들을 꺾으며 황당한 질문을 했다.

"밥은 먹었어요?"

"지금 11시인데요?"

"와인 마시기 딱 좋은 시간 아닌가?"

"내일 출근 안 해요?"

"출근 걱정하는 사람이 밤 9시에 남자 혼자 사는 집에 놀러와요?"

"그야 세욱 씨가 그 시간에 불렀으니까 그렇죠."

"그럼 이번에도 제가 가자는 곳에 가시죠."

못살아. 나는 고개를 절레절레 젓고 오른쪽 창문을 바라봤다. 사실은, 지금 이 상황이 꿈만 같아서 숨이 멎을 지경이었다. 어제까지만 해도 나의 하루에 이 사람이 다시 등장할 일은 결코 없다고 생각했는데, 손을 살짝만 내밀어도 닿을 거리에 앉아서 와인 한잔 하자는 말을 하고 있다니. 그는 긍정도 부정도 않는 나를 흘끗 쳐다보고는 말없이 한강 다리를 건넜다. 반짝이는 서울의 야경을 달려 도착한 레스토랑에서 그는 익숙하게 화덕 피자와 와인 한 병을 주문했다. 아주 재미있는 영화 상영을 앞둔 열두 살 꼬마 같은 눈으로 나를 바라보는데, 그 상황을 이해할 수가 없는 나는 그 기대에 마냥 부응해줄 수 없었다.

"피자 안 좋아해요?"

"그런 게 아니라….''

"여기 분위기가 별로인가? 이 시간에 문 연 곳 중에 제일 괜찮을 것 같아서 왔는데."

딱딱하게 굳은 채 앉아 있는 내 앞에서 그는 여기를 어떻게 알게 되었던 지에 대해 묻지도 않은 이야기를 했다. 나는 그것보다 왜 나를 여기에 데려왔는지가 더 궁금한 건데. 노릇노릇한 피자와 와인이 테이블 위에 놓이고 그는 적당히 채워진 와인 잔을 나에게 건넸다.

"세욱 씨."

와인 잔을 입에 대려던 나는 마실 때 마시더라도 이 질문을 반드시 해야겠다는 생각이 들었다. 이 남자 속도 모르고 팔자 좋게 희희낙락 하기에는 일주일 동안 안절부절못한 내 모습이 너무 안쓰러웠다.

"왜 만나자고 한 거예요?"

"말했잖아요. 보고 싶어서."

"나는 세욱 씨 만나는 순간순간에 엄청난 용기가 필요하거든요. 그러니까 장난치지 말고 솔직하게 말해봐요."

세욱 씨는 살짝 날이 선 내 목소리에 놀란 표정을 짓더니 빙빙 돌리던 와인 잔을 내려놓고 이야기했다.

"알았어요."

솔직한 심정을 듣고 싶은 건 맞는데, 막상 분위기 잡고 알았다고 하니까 내 심장이 더 쫄깃해졌다.

"그날 일, 나도 충격이에요. 잘 안 잊혀. 근데 수아 씨랑 이야기하면서 웃었던 기억을 내가 가끔씩 꺼내보고 있더라고요."

이 사람의 머릿속에 내가 들어가 있다니. 눈치 없이 두 뺨이 붉어지기 시작했다.

"그래서 한 번 더 이야기해보고 싶었어요. 사람은 누구나 실수를 하니까."

　실수. 이 사람에게는 나의 자제력 제로인 모습이 실수, 정도일 수 있는 건가. 그 정도로 마음이 넓은 사람이라는 것을 내가, 믿어도 되는 걸까.

　"이제 됐죠?"

　얼떨결에 고개를 끄덕인 나에게 그는 와인 잔을 내밀었다.

　"그럼 한잔해요, 이제."

　잔을 부딪치고, 떨떠름하게 피자를 씹으면서도 아리송한 기분을 떨쳐낼 수가 없었다. 분명 속마음을 들었지만 아무 이야기도 듣지 못한 기분이었다.

　다음 날 아침, 그에게서 [좋은 아침]이라는 카톡이 왔다. 다음 날도, 그 다음 날에도 안부를 묻는 카톡과 전화가 오고 갔다. 우리는 홍대와 가로수길에서 데이트를 하고 상수의 한적한 길을 걸었다. 시립 미술관의 전시를 보며 학창 생활을 이야기했고 호수공원으로 드라이브를 나가 익살맞은 사진도 찍었다. 언젠가부터 그는 자연스럽게 내 손을 잡고 걸었고 집으로 돌아갈 때는 항상 입을 맞춰주었지만, 사랑한다거나 연인이 되어달라는 말은 하지 않았다. 왜 내게 고백을 하지 않는 걸까 야속했다. 서른이 넘은 남자들은 다 그런 건가 싶어 그 사람과 나이대가 비슷한 친한 오빠 두세 명을 불러 모았다. 육회에 소주잔을 기울이며 "내가 요즘 만나는 사람이 있는데"로 운을 띄웠다.

　"데이트가 따로 없거든, 오빠. 하루에 한 번씩은 꼭 전화하고, 헤어질 때는 뽀뽀도 한단 말이야."

경청하던 오빠들의 의견이 분분했다. 완전 여자를 가지고 노는 거라고 당장 연락 끊으라고 버럭 하는가 하면, 아니 그냥 그런 식으로 자연스럽게 연애를 시작하는 사람도 있다고 끄덕이기도 했다. 어쨌든 관심이 없으면 연락은 절대 안 하는 법이니까 일단 계속 만나보라는 말로 결론을 내렸지만.

어른들의 연애는 그렇게 자연스럽게 시작되는 법이라는 대화의 한 토막을 믿기로 했다. 언젠가 때가 되면 내 손을 잡고 달달한 고백을 하지 않을까. 언젠가, 언젠가는.

무서워요,
하고 나면 달라질까 봐

4 。

근처에서 퇴근을 하는 날이면 가끔씩 그의 집에 들렀다. 음식을 만들어 먹고 게임을 하곤 했지만 그뿐이었다. 처음 만난 날의 실수가 겹쳐서 도저히 그 침대 위로 올라갈 수가 없었다. 하루는 런던으로 출장을 다녀온 친구로부터 진한 햄과 치즈를 선물로 받아, 와인 한 병을 들고 그의 집에 찾아갔다.

"웬만한 치즈 플래터는 다 먹어봤다고 생각했는데. 이건 정말 진하네."

감탄하는 세욱 씨와 부지런히 잔을 비웠다. 한 병으로 모자라겠다고 다시 내려가서 한 병을 더 사 오는 길에 콧노래가 절로 나왔다. 잡은 손이 따뜻했고 무르익은 봄바람이 향긋해서 기분이 참 좋았다. 그냥 이 시간이 오래오래 계속되면 좋겠다, 생각하며 올라가는 엘리베이터에서 그를 빤히 쳐다봤다.

"뭘 자꾸 볼까."

"잘생겨서요."

그는 또 반짝이는 미소를 지으며 머리를 쓰다듬었다.

"수아 씨 거예요."

늘 이런 식이지. 세상에. 그는 여자 마음을 들었다 놓는 방법을 너무 잘 알았다. 와인 한 병을 새로 비우고 나니 12시가 훌쩍 넘었다.

"이제 그만 가야겠어요."

카디건을 걸치며 일어서는 나를 눈으로 좇으면서 그는 일어날 생각을 않았다.

"보내기 싫은데."

"나도 가기 싫어요."

"자고 가요."

"그러고 싶은데…."

무슨 말을 해야 할지 머리가 하얘졌다. 마음 같아서는 그 촉촉한 눈을 감기고 안아버리고 싶었지만 차마 발이 떨어지지 않았다.

"…무서워요."

가끔은, 생각 없이 내뱉는 말이 내가 생각했던 감정을 완성해주기도 한다.

"오늘 자고 나서 내일이 오면, 다시 지금의 우리로 돌아올 수 없잖아요. 나 지금 우리가 너무 좋은데. 우리 조금만 더 이대로면 안 될까요?"

한 마디 한 마디 내뱉을 때마다 주름이 잡히던 그의 눈가가, 마지막 "안 될까요?"에서 간신히 풀어졌다. 다행히 그는 나를 설득하지도, 반박하지도 않았다.

"그래요, 그럼."

"그럼"이라는 말 뒤에 남은 여운이 쌀쌀했지만, 그는 재킷을 걸치고 1층까지 내려와 택시를 잡고 뒷좌석에 앉은 내가 돌아볼 때 손을 흔들어 주었다. 주소를 말하고 앞 유리를 바라보자 괜스레 한숨이 났다. 단계의 정점을 찍고 난 후 끝났던 관계들이 떠올랐다. 이 사람만큼은 그렇게 떠나보내고 싶지 않았다. 어떻게라도 이 좋은 감정을 오래 유지하고 싶었다. 끝을 지연시키고 싶었다.

다음 날, 매일같이 오던 아침 카톡이 오지 않았다. 점심에도, 저녁 퇴근 시간이 지나서도 연락이 없었다. 나는 거절당한 기분이 들었다.

그냥 모른 척 품에 안겨야 했을까. 그냥 앞뒤 생각하지 말고 마음 가는 대로 해버릴 걸 왜 이성을 따랐던 걸까. 어차피 이렇게 끝나버릴 인연이었나. 일이 손에 잡히지 않았다.

그렇게 며칠이 지난 수요일 저녁. 운동하러 가야겠다, 생각하며 로비를 나와 계단을 내려가는데 떡하니 낯익은 얼굴이 보였다. 한동안 연락 없던 사람이 무슨 일 있었냐는 듯 싱글싱글 웃으며 손을 흔드는 게 괘씸해야 하는데.

"뭐… 뭐예요!!??"

"안 반가워요?"

"반가워요. 반가워 미치겠고 하고 싶은 말 너무 많은데 지금까지 뭘 하다각…!"

한참 말을 뱉어내던 입을 그가 입술로 덮었다. 얼굴이 빨개지다 못해 터져버리려는 찰나, 차 앞 좌석을 열고 나를 태운 그는 문을 닫았다.

말없이 10여 분을 달려 도착한 곳은 그의 집 앞이었다. 나도 말없이 그를 따라가 낯익은 방 한가운데에 앉았다.

'왜 연락 안 했어요.'에는 '나 안 보고 싶었어요? 얼마나 애태웠는데, 우리가 그 정도 사이밖에 안 돼요?'가 다 담기지 않아서, 그렇다고 그 주구장창 긴 말들을 와다다 쏟아낼 수가 없어서, 그냥 바라보고 있었다. 하나도 안 예쁠 표정으로 찡그려져야 하는데 그 얼굴을 보고 있노라니 배시시 웃음이 났다. 이놈의 안면 근육을 확 그냥.

그는 내 눈을 피하지 않았다. 웃음인지 분노인지 모를 기운이 눈가에 가득했다. 나는 고개를 숙였다. 분홍빛 노을이 우리가 마주 앉은 탁자 위로 창살 문양을 따라 빛났다.

"생각을 해봤어요."

그는 차분한 목소리로 입을 열었다.

"처음에는, 거절당한 기분이었어요. 손도 잡았고 뽀뽀도 했고. 처음 자고 가는 것도 아닌데. 아, 물론 그때는 제정신이 아니었지만 어쨌든. 그래도 꽤 가까운 사이라고 생각했는데 아니라고 하니까.

그래서 속이 상했던 건 맞아요. 오랜만에 잘 맞는 사람을 만났는데, 아쉽지만 또 잊힐 거라고 생각했어요. 그런데 하루 이틀 지나도 계속 생각이 나고, 보고 싶고, 입장을 바꿔서 생각해보게 되더라고요.

나에게는 섹스가 관계의 시작인데 여자에게는 관계의 끝으로 생각될 수도 있을까, 해서 여자 사람 친구들한테 물어봤죠. 그랬더니 다들 공감을 하는 거예요. 하고 나면 달라진다고 남자들은. 또 수아 씨가 나에게 말해줬던 지난 연애들에 대입해서 생각을 해보니까 왜 무섭다고 했는지, 지금이 좋다고 했는지 이해가 갔어요.

그런데, 나는 그런 사람이 아니에요."

잔잔한 목소리와 갑자기 잡아온 손이 따뜻해서, 다시 이 사람과 마주하고 이야기를 할 수 있다는 것 자체가 참 좋아서 심장이 미친 듯이 뛰었다. 내 심장 소리가 저 조곤조곤한 말 사이사이에 끼어들어 이야기를 마치지 못하면 어쩌나 걱정이 됐다.

"정말로 좋아해요. 나는 하고 나면 달라지는 사람이 아니에요. 믿을지는 모르겠지만 정말로."

젖어오는 것이 몸인지 눈인지 모를 상태로 그를 안았다. 어쩌면 나는 누구보다 이 순간을 기다렸는지도 모른다. 그가 닿아오는 모든 곳의 감각이 꿈틀거렸다. 들이쉬고 내쉬는 숨만큼 들어오고 나오는 그가 뜨겁고 달았다.

진짜 나쁜
너란 남자, 들

5。

뜨거웠던 그날 밤이 지나고 며칠 동안 그에게서 연락이 뜸했다. 원래도 자주 연락하는 스타일은 아니었지만 이 정도는 아니었는데. 집으로 찾아가볼까 생각이 들었다. 예전에도 집 앞으로 갑자기 찾아가서 맥주 한잔 하자고 연락하면 흔쾌히 받아주곤 했다. 특별해진 관계니까 더 괜찮겠지.

설레는 마음으로 그의 집 앞 편의점에서 와인과 치즈를 사 들고 오피스텔 엘리베이터를 탔다. 문이 닫히려는 찰나, 입구에 들어서는 배달원의 모습이 보였다. 나는 무의식적으로 열림 버튼을 누르고 그를 기다렸다. 8층까지 올라갔다 내려오는 것을 기다리게 할 수는 없으니까.

"감사합니다."

걸걸한 목소리로 인사를 한 남자는 눌린 버튼을 보더니 겸연쩍어했다.

"같은 층이네요."

나는 살짝 웃어 보이고 핸드폰을 들었다. 이제 전화를 한 번 해봐야 겠다.

[지금은 전화를 받을 수 없어….]

뚜 뚜 소리만 반복하던 통화 연결음은 끝내 기계음을 남길 뿐 세욱 씨의 목소리를 내어주지 않았다. 야근을 하는 걸까, 그냥 돌아가야 하나, 고민하는 사이 엘리베이터는 8층에 도착했고 피자 박스를 든 남자는 먼저 성큼성큼 복도 오른쪽으로 걸어갔다. 그러더니 804호, 세욱 씨의 오피스텔 앞에 서는 것 아닌가.

'뭐지?'

나는 반사적으로 엘리베이터에서 복도로 꺾이는 벽 뒤쪽에 몸을 숨기고 현관문을 훔쳐보았다. 아무도 없을 텐데 왜 저 배달원이 세욱 씨 집으로 가는 거지? 딩동, 벨 소리가 울리기 무섭게 까르르 소리와 함께 현관문 앞에 나타난 여자. 한눈에 봐도 본인의 것이라기에는 너무 큼직한 하얀 셔츠를 입고 있다. 내가 빌려 입었던 그의 셔츠마냥 깨끗 하고 각이 잡힌.

"이미 결제했다니까 그러네."

"아, 뭐야 오빠. 피자는 내가 산다니까."

"됐어. 이리 와."

익숙하게 여자의 허리를 감는 팔과, 그 목소리. 내 귀에 와 닿았던 따뜻하고 달콤한 목소리가 왜, 저기에서 낯선 여자를 향하고 있는 걸 까. 두 사람은 피자를 배달한 남자에게 '감사합니다.' 인사를 하고, 문을 닫았다.

저벅저벅, 다시 엘리베이터를 향해 걸어오는 배달원의 발소리가 갈라진 내 마음을 자근자근 밟아왔다. 소박맞은 아낙네 모양으로 서 있는 모습을 들키고 싶지 않아 입을 틀어막고 계단실 문을 열었다. 어둑한 계단에 주저앉아 방금 전에 본 장면을 이해해보려 했다. 하지만, 어떤 희망적인 가설도 방금 두 눈으로 목격한 장면을 설명해줄 수 없었다. 나에게만 내어주길 바랐던 그의 옆자리는 다른 주인이 있던 것이다. 어쩌면 그 자리는 애초부터 여러 명이 돌아가며 앉는 자리인지도 몰랐다.

'어떻게, 어떻게 이럴 수 있어.'

세상에서 가장 달콤한 눈빛으로 바라보던 눈동자가 떠올랐다. 손 닿는 곳마다 입 맞추던 그날 밤이 이렇게 생생한데, 며칠이나 지났다고 벌써. 실컷 울어버리고 싶은데 눈물도 나오질 않았다. 갈 곳 잃은 심장만 미친 듯이 뛰고, 어디서 무엇을 해야 이 뒤엉킨 감정이 진정될지 알 수가 없었다. 일어나서 어디로라도 가야 했다. 혹시나 집을 나서는 두 사람이 나를 발견하기라도 한다면…. 그 상황만큼은 피하고 싶었다. 주저앉은 다리에 가까스로 힘을 실어 일어났다. 큰길가로 나와 택시를 잡았다.

"아무 데나 가주세요."

"네?"

"강남역. 아니, 더 멀리. 홍대… 네, 연남동으로 가주세요."

흔들리는 불빛들을 보면서 아무 번호에나 전화를 걸었다. 이대로 집에 돌아갈 수는 없었다. 네모난 천장을 보며 엉엉 울다가, 나에게 마음이 없다는 것이 분명해진 그 사람에게 또 어떤 행패를 부릴지 모른다. 다른 이야기와 충분한 알코올을 부어 넣어야 했다. 피곤이 슬픔을 잠식하도록. 잡히는 대로 전화를 걸어서 '술 먹자, 오빠. 약속 있어? 아니야, 다음에. 그래.' 이 비슷한 말을 다섯 번 정도 반복했을 때, 몇 달 전 클럽에서 번호를 따 갔던 남자가 오겠다고 했다. 누구라도 상관없었다. 그저 빨리 취해버리고 싶었다. 연남동의 술집에서 마주 앉기가 무섭게 나는 소주를 들이켰다. 살살 마시라는 조언까지 함께 씹어 먹으며 빠르게 잔을 비웠다.

"응? 왜 그래. 무슨 일이야."

뭐라고 말해야 좋을지 몰랐다. 털어놓아봤자 내 얼굴에 먹칠하는 에피소드라, 그저 잔만 부딪혔다.

"아니야, 다른 이야기 하자. 미국 다녀온 이야기 해줘."

앞에 앉은 남자의 미국 여행 스토리를 들었다. 할리우드의 사진을 보았고 라스베이거스에서 찍은 영상을 돌려보며 웃었던 것 같기도, 하다. 술집을 나와서 2차로 들어간 곳이 익숙한 비스트로 펍이었던 건 기억이 나는데, 짭조름한 페퍼로니 피자를 앞에 두고 맥주잔을 들었던 것도 기억이 나는데, 다음 순간이 아득했다.

눈을 떴을 때 나는 하얀 침대 시트 위였고 방금까지 맥주를 들이켜던 사람은 내 위에서 허리를 들썩이고 있었다.

"싫어, 그만해."

어깨를 아무리 밀쳐도 밀어지지가 않았다. 도망가려고 침대 아래로 떨어지려 했지만 어떻게 몸을 틀어도 그의 손에서 벗어날 수가 없었다. 제발 놔달라고 온 힘을 쥐어짜서 소리를 질렀지만 속삭이는 소리만도 못했다. 저항은 아무 소용이 없었다. 반쯤 포기한 상태로 누워 그의 움직임을 멍하니 바라보았다. 일을 마친 그가 떠나는 소리를 들으며 나는 힘없는 손만 끝없이 휘젓고 아무도 보지 않는데 도리질을 했다. 눈물을 닦을 힘도 없었다. 여기서 당장 나가고 싶은데, 일어설 엄두는 나지 않았다. 누구라도 좋으니 제발 나를 여기서 꺼내주었으면, 여기가 아닌 어딘가로 제발 데려가주었으면. 흔들리는 초점을 가까스로 맞추며 핸드폰을 찾았다. 하지만, 하지만, 누구에게 전화를 걸어야 할지 도무지 떠오르지 않았다. 날것의 밑바닥을 보여줘도 괜찮은 사람이 내게 단 한 명도 없다는 것이 못 견디게 서러웠다.

어디서부터 잘못된 걸까. 내가 원한 건 사랑, 그 하나일 뿐인데 왜 이렇게 어려울까. 행복해지고 싶었고, 행복하기 위해 더 사랑할수록 나는 점점 비어가는 기분이 슬프기 짝이 없었다.

얼마나 누워 있었을까. 텅 빈 눈으로 창문을 바라보는데 하염없이 눈물이 났다. 미치도록 무섭고 외로웠다. 겨우겨우 발끝에 힘을 실어 방을 나왔고, 거리에 지나는 택시를 잡아 집으로 돌아왔다. 가방을 내려놓고 더듬더듬 화장실로 들어가 욕조에 주저앉았다. 샤워 볼에 보디워시를 듬뿍 묻혀 비누칠을 했다. 때수건으로 온몸을 박박 밀었다. 밀어도 밀어도 개운하지가 않았다. 허벅지를 하도 밀어 피가 송송 맺히는데도 멈출 수가 없었다. 미는 것을 멈추면 이곳에 닿았던 검은 다리가 자꾸 생각났다. 차라리 피 맺힌 다리가 따가운 것이 나았다.

죽이고 싶지만 참을게,
잘 살아

6。

아침 9시 반의 산부인과는 한산했다. 방문 사유에 '사후피임약 처방'
이라고 적는 손이 무거웠다. 여의사의 눈빛은 인자했고 자초지종을 묻
지 않아 고마웠다. 쏟아지려는 눈물을 가까스로 참아내며 처방전을 받
았다. 피임약을 건네주는 약사의 표정은 무뚝뚝했다. 죄지은 듯 부끄
러운 기분으로 상자를 여니 손톱만 한 알약이 큼직한 팩 정중앙에 포
장되어 있다. 이렇게 작은 약이 생명을 지우고 어제 일을 신체적으로
나마 없던 일로 돌려준다고 생각하니 고맙고, 슬펐다. 말도 못 하게 더
러워진 기분을 어떻게든 씻어내고 싶었다.

약국을 나오는데 편의점이 보였다. 나도 모르게 편의점 계산대에 섰
다. 계산대 너머 익숙한 이름의 담뱃갑들이 즐비했다.

"말보로 멘솔 한 갑 주세요."

5년 만의 첫 담배였다. 담배 한 개비가 이렇게 견디기 어려웠던가.

숨을 들이쉴 때마다 일상이 조금씩 멀어지는 기분이다. 아득한 어지러움이 흰 연기를 따라 들쑥날쑥했다. 신고를 생각하지 않은 것은 아니다. 하지만 쌍방 합의 하에 일어난 일이라고 주장한다면 술을 마시자고 불러낸 것도 나였고 직전까지 화기애애했던 장면을 본 사람도 많을 텐데 진상을 밝히는 과정에서 나만 더 비참해질 것 같았다. 내 권리를 찾는 과정이 오히려 상처가 되는 것은, 싫었다. 만신창이가 된 마음에 고작 이 담배 한 개비만이 위로가 되어준다는 게, 말할 수 없이 허전했다.

'집에 가자. 좀 쉬어야지.'

엘리베이터에서 내려 문을 열려는데 최세욱, 그 인간으로부터 전화벨이 울렸다. 바로 어제 다른 여자와 밤을 보내놓고 무슨 배짱일까. 어이가 없어 차마 받지 못한 채 울리는 핸드폰을 바라보고만 있었다. 아무렇지 않을 자신이 없었다. 그렇다고 이렇게 그냥 연락을 끊어버리기엔 억울했다. 몹시, 지고 마는 기분이었다. 전화가 끊기고 카톡이 왔다.

[수아 씨. 아직 자요? 어제 연락도 없고.]

연락할 필요가 없었지, 이미 다 봤으니까. 아무 일도 없다는 듯 연락하는 검은 심보가 뻔했다. 몇 달간 아낌없이 부은 애정이 아깝다 못해 증오스러웠다. 뭐라도 좋으니 퍼붓고 싶었다. 나에게 왜 그랬냐고 뺨이라도 치고 싶은데 그 잘난 얼굴을 마주하면 또 흔들릴 게 뻔해서 뭐라고 답장해야 할지 알 수가 없었다. 1이 사라진 카톡 창을 멍하니 보고 있으려니 또 전화가 울렸다. 이 인간을 어쩌지. 그렇지만 내가 도

망칠 이유는 없다. 부딪혀보자. 나는 한숨을 크게 내쉬고 통화 버튼을
길게 눌렀다.

"잘 잤어요?"

"네, 엄청."

평소와 다른 목소리를 느꼈는지 멈칫하는 것은 잠시, 그는 또 아무
렇지도 않게 말을 이어갔다.

"보고 싶어서. 커피 한잔 어때요?"

이대로는 절대 안 돼. 입술을 깨물며 새삼 밝게 말했다.

"좋아요."

약속 장소까지 가는 10분 동안 아무 생각도 나지 않았다. 너무 많은
최악들이 한꺼번에 일어나서 어떤 것을 느껴야 할지, 이게 지금 무슨
기분인 건지 파악할 수가 없었다. 그냥 내가 텅 비어버린 기분이었다.

안내받은 자리에 앉아 라테 한 잔을 시키고 앉아 있으려니 들어오
는 그가 보인다. 마주 앉자마자 상기된 얼굴로 "잘 지냈어요?"라고 묻
고는 "보고 싶었어"라며 마주 잡은 손이 곧고 길어서 더 미웠다. 평소
처럼 생글대지 않는 내 얼굴에 손을 대며 걱정스러운 눈으로 묻는다.

"누가 속상하게 했을까?"

너지 이 새끼야, 당장이라도 쏟아지려는 눈물을 간신히 참으며 입
꼬리를 올렸다. 죄 없는 라테를 빨대로 휘저으며 최대한 무미건조하
게 말했다.

"아, 사실 할 말 있어요."

"설렌다, 무슨 말?"

손가락이 바르르 떨려와서 두 손을 마주 잡아 테이블 아래로 끌어내리며 말했다.

"나 이제 세욱 씨랑 그만할래요."

당황, 이라기보다는 황당하다는 눈이 나를 뚫어져라 쳐다봤다. 안돼, 약해지면 안 돼. 낯선 여자와 희희낙락하던 그의 모습과, 생애 최악의 밤이었던 어제를 떠올렸다. 바라보는 눈을 마주 받으며 똑바로 말했다.

"이제 별로라서. 그게 다예요."

설명이 더 필요하다는 눈으로 내 행동을 쫓는 그를 앞에 두고 가방을 챙겼다. 1분이라도 더 앉아 있으면 또 그의 어떤 설득에 혹은 그 눈빛에 무너져 울어버릴 것만 같아서, 사실 그 여자보다 나를 더 사랑하지, 하고 징징대며 안겨버릴 것 같아서 더는 앉아 있을 수가 없었다.

애써 한 번 더 웃어 보이고 구두 굽을 또각이며 카페를 나왔다. 테헤란로까지 걸어가다가 답답증이 일어 하늘을 올려다봤다. 봄이 끝나가는 하늘은 해맑기 그지없었다. 한때는 전 남자 친구를 떠올리는 것만으로도 쇄골 어디메가 불로 지지듯 얼얼했었는데, 방금까지 마주 앉아 있던 남자에 비하면 그냥 애들 장난이었구나. 상처를 더 큰 상처로 덮어 지워내는 것 같아 덜컥 겁이 났다.

초조하게 손가락 끝이 아려오기에 핸드백을 뒤졌다. 방금 산부인과 앞에서 피우고 남은 담뱃갑이 보였다. 골목으로 들어가 불을 댕겼다.

망나니 같은 생활은 졸업한 줄 알았는데 갈수록 가관이네, 혼잣말을
하며 들이마시는 멘솔이 씁쓸했다. 누구를 탓할 수도 없어 더 슬펐다.
그렇게 몹쓸 남자만 골라서 사랑, 이라면 사랑해버린 내 잘못이니까.

바깥세상은
위험해

7。

모든 것이 허무해지고 나니 일상이 안정됐다. 업무시간 외에는 하루 종일 핸드폰을 쳐다보지 않는 날이 많아졌다. 흥을 돋우던 EDM은 잔잔한 재즈로 바뀌었고, 술에 취해 들어온 주인을 재우고 숙취 가득히 내보내기 일쑤였던 침대는 도서관이 되었다. 차 한 잔 옆에 두고 소설을 읽는 시간이 편했다. 누구와도 연결되어 있지 않으면 외로운 줄만 알았는데, 오히려 안락했다.

당이 떨어지면 자글자글 끓인 판에 나오는 초콜릿 아이스크림을 떠먹으러 갔고, 나 자신과 데이트를 하고 싶을 때는 정갈한 일본 가정식 집 문을 두드렸다. 혼자라도 괜찮았다. 괜찮다는 것이 처음에는 놀랍다가 그마저도 그냥 익숙해졌다.

그날도 따뜻한 돈코츠라멘을 후루룩 들이키고 만화책을 킥킥대며 읽다가 돌아가던 중이었다. 골목 어귀에서 작고 따뜻한 빵집 하나를 발견했다. 그냥 지나치려다, 내일 아침 토스트에 누텔라를 발라 뜨거운 커피와 함께 한 입 크게 베어 물면 참, 좋은 시작이 될 것 같아서 문을 열고 들어갔다. 초록색으로 곱게 칠한 문 너머에는 아늑한 공간이 숨어 있었다. 큼직한 창가 앞에 놓여 있는 테이블과 푹신한 1인용 소파가 빨리 앉아보라고 손짓을 했다. 식빵을 고르고 치즈 타르트와 라테도 한 잔 주문했다. 소파는 내 몸에 꼭 맞게 편안했고 창밖을 오가는 행인이 적다는 게 몹시 마음에 들었다.

그날 이후, 그 아늑한 빵집에 앉아 있는 시간이 길어졌다. 평일 저녁 그곳은 아주 조용했고, 빵 냄새는 매우 고소했다. 시끄러운 음악을 틀지 않아 좋았고, 책을 몇 시간 내리읽어도 모른 척해주어 고마웠다. 무엇보다 달짝지근하고 묵직한 라테가 완전 내 스타일이었다. 프랑스 작가의 연애소설 한 권을 다 읽고 뿌듯한 기분으로 머그잔을 들어 계산대에 내려놓는데 익숙한 목소리가 들렸다.

"너, 수아 아니니?"

돌아본 곳에는 10년도 더 지난 학창 시절, 꽤 친했던 언니가 있었다. 언니의 오랜 짝꿍, 해철 오빠도 함께였다. 둘은 학교는 물론이고 인근에서 알아주는 선남선녀 커플이었고, 내 되도 않는 상상력을 높이 사 준 몇 안 되는 사람들이었다.

"소영 언니? 정말 오랜만이에요! 여전히 예쁘다."

빈말이 아니라 정말로, 두 사람은 세월이 무색할 만큼 예쁘고, 멋있었다. 참 오랜만에 개인적으로 연결된 사람을 보니 반가웠다. 언니는 환하게 웃으며 나를 안았고 나도 그 옛날 소녀로 돌아간 듯 호들갑을 떨며 마주 안았다.

"언니, 어떻게 지냈어요? 여긴 웬일이에요?"

"우리 곧 결혼하거든. 이 근처가 신혼집이라서 이 빵집 자주 와."

아니나 다를까 언니 손에도 내가 하루가 멀다 하고 사가는 식빵 봉지가 들려 있었다.

"너무 잘 어울린다. 언니 오빠, 정말 축하해요! 나도 3년 전인가부터 여기서 살고 있어요."

"진짜? 완전 신기하다. 동네 친구 생겼네."

해맑게 웃는 언니를 보니 두 사람의 지난 세월이 궁금해졌다.

"언니 시간 괜찮으면 여기 앉아요. 밀린 이야기 좀 해줘요."

두 사람은 서로 마주 보더니 그럴까, 하며 의자를 가져와 앉았다.

"오빠 그때 미국으로 학교 간 거. 거기까지 내가 아는 거 같아요. 페이스북에서 봤어."

"맞아. 학교 마치고 오빠가 한국으로 취직하면서 들어왔지."

"아, 진짜? 너무 잘됐다. 언제 들어왔어요?"

"작년인가. 얼마 안 됐어."

"와, 그럼 작년부터 결혼 준비한 거예요?"

"아니, 사실 결혼은 좀 천천히 하려고 했는데….."

멋쩍은 듯 배를 쓰다듬는 언니의 손이 하얗고 길었다.

"어머, 언니 설마….."

고개를 끄덕이는 하얀 언니의 두 뺨이 예쁘게 물들었다. 하긴 10년 연애 끝에 하는 결혼이니 순서가 뭐가 중요하겠냐마는.

"언니, 웬일이야, 웬일이야. 너무 축하해요! 세상에."

"갑자기 준비 시작하면서 정신없긴 해. 배부르기 전에 하려고 결혼식 날짜도 급하게 잡았거든."

결혼. 그때 그놈이 바람만 안 났더라면 나도 이렇게 행복한 얼굴로 웃고 있었을까. 평온했던 마음에 끼어든 부정적인 생각을 가까스로 밀어냈다. 이렇게 좋은 소식 앞에서 무슨 버릇없는 생각이람.

"언니, 내가 도울 거 있으면 언제든지 이야기해요. 나 요즘 완전 시간 많고 심심해 죽겠거든요."

"아유 됐어. 동네 친구 생긴 것만으로 충분하지 우리는."

그때 오빠의 핸드폰이 울렸다.

"잠깐만. 전화 받고 올게. 둘이 이야기하고 있어."

"어디, 아까 그 청첩장?"

오빠는 고개를 끄덕이고는 초록 문 밖으로 나갔다. 여기서 받아도 되는데.

"아까 청첩장 업체 몇 군데 돌아보고 왔거든. 맘에 드는 데 찾기가 쉽지가 않네. 빨리 결정하긴 해야 하는데."

"언니 결혼식 날짜가 언젠데요?"

"완전 얼마 안 남았지."

언니가 말한 날짜는 3개월도 채 남지 않은 초가을이었다. 청첩장을 돌리기까지도 촉박할 것 같았다.

"언니 그러면 나 진짜 심심해 죽겠어서 그러는데 그 청첩장 시안 나도 한번 잡아보면 안돼요?"

언니는 부담되지 않겠냐며 걱정을 하다가, 디자인 경력이 몇 년인데 한번 믿어보라는 나의 너스레에 마지못해 승낙해 주었다. 그 모습이 괜한 책임감을 불러일으켰다. 오랜만에 느껴보는 기분이었다. 누군가에게 도움이 된다는 따뜻한 기분.

두 사람이 행복하길 바라,
그래서 그래

8 。

소설과 망상으로 채워지던 저녁이 한층 풍성해졌다. 사무실에서 기획안을 짜다가도 문득문득 사랑이며 결혼에 대한 좋은 레퍼런스가 있으면 나도 모르게 내 카톡으로 보내놓곤 했다. 집으로 돌아오면 창밖의 먹먹한 소음을 음악으로 잠재우고 청첩장을 들여다봤다. 언니, 오빠의 신혼여행지가 될 하와이를 모티브로 화사하게 디자인하는 것이 재밌었다. '사랑'이라는 고귀한 이름이 내 이야기일 때는 어렵기만 했는데, 객관화되고 나니 아름다웠다. 예쁜 사랑, 그리고 열매를 맺는 언니와 오빠가 새삼 부러웠다.

며칠 후 초록 빵집에서 디자인 샘플 몇 가지를 내려놓았다. 컨펌을 기다리는 신입사원처럼 언니와 오빠의 눈치를 살폈다. 만져보다가 멀리서 보다가 가까이서 살피는 손이 바빴다. 1분 남짓한 시간이 왜 그리 길었을까.

"이 하늘색 디자인. 완전 예쁜데? 마음에 들어."

오빠의 입에서 떨어진 칭찬에 첫 아이디어가 브랜드에 반영되던 날처럼 뿌듯했다.

"나도. 이거 진짜 마음에 쏙 든다. 이렇게 예쁜 걸 그냥 받아도 돼? 며칠간 고생했을 텐데. "

걱정스럽게 말하는 언니의 마음이 고마웠다.

"그냥은 안 되고."

뜸을 들이는 내 앞에서 이번에는 두 사람이 눈치를 살폈다.

"나 이거 준비하는 동안 너무 재밌었거든요, 또 도울 거 있으면 나한테 말해주기!"

"그게 뭐야, 미안해서 이제 두 번은 안 돼."

"아, 그럼 이 디자인 안 넘겨야겠다. 오랜만에 발견한 취미생활인데."

"알았어, 알았어. 부케랑 드레스랑 네가 다 골라. 나야 완전 고맙지."

언니의 못 이기겠다는 승낙에 한바탕 웃고 나니 빵집을 나서는 발걸음이 소풍 가는 날 아침처럼 가벼웠다.

청첩장을 시작으로 나는 결혼 준비에 참견하는 오지랖 넓은 여자가 됐다. 임신 6주 차인 언니의 배가 더 불러오기 전에 치러야 하는 결혼식 준비를 도우면서 부케를 고르고, 신혼여행 루트를 고민하고, 하객 기념품을 주문했다. 이따금씩 셋이 함께 저녁을 먹곤 했는데, 잘생긴 언니 오빠를 마주하고 있노라면 가족이 생긴 듯 편안했다.

결혼이 일주일 앞으로 다가온 날, 언니로부터 전화가 걸려왔다.

"수아야, 바빠?"

"아니, 이제 막 퇴근하려구요."

"그럼 잠깐 카페에서 볼래?"

"네. 30분 정도 걸릴 것 같아요."

"그래, 천천히 와."

발걸음도 가볍게 도착한 카페에는 아이스 초콜릿을 앞에 놓고 있는 언니가 보였다. 반갑게 손을 들었지만 표정은 평소보다 어두웠다. 결혼식이 가까워져 오면 우울증이 오는 일도 있다는데, 언니도 그런 건가. 부러워 죽겠다고 한껏 치켜세워 줘야겠다고 생각했다. 그런데 언니의 이야기는 결혼식 때문이 아니었다.

"오빠가 친구들이랑 파티를 하겠대."

미국에서 대학을 졸업할 때까지 몇 년 동안 두 사람은 롱디를 했다. 나라면 그 긴 시간을 절대 못 견뎠을 것 같은데, 꽃 같은 언니는 반년에 한 번 만나는 관계의 정절을 바위처럼 지켰다. 그 덕분에 둘의 사랑이 더 빛나는 것도 맞지만. 결혼식을 앞두고 학창시절 친구들이 입국했는데 미국 문화대로 Bachelor party(총각파티)를 하고 싶다는 이야기였다. 그럼 언니도 똑같이 파티를 하라고 하려다가, 언니의 차분한 일상과 그에 못지않게 얌전한 언니의 친구들을 떠올리고 그냥 입을 다물었다.

"그래서 언니는 뭐라고 했어요?"

"하라고 했어."

"네!?!"

이렇게 쏘 쿨한 언니였나 싶어 눈이 휘둥그레졌다. 당연히 뜯어말릴 줄 알았는데.

"어디서 한다는데요?"

"클럽에서 한대."

"어디 클럽?"

"청담에 있는 어디라는데. 무슨 룸이 있다고 그 안에서만 놀겠대."

클럽의 프라이빗한 룸에서 벌어지는 갖가지 일들에 오빠의 선한 얼굴을 갖다 대니 어색했다. 언니도 그래서 오빠 말을 믿고 허락했다는 듯 침을 꼴깍 삼키더니 말을 이었다.

"나도 오빠가 거기서 뭔가 나한테 말 못 할 일을 하지는 않을 거라고 생각해. 근데… 음… 그냥 누군가 혹시 모를 일을 좀 지켜봐줬으면 해서."

아하. 철없던 학창 시절, 언니는 내 페이스북을 도배했던 파티 사진을 기억하는 것이다. 부끄러웠지만 차마 언니의 부탁을 거절할 수는 없었다.

"언니. 그런 것쯤은 내가 얼마든지 해줄 수 있죠."

"진짜? 고마워 정말…. 오빠 몰래 잘 살펴줘."

오빠의 파티 장소를 확인하고 친구들을 불러 모았다. 이럴 때만 연락이냐고 핀잔을 주던 친구들도 결국 선선히 응해주었다. 오가는 사람 확인하기 좋은 자리로 테이블을 예약하고 며칠 후. 얼마 만인지 모를 타이트한 옷을 입고 집을 나서는데 거울 속 여자의 표정이 퍽 결연해

보인다. 오랜만이네, 클럽.

　한 잔 두 잔 보드카 잔을 부딪치면서도 내 눈은 2층 바 앞을 살피기 바빴다. 3층에서 얌전히 논다면 문제없지만, 뭔가 일이 벌어질라치면 반드시 이 앞을 지나게 되어 있으니까. 잠복근무하는 형사마냥 바 앞을 노려보고 있는 나에게 친구는 답답하다는 듯 말했다.
　"야, 우리가 올라가서 찾는 게 빠르겠다. 그 사람 사진 없어?"
　친구들에게 오빠의 얼굴을 돌리는 게 꺼림칙했지만 오늘은 명실상부하게 감시자의 역할을 하러 왔으니 어쩔 수 없다고 마음을 먹었다. 이렇게 생긴 사람 찾으면 뭘 하는지 똑똑히 살피고, 혹시나 여자 사람이 가까이 가려 하면 그 여자를 밀어내고 결혼 축하를 해주기로 입을 모았다.
　잔을 부딪치고 바 앞에서 신나게 춤을 추고 있으려니 10분도 채 지나지 않아 우리는 3층 테라스에 서 있었다. 어디에 있을까? 처음 들어간 곳에는 시끄러운 아저씨들만 가득할 뿐 선한 눈에 하얀 피부를 빛내는 오빠의 얼굴은 없었다. 한 잔 더하자고 잔을 들이미는 라이더 재킷의 남자를 밀어내고 밖으로 나와 일렬로 붙어있는 다른 룸의 방들을 기웃거렸다. 세 발자국에 한 번씩 각기 다른 룸에서 나온 사람들이 팔을 붙잡았는데 굳이 마다하지 않았다. 어차피 열어야 하는 문, 직접 열어서 보여주겠다는데 고마울 뿐이었다. 한참을 돌아다녀도 오빠의 모습은 보이지가 않았다. 오빠 친구들 사진을 좀 보고 올 걸, 후회가 일었다.

[우린 포기야, 다시 테이블로 왔어.]

아이폰 액정에 뜬 메시지였다. 네 명이 작심하고 찾아도 없는 거면 이미 집으로 돌아갔을지도 모르겠다는 생각이 들었다. 2층으로 내려가려다 인기척이 느껴져서 문득 고개를 돌렸는데, 계단 옆에서 두 남녀가 뜨겁게 키스를 하고 있었다. 클럽에서 요즘도 저러나… 신기해서 눈을 떼지 못하고 있는데, 남자의 얼굴이 어딘가 낯익었다.

'오빠?'

걱정스럽게 당부하던 언니의 얼굴이 떠올랐고 오빠의 파티 장소가 이곳이라는 사실도 똑똑히 알고 있었지만, 나는 둘 사이로 걸어가 플래시를 비추고 얼굴을 확인할 자신이 없었다. 다음 주가 결혼식인데. 에이 아닐 거야, 설마.

나는 들었던 핸드폰을 내려놓고 친구들이 있는 테이블로 돌아갔다. 몇 걸음 걷다 다시 돌아보니 둘이 있던 자리는 비어 있었다.

결혼 축하해요.
언니, 오빠

9。

심란해서 평소처럼 놀아지지가 않았다. 마음 같아서는 CCTV라도 돌려서 아까 그 남녀의 정체를 파악하고 싶었지만 진짜 형사도 아니고 나에게 그런 화면을 보여줄 리가 없다. 답답한 마음에 보드카만 홀짝였다. 신나게 춤추러 나간 친구들에게 테이블 지킴이를 자청한 나는 혹시 지나갈지도 모를 오빠의 얼굴을 찾았다. 오빠는커녕 닮은 사람도 보지 못한 채 새벽 3시가 넘어갈 무렵. 친구들은 춤추다 만난 남자들과 술 한잔하러 나가자고 한껏 들떠서 돌아왔다. 예전 같았으면 나도 흔쾌히 합류했겠지만, 오늘은 별로 그러고 싶지 않았다.

"그럼 나는 먼저 들어갈게."

우리가 알던 정수아는 어디 갔냐고 땅을 치는 친구들과 진한 포옹을 하고 클럽을 나오며 언니에게 연락을 하려는데, 뭐라고 해야 할지 알 수가 없었다. 오빠를 못 찾았다고? 아니, 찾은 거 같긴 한데 처음 보는 여자랑 키스를 하고 있었다고? 망설이는 사이 카톡이 울렸다. 언니였다.

[수아야 고마워~ 오빠 방금 들어왔어!]

다행이다. 역시 내가 잘못 본 거야. 피곤하지만 개운한 기분으로 들어오자마자 침대에 쓰러졌다. 너무 오랜만의 강행군이었어.

일주일 후 결혼식 날, 약속대로 나는 식장 입구에서 지문 트리를 세워놓고 하객들에게 지문을 찍어달라고 하는 역할을 도맡았다. 비어 있던 나뭇가지가 하객 한 사람 한 사람의 지문을 나뭇잎 삼아 풍성한 나무로 완성되는 결혼 기념품이었다. 두어 명에게 지문을 찍어달라고 하고 있는데 해철 오빠가 걸어왔다. 안 그래도 잘생긴 얼굴에 신랑 단장까지 하니 빛이 났다.

"와 오빠 진짜 멋져요!"

오빠는 수줍게 웃으면서 함께 걸어온 남자를 소개했다. 오늘 지문 트리 찍는 것을 같이 도와줄 친구라고 했다. 낯선 사람과 식전까지 같이 있어야 한다는 게 불편했지만 딱히 거절할 명분이 없었다.

"안녕하세요, 박주환이라고 합니다."

"아… 네. 정수아예요."

마음에도 없는 인사를 하고 쭈뼛쭈뼛 서 있다가 식장으로 들어가는 사람들에게 지문 도장을 권하기를 수십 번. 나무가 좀 더 풍성해졌으면 하는 마음에 한 명 더, 한 명만 더, 하다 보니 식장 안이 엄숙해졌다.

허둥지둥 안으로 들어가 자리에 앉는데 방금까지 옆에 있던 그 남자가 옆자리 의자를 뒤로 빼며 물었다.

"괜찮으시면 같이 앉아도 될까요?"

식이 막 시작한 이후라 남은 자리가 별로 없었고 어차피 혼자 온 결혼식인데 마다할 이유도 없었다.

"네… 그러세요."

남자가 자리에 앉자마자 불이 꺼졌고, 사회자의 인사로 결혼식이 시작됐다. 환상적인 웨딩이었다. 나는 중간중간 동영상으로 씩씩하게 걸어들어오는 오빠의 모습, 가을 하늘만큼 곱디고운 언니의 모습을 꼼꼼하게 찍었다. 식의 절차마다 움찔움찔 일어나서 아이폰을 들이미는 나를 신기하게 쳐다보는 남자의 눈빛이 느껴졌다. 사진 찍는 거 처음 보나. 그러거나 말거나 나는 환상적인 웨딩의 순간을 열심히 담았다. 주례사는 간결하고 감동적이었다. 언니의 부모님께 인사할 때는 나까지 눈시울이 붉어졌다. 우리 엄마도 내가 시집갈 때 저렇게 많이 우실까, 그래도 시집을 가서 다행이라고 손뼉 치며 좋아하지는 않으실까.

어느 것 하나 빠질 것 없는 식이 끝나고 촬영을 기다리는 동안 스테이크를 잘라 입에 넣었다. 와인이 마시고 싶었다.

"이런 미디엄 레어 스테이크에는 레드 와인이 꼭 있어야 되는데 말이에요."

주환 씨의 목소리였다. 뭐지, 독심술 하나 봐. 멀뚱히 쳐다보는 내 눈빛이 민망했는지 그가 웃으며 말을 이었다.

"아, 해철이가 말해줬어요. 와인을 진짜 좋아하신다고."

이런 식의 소개라니, 참 오빠답다. 주환이라는 남자는 취미와 직업과 여행에 대한 이야기를 센스 있게 던졌다. 그런데 그 진솔한 이야기가 퍽 즐거웠다. 중간에 기념 촬영을 하고 온 다음부터 언니와 오빠가 테이블 인사를 올 때까지 한참 수다를 떨고 있었을 만큼.

"어머, 우리 민폐 하객 여기 있었어?"

"언니! 아까 다른 언니한테도 그 말한 거 들었는데!?"

"들켰네."

한바탕 까르르 웃고 덕담과 축하를 주고받았다. 언니와 오빠의 화사한 미소를 보고 있노라니 있지도 않은 가족을 시집, 장가보내는 기분이 들었다. 시원섭섭한 기분으로 결혼식장을 나설 때, 방금까지 이야기를 나눴던 주환 씨가 이제 어디로 가느냐고 물었다.

"이제 집으로 가야죠."

"집이 가로수길 쪽이라고 하셨죠? 괜찮으시면 데려다드릴게요."

탈까 말까 고민하는 나에게 그는 걱정할 것 없다는 듯 웃어 보였다. 그래, 고작 10분 남짓한 거리니까 뭐.

"그럼. 초면에 실례 좀 할게요. 오랜만에 구두를 신었더니 다리가 아파서."

"실례는 무슨, 영광이죠."

부드럽게 미끄러지는 차 안에서 축가가 좋았다는 것부터 무슨 노래를 좋아하는지, 노래방은 좋아하는지, 구렁이 담 넘어가듯 소재가 꼬리에 꼬리를 물었고. 웃다가 박수 치다가 보니 어느덧 집 앞이었다. 도착하자마자 운전석을 박차고 일어나 조수석 문을 열어주는 그의 웃음이 맑다고 생각했다.

"태워주셔서 고마워요."

"별말씀을요. 아, 다시 만날 수 있을까요?"

그가 조심스레 내민 아이폰 자판을 바라보았다. 자판 위에 따사롭게 내려앉은 가을 햇살과 서늘한 바람에 섞인 낙엽 내음이 좋았다. 나는 자판을 받아들고 핸드폰 번호를 눌렀다.

"네, 다음에 또 봐요."

수줍은 듯 인사를 하고 돌아선 주환 씨의 뒷모습을 보며 이 사람은 언니와 오빠가 준비한 선물인 걸까 생각했다. 언니 오빠의 사랑만큼 완벽한 선물이면 참 좋을 텐데.

상처받는 것도
처음만 힘들죠, 뭐

10 。

주환 씨와의 데이트는 부드러웠다. 조수석에 나를 태우고 안전벨트를 매어주는 손이 자연스러웠고, 소래포구에서 해산물을 꼭꼭 입에 넣어주는 제스처도 익숙했다. 노을을 바라보며 와, 감탄하는 나의 어깨에 올리는 손도, 다음 만남을 약속하는 태도도 다정했다. 편안하고 좋은 사람이라는 생각이 들었다. 다시는 사랑 같은 거 못 할 줄 알았는데. 차츰 열리는 마음이 어색했다.

가을이 무르익은 어느 날, 시즌 구현이 마무리되어 후련한 마음으로 퇴근하는 길에 전화가 걸려왔다. 주환 씨였다.

"안녕, 퇴근하고 있어요?"

"네. 이렇게 또 한 주가 지났네요."

"그래서 전화했어요. 다음 주 주말에 뭐해요?"

이번 주도 아니고 다음 주는 뭐람. 삐죽한 내 마음의 소리가 들렸는지 그가 먼저 변명을 했다.

"아, 이번 주말에 정말 보고 싶은데 집안일이 있어서 내려가 봐야 해요. 미안해요."

"어쩔 수 없죠. 다음 주에 만나요."

아쉬움 반, 다음 주에 대한 기대 반으로 전화를 끊었다. 그러고 보니 다음 주 만나기로 한 날 즈음이 그의 생일이라는 것이 떠올랐다. 그냥 지나가기는 아쉬웠다. 고맙고 좋은 마음을 전하고 싶으니까 선물을 하고 싶은데, 뭘 하면 좋을 지 감이 안 왔다. 썸이라면 썸 비슷한 걸 타고 있긴 하지만 아직 확실하지 않은 사이의 남녀가 생일에 주고받음 직한 것이 뭐가 있을까. 백화점에 한번 가봐야겠다고 발걸음을 돌리려는데 언니로부터 연락이 왔다.

"언니! 신혼여행은 잘 다녀왔어요?"

"응~ 며칠 전에 왔어. 푹 쉬다 왔지 뭐. 신세 진 것도 많은데 저녁 먹자."

몇 주 만의 목소리가 반가웠다. 흔쾌히 좋다고 했다. 백화점은 주말에 가도 되니까.

언니가 보낸 주소의 레스토랑은 학동역 근처에 있었다. 유리문을 열고 들어가니 환하게 웃고 있는 신혼부부가 보였다. 자리에 앉기가 무섭게 선물을 꺼낸다, 메뉴를 고른다. 분주한 두 사람의 모습이 못 견디게 사랑스러웠다.

"언니, 오빠. 내가 좋아서 한 건데 너무 그러지 마요."

"어떻게 그래. 너 없었으면 우리 그 정신에 부케는 그냥 풀 뽑아서

했을지도 모른다고."

오빠가 이런 말도 할 줄 알았나. 그럴 리 전혀 없는 사람들이 치켜세워주는 칭찬이 고마워서 한참 웃었다.

"그래서 수아는 어떻게 지냈어? 그때 같이 있던 남자는 누구야?"

은근하게 묻는 언니는 주환 씨의 정체를 모르는 눈치였다.

"아, 해철 오빠 친구인데 결혼식장에서 처음 봤어요. 근데 사실….'

언니 오빠에게 벌써 밝힐 생각은 없었는데. 근황을 말하다 보니 아까부터 고민하던 이야기가 나왔다.

"그다음에도 몇 번 만났거든요. 근데 다음 주가 생일이라….'

나는 소소하게나마 선물을 하고 싶다고 털어놨다. 적당한 선물을 고르기가 힘들다고. 언니가 오빠를 바라보며 물었다.

"오빠, 그분에 대해 좀 알아?"

"나도 친구의 친구라 사실 잘 모르긴 하는데….'

고민하듯 말이 없던 오빠가 뭔가 생각난 듯 말을 이었다.

"예전에 누가 무슨 향수 선물해준 적이 있는데 좋아했던 것 같아. 근데 모델명이 기억이 안 나네… 보면 알 것 같은데."

"그럼 오빠가 한번 같이 다녀와. 취향에 맞는 선물을 해줘야지."

나는 아니라고 손사래를 치며 그냥 브랜드 비스름한 것만 말해주면 알아서 사겠다고 했지만, 언니는 어차피 장도 봐야 하니까 겸사겸사 시키는 거라고 못을 박았다.

"그리고 오빠, 간 김에 수아 선물도 좀 사주고."

"아유, 됐다니까요, 언니."

"알았어, 진짜 마지막이야."

그렇게 얼떨결에 오빠와 백화점에 가기로 했다.

주말 오후 5시, 단화를 신고 오피스텔 1층으로 내려가니 오빠의 차가 보였다. 조수석 문을 열 때까지 고개를 숙이고 있길래 뭘 하나 했더니 오빠는 언니가 빼곡히 적어준 리스트를 읽고 있었다. 언니의 리스트에는 휴지며 샴푸며 세제 등 생활용품이 대부분이었지만, 타르트, 딸기, 초콜릿 등 달달한 디저트류도 많았다.

"단 게 엄청 당긴다고 하더라고."

임신 4개월의 언니를 위해 살뜰하게 장을 보는 오빠가 멋져 보였다. 1층으로 올라와서는 오빠의 기억을 더듬어 향수 브랜드와 모델명을 찾아냈다. 다양한 종류의 향수를 시향지에 뿌리며 킁킁대는 모습이 꼭 사냥개 같아 웃음이 났다.

"오빠 덕분에 숙제 하나 끝낸 기분이에요."

"좋아해야 할 텐데. 워낙 예전에 친했던 사이라 잘 모르겠네."

향수를 사고 티파니앤코 앞을 지나는데 오빠가 걸음을 멈췄다. 결혼의 상징 같은 곳이라 그런가 보다, 하며 오빠의 옆모습을 보는데 표정이 좋지 않았다.

"왜요, 오빠?"

"아니야, 가자."

나를 돌려세우는 것이 더 수상했다. 뭔데요, 하며 고개를 내밀어 오빠가 보고 있던 방향을 쳐다보았다. 눈길이 가닿은 곳에는 집안일 때문에 다음 주에 보자던 사람이 낯선 여자와 반지를 고르고 있었다. 딱 붙은 뒷모습이, 꼭 잡은 두 손이, 하루 이틀 사랑한 사이로 보이지 않았다.

행복해 보였다.

멍하니 서 있던 나를 잡아 흔든 건 오빠였다.

"데려다줄게, 가자."

네, 그래요. 네 글자가 차마 떨어지지 않았다. 몇 주 안 되는 짧은 시간이긴 했지만 그래도, 설레는 기분이 참 오랜만이었는데. 지금이라도 알게 되어서 다행이라는 생각도 들었지만, 아쉽고 속상했다. 나에게 사랑이라는 건 한 번이라도 나긋나긋해줄 수 없는 건가.

멍한 기분으로 차에 앉았다. 차 안을 가득 채운 침묵이 불편했다.

"미안해."

운전을 하던 오빠가 조용히 말했다.

"아니에요, 오빠도 몰랐는걸."

"내가 잘 모르는 사람을 소개해주는 게 아닌데. 미안해."

"하도 이런 일이 많았어서 이제 그냥 그러려니 해요. 상처받는 것도 처음 몇 번만 아프죠, 뭐."

"무슨 말이 그래."

"아니에요. 지금이라도 알게 돼서 다행이라고 생각할래요."

내 말이 너무 자조적이었나 싶어 오빠를 쳐다보았다. 한껏 찌푸린 짙은 눈썹에 속상함이 가득했다. 좌회전해서 이 분이면 도착할 삼거리를 지나치더니 오빠는 한남대교를 탔다.

"드라이브 딱 10분만 할 거니까 기분 풀 각오해."

"뭐야, 진짜 괜찮다니까요."

"너 이 상태로 집 보내면 나 소영이한테 맞아 죽어."

"치… 고마워요."

소영 언니를 이유로 들어 나를 달래는 센스가 고마웠다. 어둑해진 한강 변을 바라보며 돌아올 때 오빠는 다시 입을 열었다.

"수아 너 충분히 사랑스러워. 지금까지 만났던 남자들이 다 별로였던 거야."

"고마워요, 오빠. 그렇게 말해줘서."

내 기분을 풀어주려고 한 말이겠지만, 둘만의 비밀이 생긴 기분이었다. 그리고, 그 기분이 싫지 않았다.

거절할 수 없는 부탁,
거절할 수 없는 사람

11 。

그날 이후, 언니 오빠와 연락할 일이 뜸했다. 문득문득 생각이 나긴 했지만 잘 지내겠지, 하며 하루하루를 보냈다. 몇 주가 흘렀을까. 트렌치코트 대신 폭신한 핸드메이드 코트에 자주 손이 갈 무렵, 오빠로부터 전화가 왔다. 언니가 아니라 오빠에게 전화가 온 건 처음이었다.

"오빠, 잘 지내죠? 무슨 일이에요, 갑자기?"

"잘 지내지? 못 본 지 오래됐네."

"그러게요. 언니 오빠 보고 싶다."

"정말 미안한데… 부탁할 게 있어서."

"뭔데요?"

"만나서 이야기하자. 빵집에서 볼래?"

언니는요, 하고 물으려다 그만두었다. 어련히 같이 나오겠지. 저녁을 차리려다 먹을 만한 게 마땅치 않아서 장을 보러 가야 되나 하던 참

이었다. 빵집에서 식빵을 사 와야겠다 생각하며 집을 나섰다. 어느덧 가을바람이 쌀쌀했다.

초록 문을 열고 들어서니 오빠는 벌써 도착해 있었다. 아이스 라테 시죠, 묻는 카페 매니저에게 오늘부터는 따뜻하게요, 하고 답하고 오빠 앞에 마주 앉았다. 따뜻한 아메리카노가 절반 정도 사라진 걸 보니 나와 있은 지 꽤 된 듯했다.

"오랜만이네, 잘 지냈지?"

"그럼요. 오빠도 잘 지냈죠? 언니는요?"

언니 이야기에 오빠는 눈이 웃지 않는 웃음을 지었다. 피곤한 미소였다.

"소영이도 잘 지내지."

임신 7개월 차에 접어들자 언니는 점점 예민해졌다. 원래부터 연약한 체질이었는데 그 가녀린 몸에 배가 불러오고 살이 붙으니 스스로도 스트레스를 받는 모양이었다. 그 정도야 각오한 일이었지만, 문제는 보리였다. 보리는 언니가 올해 초, 임신하기 전에 분양받은 강아지였다. 결혼을 준비하며 언니 집을 드나들 때 자주 봤던 귀여운 푸들이 눈앞에 아른거렸다. 몸이 무거워 움직이기도 힘든데 한참 혈기왕성한 보리가 놀아달라고 칭얼대니 더 힘들어한다고, 오빠는 설명했다.

"그래서, 힘들겠지만 부탁 하나만 해도 될까?"

"네, 이야기해요."

"딱 세 달만. 보리를 맡아줄 수 있어?"

아빠의 반대로 독립 전까지는 강아지를 키워본 적이 없었다. 독립 후에도 항상 키워보고 싶었지만 새 생명을 출근한 시간 동안 봐줄 사람도 없이 들인다는 게 마음에 걸려 고민만 하고 있었었다. 그런데 이 경우라면… 언니와 오빠의 집에서도 오빠가 출근하고 나면 보리가 스트레스받아 하는 언니와 단둘이 있어야 하니까. 세 달만이라도 내가 좀 더 일찍 퇴근하고 잘 챙기는 게 나을 수도 있다. 생각이 거기까지 미치자 좋아요, 하고 끄덕일 수 있었다. 오빠는 환하게 웃었다.

"매번 고맙다. 이번 주말에 갈게. 언제가 괜찮아?"

"음… 토요일 3시쯤 어때요?"

"좋아. 고마워 수아야."

라테와 아메리카노를 다 비우고 고소한 빵 봉지를 챙겨 초록 문을 나왔다. 손을 흔들며 멀어지는 오빠의 뒷모습을 바라보며 방 청소를 해야겠다는 생각을 했다.

목요일 저녁, 퇴근길에 재스민 향 캔들을 새로 샀다. 테이블 위에 놓인 물건들을 이리저리 옮겨보며 내가 왜 갑자기 방 정리를 한담, 고개를 저었다.

금요일, 시장조사를 마치고 돌아오는 길에 러그와 쿠션 하나를 샀다. 푹신한 러그의 털이 겨울나기에 딱일 것 같다는 게 이유였지만 내일 손님을 맞을 준비에 유난을 떠는 거잖아, 라는 내면의 속삭임에 아니라고 말할 수가 없었다.

토요일은 오전부터 분주했다. 청소를 하고, 신발장을 정리하고, 화장실 청소까지 박박 끝냈다. 보리까지 포함해서 남성이 둘이나 방 안에 들어오는 건 처음이었다. 아빠도 이사할 때 말고는 안 오셨는데. 립글로스 색깔을 여러 번 고쳐 바르고 있는데 전화벨이 울렸다.

"우리 왔어, 수아야. 몇 호지?"

"오빠, 제가 내려갈게요."

강아지를 키우는 데 필요한 짐은 꽤 많았다. 큼지막한 집과 쌀 한 가마니 같은 사료, 갖가지 장난감과 간식, 배변 패드와 정체 모를 상자까지. 둘이서 왔다 갔다 하며 짐을 옮겼다. 보리는 새로운 집이 낯설어서인지 구석에 앉아 낑낑대며 우리를 바라봤다. 사료를 한구석에 밀어 넣고 문을 닫으니, 혼자 있을 때는 나름 넓다고 생각했던 방이 꽉 차는 기분이었다. 숨을 고르다, 오빠와 눈이 마주쳤다. 오빠는 웃으며 말했다.

"강아지 배변판 가는 법 알아?"

"음… 아니요."

"아, 보리 환경이 바뀌었으니까 훈련도 다시 시켜야 하는데."

"무슨 훈련이요?"

"배변 훈련. 안 그러면 여기저기에 막 똥 싸고 그래."

"네!??"

놀라는 내 모습이 뭐가 그렇게 재밌는지 오빠는 함박웃음을 지었다.

"오빠 뭐가 그렇게 재밌어요. 난 정말 심각하다고요."

"괜찮아. 보리는 똑똑해서 금방 배워. 훈련도 이미 되어 있고."

"뭘 어떻게 가르쳐야 돼요?"

오빠는 배변판을 가는 법, 정해진 곳에 볼일을 보면 칭찬하는 법, 하루에 밥은 얼마나 주어야 하는지, 물은 얼마나 줘야 하는지, 짖을 때는 어떻게 해야 하는지, 하나하나 알려줬고 나는 하나라도 놓칠세라 꼼꼼히 받아적었다.

"와, 강아지 키우는 거 보통 일이 아니네요."

"애 키우는 거 같지?"

"남자 친구도 없는 여자한테 무슨 소리예요."

오빠는 또 한바탕 웃었다. 언니가 부러웠다. 이 구김 없는 웃음을 항상 볼 수 있다니.

"아, 마지막으로 중요한 게 있어."

오빠는 애견용품들을 챙겨온 박스를 뒤적이더니 손잡이 같이 생긴 동그란 도구를 꺼냈다.

"이게 뭐예요?"

"강아지 산책시키는 목줄!"

"산책? 한 번도 안 시켜봤는데."

"그러니까 지금 한 번 시켜보자, 산책."

"이게 그렇게 중요해요?"

"그럼. 하루에 한 번씩 해줘야 돼. 우리는 그렇게 못했지만, 그러는 게 좋대."

"아… 알겠어요."

한강공원에는 오렌지를 곱게 갈아 놓은 듯 진한 노을이 내려앉아 있었다. 쌀쌀해지기 시작한 늦가을 바람 아래 배낭 메듯 줄을 맨 보리는 신이 나서 뛰었다.

 "이렇게 틈날 때마다 산책시켜 주면 돼. 혹시 볼일 보면 꼭 봉투에 담아서 치워주고."

 "윽."

 "엄마 연습하는 셈 치고 해. 하다 보면 익숙해져."

 신나게 달리는 보리를 따라 걸으며 우리는 10년간 묵혀왔던 이야기 꽃을 피웠다. 오빠의 컬럼비아 대학 생활, 나의 짧았던 뉴욕 어학연수 이야기에 이르렀을 때는 코리아타운에서 마시던 레몬 소주를 잊지 못하겠다고 동시에 박장대소를 했다.

 "허드슨강에서 진짜 맨날 맥주 마셨는데."

 "그래도 한강이 더 예쁘지?"

 "오빠는 오래 살아서 그렇지, 나는 그때가 완전 행복했어요."

 선선한 바람과 고운 노을 아래 맥주 한 캔이 빠질 수 없다는 생각이 들 때쯤 무슨 계시인 것처럼 편의점이 나타났다. 오빠와 눈이 마주치기 무섭게 내가 먼저 외쳤다.

 "맥주?"

 "완전 좋지."

 "사무엘 애덤스?"

 "어휴 맥주를 물처럼 마셨나 보네."

 활짝 웃는 오빠의 얼굴이 편했다. 묻어두었던 어린 시절의 추억을 나

눌 사람이 있다는 게 참 반가웠다. 차가운 맥주캔 두 개를 사 들고 헥헥대는 보리를 멈춰 세워 한강 둔치에 앉았다.

"오랜만이다, 이렇게 웃는 거."

"무슨 말이에요! 세상 행복한 새신랑이."

웃음기 가득하던 눈에 피곤함이 드리워지더니 오빠는 한숨을 쉬었다. 맥주를 크게 한 입 들이키더니 말을 잇는다.

"신혼이긴 한데, 신혼이 아니니까."

두 사람의 아이를 가져서 힘든 언니를 두고 그게 무슨 말이냐고 화를 내고 싶은데, 입 밖으로 나오지가 않았다. 오히려 오빠와 단둘이 있는 시간이 이렇게 좋을 줄 몰랐다고 외치는 스스로를 다그치기 바빴다. 뭐라고 해야 할지 몰라 그저 맥주캔을 들어 건배하자고 했다. 어둠이 내려앉은 한강과 반짝이는 한남대교가 곱기만 했다.

이러면 안 되는데,
안 되는데

12 。

보리가 있는 삶은 든든했다. 누군가 집에서 나를 기다려 주는 기분은 건강한 책임감이 되어 나를 더 열심히 살게 했다. 언니 오빠는 이따금 보리의 안부를 물었다. 사실 언니보다, 오빠의 연락이 더 잦았다. 왜 굳이, 하고 생각하면서도 수화기 너머 들리는 오빠의 목소리가 좋았다. 두 달은 너끈할 거라고 생각했던 배변 시트와 사료가 간당간당해졌을 때, 마침 전화가 걸려왔다.

"여보세요, 오빠 웬일이에요?"

"보고 싶어서."

"네?"

"보리 보고 싶어서 전화했어."

왜 심장이 뛰고 난리지, 황당했다. 내가 진짜 연애를 오래 못 하더니 드디어 미쳤나 보다. 황망히 도리질을 치고 나의 용건을 말했다.

"오빠 마침 잘됐어요. 사료랑 배변 시트가 거의 다 떨어졌거든요. 똑같은 걸 못 찾겠어서… 어디서 사요?"

"아 그래? 빨리 채워야겠네. 내일 시간 어때?"

"퇴근하고 나면 별일 없어요."

"그럼 내일 7시쯤 너희 회사 앞으로 갈게. 괜찮아?"

요즘 인터넷으로 못 시키는 제품이 없는데 강아지 용품은 뭐가 다른가. 하지만 굳이 그 이유를 묻지 않았다.

퇴근길 회사 앞에 주차된 오빠의 차를 보니 낯설었다. 내 일상에 놓인, 전혀 어울리지 않는 사람.

"안 막혔어요. 오빠? 일찍 퇴근했네요, 오늘은."

"오늘 아주 중요한 일이 있다고 하고 퇴근했지."

"잘했어요. 강아지는 식구니까."

"강아지를 식구라고 말하는 걸 보니 이제 어엿한 견주가 되었구나. 축하한다."

"다 사부님 덕분입니다."

말장난을 주고받으며 도착한 애견용품 가게에서 보리에게 필요한 것들을 사고 나오는데, 오빠가 난데없이 더 필요한 건 없냐고 물었다.

"혼자 사는데 필요한 것들 있을 거 아니야. 고마워서 생활용품이라도 채워줘야지."

진짜 괜찮다고 손사래를 치는데 오빠는 벌써 근처 마트로 들어서고 있었다.

"어디 가요, 오빠."

"쌀 사러 간다. 왜."

"아니 나 집에서 밥 잘 안 해 먹어요, 진짜 괜찮다니까 그러네."

"그러면 키가 안 커."

지금 자기 키 크다고 자랑하는 거야 뭐야. 우리 아빠도 신경 안 쓰는 키를 도대체 왜 오빠가 신경을 쓰는 거냐고 딴지를 걸어보려는데 오빠는 순식간에 주차를 마치고 빨리 내리라고 아우성이었다.

"안 내려요, 안 내려. 필요한 거 없다니까."

"그럼 내가 알아서 사 온다."

성큼성큼 걸어가는 오빠의 뒤를 따라서 마지못해 카트를 꺼냈다. 식품 코너를 빙빙 돌면서 오빠는 이것저것을 가리킨다. 하나도 필요 없는 것만 쏙쏙 골라서.

"고기? 우유? 너 과일은 좀 먹어야 돼."

"와 진짜 하나도 필요 없다."

"그러니까 필요한 걸 말하라니까 그래."

이 옥신각신을 마트 문 닫을 때까지 할 수는 없어서, 5킬로짜리 쌀 한 포대를 싣는 것으로 마무리했다.

"이거 집에 옮겨다주시면 저는 대만족입니다."

"그럼. 이 정도는 들어다주지."

남자 사람과 마음 편하게 웃고 떠들며 저녁 시간을 보낸 것이 얼마만인지 모르겠다. 그러고 보면 주환 씨 이후로 내가 개인적인 대화를 나눈 남자는 오빠뿐이다. 친오빠는 없지만 그런 존재가 있다면 이런 다정함과 듬직함을 주는 사람이 아닐까. 어쩌면 이런 사람을 보고 일등 신랑감이라고 하는 건지도 모른다. 잠깐. 내가 지금 남의 남편을 두고 무슨 생각을 하고 있는 거람. 화들짝 놀란 나는 고개를 저었다.

트렁크에 싣고 온 보리의 짐들과 5킬로짜리 쌀가마를 들고 집에 도착하니 벌써 9시가 다 되어가고 있었다.

"늦었네. 오빠 빨리 들어가봐요. 언니 걱정하겠다."

"쌀 들고 온 사람한테 물 한 잔 줘야 되는 거 아니니?"

"누가 쌀 옮겨달라고 했느냐고요."

말은 그렇게 했지만 진땀이 난 오빠가 우습기도 하고 고맙기도 해서 물 한잔을 떠 왔다. 현관에서 벌컥벌컥 물을 들이켠 오빠는 '휴' 한숨을 내쉬고는 눈인사를 한다. 문고리를 잡은 그때, 오빠의 핸드폰에서 요란한 벨 소리가 울렸다.

"여보세요. 아… 그래? 갑자기? 응… 알았어. 어쩔 수 없지 뭐. 잘 다녀와."

오빠는 알 수 없는 표정으로 전화를 끊었다. 뭐지. 안 가고 뭐 하냐는 표정으로 손을 흔들고 있던 나에게 오빠는 엉뚱한 질문을 했다.

"나 밥 좀 해줄래?"

"네? 갑자기 밥은 왜요?"

오빠는 끊긴 핸드폰을 한 번 쳐다보고 주머니에 넣더니 아니라는 듯 다시 현관문 손잡이를 잡았다.

"아니야. 나도 참 주책이지. 갈게."

저렇게 슬픈 뒷모습으로 밥을 차려달라 했다가 다시 간다고 하면 내가 굉장히 못 할 짓을 하는 기분이잖아.

"뭔데요 오빠! 언니가 뭐… 밥이 다 떨어졌대요?"

"아니 그런 건 아니고…."

오늘 낮에 유독 사이가 돈독한 소영 언니의 친언니가 집에 놀러 왔다가, 냉장고에 변변한 반찬이 없는 것을 보고는 친정으로 납치를 했다고 한다. 친정어머니는 배가 불러온 언니와 이런저런 이야기를 하다가 혼자 몸조리하기도 힘들 텐데 오늘 하루는 자고 가라고 하셨고, 언니도 오랜만에 친정 나들이에 마음이 풀어져서 하루만 봐달라고 부탁을 한 것이다.

"아…."

설명을 들은 나는 고개를 끄덕였다. 보리가 헥헥거리며 현관문에 선 오빠와 나를 번갈아 쳐다보았다.

"보리야, 아빠 오늘 밥 못 먹을 것 같은데?"

오빠의 목소리에 고개를 갸웃하는 보리가 깜찍했다. 저 말을 알아듣나. 진짜 신기한 개다. 한 사람분의 밥을 더 차리는 건 별로 어렵지 않지만, 여자 혼자 사는 집에서 성인 남자와 저녁을 먹는 건 괜히 마음이 편하지 않았다. 하지만 오빠라면, 다른 것도 아니고 밥 한 끼일 뿐이니까, 뭐. 나는 어깨를 으쓱하고 부엌 쪽으로 향하며 말했다.

"들어와요, 오빠. 나 언니만큼 요리 못하긴 하지만. 괜찮다면."

다행히 밥솥에는 박박 긁으면 딱 두 사람이 먹을 만큼의 밥이 남아 있었다. 문제는 반찬인데, 텅 빈 냉장고에 그나마 먹을 만한 건 얼마 전에 혼자 와인 안주하려고 사 둔 연어 한 팩뿐. 이걸 스테이크로 해볼까, 프라이팬을 달구고 샐러드를 씻느라 분주한 나를 보는 것이 오빠는 퍽 민망했던가 보다.

"내가 도와줄 건 없어?"

"없습니다. 앉기만 하세요. 다 됐어요."

차릴 것이 별로 없어서, 완성된 밥상은 집 반찬 두어 가지와 연어 스테이크, 된장국과 밥이 전부였다.

"반찬이 너무 없어서 미안해요."

"얻어먹는 주제에 고맙지 내가."

조용한 방에 오빠와 마주 앉아 식사를 하려니까 뭔가 어색해서 목이 메었다. 게다가 이 연어 스테이크. 이렇게 맛있는 반찬을 앞에 두고 와인 한 잔을 안 하면 연어에 대한 예의가 아니다. 나는 습관적으로 와인 냉장고에 손을 뻗었다. 와인 잔 하나를 꺼내 레드 와인을 따르는데, 어딘가 심통이 난 오빠의 눈을 마주치고 말았다.

"미쳤나 봐. 오빠 운전해야 되잖아요."

"집이 코앞인데 뭐. 걸어가도 돼."

"아무리 코앞이라도 그렇지. 다 큰 숙녀 집에서 와인이 뭐에요."

"그럼 너도 마시지 마."

"아, 유치찬란 진짜. 알았어요. 딱 한 잔만 마셔요."

진한 와인을 기울이며 오빠와 나누는 대화는 연어 스테이크보다 더 쫄깃했다. 재미난 대화보다 더 좋은 안주는 없다고. 딱 한 잔만 하려던

와인은 두 잔, 세 잔을 훌쩍 넘었다. 적당히 취기가 오르던 그때,

"수아는 왜 남자 친구가 없어?"

"말 안 할래요."

"왜, 비밀이야?"

남자 친구 이야기만 하면 내 머리는 복잡해진다. 나는 최선을 다했는데 나에게 일어났던 일들은 예쁜 사랑과 한참 거리가 있으니까. 점점 어두워지는 내 표정을 달래려는 듯 오빠는 말했다.

"이해가 안 가잖아. 너처럼 예쁘고, 착하고, 똑똑하기까지 한 애를 가만둔다는 게."

그런데 그 말이 나를 더 속상하게 했다. 나에게 문제가 없는 거라면 매번 실패하는 인연들에는 무슨 저주라도 붙은 거야 뭐야.

"…미안해. 내 말이 좀 주제넘었나."

오빠는 어쩔 줄 모르는 표정으로 손을 뻗어 나를 위로하려 했다. 금방이라도 눈물이 떨어질 것 같은 찰나.

끼이익 - 탁.

"… 무슨 소리지?"

화들짝 놀란 나는 일어나서 소리가 나는 쪽으로 향했다. 뭔가가 쓸리다가 떨어진 것 같았다. 작은 방에서 부스럭거리는 소리의 정체를 찾아 불을 켰더니 침대에서 떨어진 인형을 끌어안고 허리께를 흔들고 있는 보리가 보였다. 이놈의 개가 어디 여자 혼자 쓰는 방에서! 마음 같아서는 성큼성큼 걸어가 떼어놓고 싶었는데 왜인지 가까이 가기가 무서웠다.

"왜 그래, 뭐야."

이윽고 다가온 오빠가 보리의 움직임을 보더니 눈이 휘둥그레졌다.

"얘 벌써 이렇게 컸나?"

"왜, 뭔데요?"

"이게… 그러니까…."

한참 설명을 주저하던 오빠는 얼굴을 붉히며 머리를 쓸어올렸다.

"그… 개들도 그런 거 있잖아. 사춘기 비슷한."

"사춘기…?"

"아… 그… 있잖아. 남자가 되면… 아이를 만들 준비가 된… 뭐 그런…."

갑작스러운 비유에 내 얼굴도 새빨갛게 물들었다. 인형 다리를 암컷의 허리인 양 끌어안고 아랫도리를 흔드는 보리를 보고 있으려니 에로영화를 틀어둔 듯 민망했다. 이러지도 저러지도 못하고 있는 어색한 침묵을 깬 건 오빠였다.

"보리야, 안 되겠다. 너 화장실 들어가자!"

오빠의 팔에 들려 화장실로 들어가는 보리의 생식기가 붉고 길었다. 화장실 문을 닫고 나온 오빠의 뺨도 발그레했다.

"엄청 민망하네요."

"그러게."

수백 번도 더 마주친 눈이었는데, 항상 눈이 마주치기 무섭게 웃어젖히곤 했는데 지금은 웃음이 나오질 않았다. 그 깊고 진지한 눈을 피하고 싶지 않아 한 발자국씩 다가오는 모습을 가만히 바라보았다. 다가울수록 심장이 몹시, 뛰었다. 방문에 기대어 얼어있는 나에게 눈높이를 맞춘 오빠에게 뭐라도 장난을 쳐야 할 것 같은데 입이 떨어지지 않았다.

"무슨 생각해?"

"음… 보리도… 남자구나?"

오빠는 배시시 웃으며 나를 따라 했다.

"…남자구나?"

웃음기가 사라지자 눈빛이 더 깊어졌다. 한층 더 가까워진 입술을 열며 다시 물었다.

"그럼 나는?"

"오빠는….”

눈을 내리깔았다가 올리며 오빠의 눈을 마주치자마자 나는 다시 눈을 감아야 했다. 입술 끝에 닿은 숨결이 내 말을 삼켰다.

"…대답 안 해도 돼."

눈보다 혀가 더 바빠졌다. 도톰한 입술은 따뜻했고 내 허리를 잡은 손은 뜨거웠다. 인형이 있던 침대 위로 나를 쓰러뜨리고 위로 올라오기까지 10초도 걸리지 않았다. 어깨를 잡았던 손이 나도 모르게 목 뒤로 올라가 까끌한 머리칼을 쓰다듬었다. 오빠는 내 허리를 들어 베갯머리로 올렸다. 싱글 침대 하나가 그와 나의 무게로 출렁였다. 넥타이를 만지작거리고 있는 나에게 오빠는 젖은 입술을 열어 말했다.

"풀어줘."

망설이는 내 손 위에 그의 손을 포개며 재차 말했다.

"풀어줘 답답해."

넥타이를 풀어 넘기고 셔츠 단추를 풀어헤치는 내 손가락이 바빴다. 오빠의 맨가슴에 입술을 대고 혀를 굴릴 때 그의 입에서 흘러나오는 신음 소리가 귓가에 울렸다. 원피스 속으로 허리를 쓰다듬던 손이 아래로 내려가더니 순식간에 속옷이 바닥으로 떨어졌다.

'이러면 안 되는데.'

언니의 얼굴이 스쳐 갔고, 결혼식 날이 떠올랐고, 셋이 즐거워했던 날들이 생각났다. 지금 부드럽게 허벅지를 쓰다듬는 손이, 맞잡았던 언니의 손과, 하얀 부케.

정신이 번쩍 들었다.

"오빠, 잠깐만. 잠깐만요."

"괜찮아, 수아야."

"아니야, 안 괜찮아 오빠."

눈물 젖은 내 목소리에 멈칫하는 오빠가 느껴졌다. 힘이 풀린 그 손에 내 손을 포개고 다시 한번 반복했다.

"…안 괜찮아요. 오빠."

바르르 떨리는 손가락으로 힘주어 오빠를 밀어냈다. 외로움이라는 이름으로 벌이는 실수는 한 번으로 충분하다.

"하나도, 하나도 안 괜찮다고…. 이런 건."

아까부터 찰랑이던 눈물이 와르르 터져 나왔다. 고개 숙인 오빠의 옆모습이 볼을 타고 흘러내렸다.

다시
사랑할 수 있을까

13 。

오빠는 미안하다는 말을 남기고 방을 떠났다. 잠든 척을 하고 있는 내 이마에 오빠의 입술이 닿았던 것 같기도 하다. 냉장고 기계음이 들리기 시작한 방 안에서 보리만 멀뚱히 나를 바라봤다. 멍하니 누워 있는 나에게 왜 그러고 있느냐고 묻는 것 같았다.

출근길 내내 속이 시끄러웠다. 유부남에게 흔들린 나라는 여자가 부끄러웠고, 오빠에게 원망이나 미움이 솟기보다 오빠도 남자니까 그럴 수 있지, 이해하고 있다는 게 웃기고 슬펐다. 그저 언니만. 마음에 걸렸다.

며칠이 지나도록 오빠는 연락이 없었다. 나도 언니의 출산일까지 보리를 맡아주는 친한 동생의 역할에 충실하기로 마음을 먹었다. 마침 업무도 눈이 팽팽 돌도록 바빠져서 잡생각에 빠지는 나를 현실에 발

붙여주었다.

연말을 앞둔 패션 회사란, 식구가 오십 명쯤 되는 종갓집의 명절날 같다. 크리스마스 에디션에 대한 압박 때문에 사이트를 뒤지다 눈이 튀어나올 지경이었고 모든 브랜드가 이런저런 행사에 열을 올리는지라 샘플을 맡기는 업체들은 업무가 늦어지기 일쑤였다. 그날도 주말 전에 마감하려고 수정사항을 잔뜩 적어 보낸 팸플릿 때문에 업체 실장님과 여러 번 전화를 주고받는 중이었다. 테이블에 엎어 둔 핸드폰이 울리기 무섭게 전화를 받았다.

"실장님, 다 됐어요?"

"수아야."

잠긴 목소리가 심상치 않았다. 누구지? 액정 화면에 적힌 이름은 소영 언니였다. 심장이 쿵 내려앉았다.

"바쁘니?"

망했다. 올 것이 왔구나. 순간 핑그르르 도는 정신을 겨우 붙잡고 목소리를 가다듬었다.

"괜찮아요. 언니, 무슨 일이에요?"

"물어볼 게 있어서… 퇴근하고 잠깐 집으로 와줄 수 있어?"

"네… 그런데 오늘 금요일이라 일이 많아서 도착하면 8시 반, 9시쯤 될 텐데 괜찮아요?"

"응, 고마워."

고마워, 하고 말하는 언니의 목소리에 피곤함이 가득했다. 이상했다. 고마워라는 말이 남편과 사고를 칠 뻔한 여자에게 건네기에 적합한 말은 아니니까. 저녁에 봐요, 하고 말하긴 했지만 통 일이 손에 잡히질 않았다. 나를 철석같이 믿어주었던 언니를 볼 생각에 까마득했다. 무슨 말로도 언니의 배신감을 달랠 수 없다고 생각하니 진득한 죄책감이 사무쳤다. 하지만, 이미 벌어진 일. 뺨을 맞고 머리카락이 다 뽑혀도 잘못했다고 손이 발이 되게 비는 수밖에 없었다.

퇴근 시간까지 어떻게 의자에 붙어 앉아 있었던지 모르겠다. 언니의 집 앞에서 초인종을 누르기까지 수십 번도 더 망설였다. 오빠도 있겠지, 9시가 다 되어가는데. 그날 이후 마주치는 건 처음인데 어쩌지. 그냥 지금이라도 도망치고 잠수를 탈까. 아, 그건 정말 더더욱 못 할 짓 아닌가. 심호흡을 하고 벨을 눌렀다. 인터폰으로 내 얼굴을 확인한 언니는 남산만 한 배를 붙잡고 문을 열었다. 당장 머리채를 잡힐 각오를 하고 있었는데, 언니의 목소리는 의외로 차분했다.

"오느라 고생했어."

"…아니에요, 언니."

"들어와."

문을 열어주는 언니를 따라 거실로 들어섰다. 깨끗한 방은 쥐죽은 듯 조용했다. 오빠는 아직인 걸까.

"…언니 혼자 있어요?"

질문하기가 무섭게 언니의 눈에서 눈물이 떨어졌다.

"언니, 왜 그래요?!"

"나 어떡하니, 나랑 애기 이제 어떡해."

오열하는 언니를 부축해 소파에 앉혔다. 출산일이 코앞인데 슬피 우는 언니를 보니 애잔했다, 미안했다. 한참을 울던 언니는 휴지 반 통을 눈물 콧물을 닦는 데 쓰더니 물었다.

"그날, 그 클럽 간 날 정말 오빠 못 봤어?"

"…닮은 사람은 봤지만, 오빠였는지는 잘…."

3층 구석에서 키스하던 남녀가 스쳤지만, 확실하지 않아 뭐라 대답할 수가 없었다. 닮은 사람이라는 말에 언니는 얼굴을 감싸 안았다.

"…언니?"

다시 한참 눈물을 닦던 언니는 결심한 듯 테이블 위에 올려져 있던 노트북을 켰다. 페이스북에 접속하는 손가락이 파르르 떨렸다. 오빠의 페이스북 메시지에는 낯선 여자와 주고받은 내용이 가득했다. 한참 위로 올리니 오빠가 클럽에서 파티를 했던 날 새벽부터 시작이었다.

'703호?'

호텔 룸 넘버가 박힌 문을 찍은 사진을 시작으로 한 메시지였다.

[좋았어.], [나도.], [또 보자.], [언제 시간 돼?]

대화 내용은 지날수록 알콩달콩해졌고, 지난주 주말까지 이어지고 있었다. 고작 3일 전, 내 방에서의 일이 있고 난 다음 주였다. 뭔가로 머리를 한 대 얻어맞은 기분이었다. 언니는 페이스북 메시지를 보고도 사실을 믿을 수가 없어 이 여자에게 연락을 했다고 한다. 다행히 여자의 페이스북은 핸드폰 번호와 연결이 되어 있었고 모르는 번호일 텐데도 선선히 전화를 받았다고 했다. 누구냐고 묻는 언니에게 낯선 여자는 그러는 당신은 누구냐고 했고, 이해철 씨의 부인이라고 하자 상당히 충격을 받은 모양이었다고, 했다.

"여자 친구래."

유부남인 줄은 꿈에도 몰랐다고 말하는 여자의 목소리는 앳되고 똑 부러졌다고 했다. 클럽 3층 룸에 들어섰을 때 여자의 손을 잡고 옆에 앉힌 것도, 2층으로 내려가려는데 쫓아와 벽에 가두고 키스를 한 것도 오빠였다고 하는 대목에 이르러서는 나도 모르게 벌어진 입을 손으로 가릴 수밖에 없었다. 아니길 바랐는데, 닮은 사람이기를 바랐는데. 키스를 멈추고는 맞은편 호텔로 들어갔고, 관계가 끝난 후 미안하다고 친구들이 기다려서 먼저 가보겠다고 나가는 모습이 이상하긴 했지만 그러려니 했다고 설명하는 여자의 목소리를 들을 때, 언니는 소리를 지르며 울었다고 했다. 그것도 모르고, 새벽에 오빠가 들어왔다며 나에게 고맙다고 했던 자신이 미치도록 비참했다고. 사귀기로 한 날 밤, 택시를 태워 보내면서 끝끝내 안 받겠다고 손사래를 치는 여자에게 카드를 쥐여주는 남자를 거절하는 것도 어렵지 않았겠느냐고 되물었다고. 힘드시겠네요, 하고 오히려 언니를 위로하는 여자에게 화를 내지도 욕을 하지도 못한 채 전화를 끊었다고 했다.

"이혼해야겠지?"

언니의 붉은 눈에 또 농도 짙은 눈물이 고였다. 답할 수 없이 고개를 떨군 내 무릎에도 눈물이 뚝뚝 떨어졌다. 10년, 참 길고도 꿋꿋하게 지켜온 연애의, 사랑의 끝이 이따위라니. 언니의 상처에 한몫한 나 자신을 용서할 수가 없었다. 손을 잡고, 어깨를 쓰다듬다가, 나지막이 미안해요 언니, 하고 속삭였다.

"네가 뭐가 미안해 수아야."

"도움이 못 되어서요. 언니."

내 붉어진 눈시울을 응시하던 언니는 한참을 흐느꼈다. 토닥이는 손길에 자신이 없었다. 나는 언니를 위로할 자격이 없었다.

"내가 너무 오래 붙잡고 있었지. 미안해."

"괜찮아요? 언니 혼자 있을 수 있어요?"

"응. 언니한테 와달라고 했으니까. 괜찮아."

오빠가 말했던 그 친정 언니인가. 누구라도 나보다 나으리라는 생각이 들었다.

"언니, 그럼 저 가볼게요. 미안해요."

무거운 몸을 일으키려는 언니를 만류하고 집을 나섰다. 어둠이 내린 길을 걸어 집으로 돌아가는 길이 유난히 쌀쌀했다. "이혼해야겠지?" 라고 묻던 언니의 물기 머금은 눈을 생각하면 사랑의 결실이나 영원의 약속 같은 말은 다, 드라마 속에만 있는 말 같다. 그래서 둘은 오래오래 행복하게 살았답니다, 역시 정말 동화책을 쓰기 위해 만들어진 표현이라는 확신이 들었다. 집 앞 골목에 들어서자, 방문을 열었을 때 발랄하게 나를 맞을 보리를, 그 전과 같은 미소로 안아줄 자신이 없었다. 도저히 이 기분으로는 집에 못 들어가겠다 싶어 발을 돌려 가로수길 쪽으로 걸었다. 조용한 데서 와인 한잔하고, 그러고도 모자라면 위스키라도 들이킨 다음에 들어와야지, 좀 취한 상태로 잠들면 그나마 머릿속에서 윙윙대는 이 복잡한 기억의 소음이 잠잠해질 거야.

어둑한 창문 너머로 테이블 위 올려둔 촛불이 아른거리는 바가 보였다. 문을 열고 들어가 바에 앉으려다, 누군가와 말할 기분이 도저히 아니라서 구석 테이블에 앉았다.

"하우스 와인 한 잔 주세요."

메뉴판을 들고 오던 웨이터는 예의 바르게 다시 발걸음을 돌렸고, 잠시 후 짙은 포돗빛 와인과 땅콩 한 줌을 담은 하얀 사기그릇을 내려놓았다. 짭조름한 땅콩을 씹으면서 와인을 들이켰다. 오빠와의 그날, 언니의 눈물, 페이스북 메시지 속 낯선 여자의 미소가 번갈아 떠올랐다. 이 말도 안 되는 일에 '나쁜 년 2'쯤으로 등장한 나라는 인물에 대한 참을 수 없는 분노와 죄책감이 일었다. 마지막 한 모금을 들이키고도 취기가 충분히 오르지 않아 위스키 한 잔을 주문했을 때, 인스타그램 알림이 울렸다.

[안녕하세요. 스타일이 좋으셔서 용기 내서 메시지 드렸어요.]

무의식적으로 프로필 사진에 눈이 갔고, 프로필을 클릭해서 피드로 넘어갔다. 피드를 채운 사진은 훤칠한 키에 깔끔한 얼굴을 한 건장한 남자였다. 운동도 열심히 하고 여행도 여기저기 다녀오고 회사도 괜찮아 보였다. 생각 없이 다시 다이렉트 창으로 돌아와 답장을 보냈다.

[이런 연락을 받아보는 건 처음인데. 감사해요.]

208킬로미터를 오가는
밀고 당기기

14 。

장거리 연애에 대한 이야기는 많이 들었다. 하지만 가까운 연애가 중요한 나로서는 먼 지역의 사람과 관계를 맺는 것 자체에 관심이 없었다. 애초에 그 가능성을 차단했다는 말이 맞겠다. 윤건우, 그 사람을 만나기 전까지는.

그날은 지긋지긋하게 길었던 겨울이 끝나가는 3월의 초입이었다. 마침 날이 무척 좋은 주말이라 혼자 카페에서 커피를 홀짝이고 있었다. 무의식적으로 인스타그램을 구경하던 나는 소스라치게 놀랐다. 또 그 남자의 피드를 보고 있던 것이다. 몇 달 전, 와인에 이어 위스키를 홀짝이는 동안 다이렉트 메시지를 보내왔던 그 인스타남의 피드를 말이다. 그날 밤, 나는 인스타남에 대해 몇 가지 중요한 정보를 알게 되었다. 운동을 좋아하는 영업사원이고, 나이는 나와 동갑이고, 사는 곳은 놀랍게도, 전주라고.

'전주?'

언젠가 다녀오기는 했지만 KTX로도 왕복 3시간은 족히 걸렸던 곳이라 부담스러웠던 기억이 난다. 그렇게 먼 곳에 사는 사람이 내가 외롭고 힘들 때 어떻게 위로가 되고 기댈 나무가 되어줄 수 있을까. 체념한 나는 답장을 하지 않았고, 그렇게 겨울이 훌쩍 지났다. 그런데 그 길었던 겨울 동안 일주일에 최소 두 세 번씩은 같은 아이디를 검색하면서 그의 얼굴을 염탐하고 있었다. 인스타그램에서 돋보기를 클릭하자마자 그의 얼굴이 최상단에 올라 있어 이제 굳이 아이디를 칠 필요도 없을 만큼. 이 정도라면 그깟 전주, 어디에 붙어 있건 내가 내려가주겠다는 괜한 오기가 솟았다. 좋아, 다시 연락을 해보자.

겨울잠에서 깨어난 곰 마냥 투지에 불타 그 사람의 프로필 아래 '메시지 보내기'를 클릭하기는 했는데. 내가 대화를 끝냈던 다이렉트 메시지 창에 다시 말을 걸으려니 인사말이 궁색했다. 이렇게 저렇게 고민을 하다가 결국 심플한 게 최고라고, 네 글자를 전송했다.

[잘 지내요?]

답장이 안 와도 어쩔 수 없다고 반 포기 상태였는데 한 시간도 채 지나지 않아 인스타남에게 답장이 왔다. 몇 달간 태우던 애간장이 사르르 녹는 기분이었다.

[어, 서울 사람! 잘 지냈어요?]

서울 사람이 뭐야. 그래도 차단하지 않았다는 것과 나를 기억하고 있다는 것이 다행이었다.

　[서울 사람이라니. 제 이름은 수아예요. 정수아. 네, 겨울잠 제대로 잤네요.]

　[아 맞다 수아 씨. 겨울잠 잔 건 아닌 것 같은데. 스키도 타러 가고. 동남아도 가고.]

뭐지, 이 사람도 내 인스타 피드를 보고 있던 건가?

　[그쪽도 인피니트 풀도 가고 등산도 가고 완전 바쁜 겨울이셨던 것 같은데요.]

　[그쪽이 뭐예요. 저도 이름 있다고요. 윤건우. 근데 수아 씨, 나 염탐했어요?]

　[염탐은 좀 그렇고. 가끔 구경.]

가끔의 빈도가 매우 잦고, 길었지만. 그렇게 솔직하게 말할 수는 없는 노릇이니.

　[나도 가끔 구경했어요. 예쁜 사진이 많아서. 아, 우리 동갑이라고 했죠. 그냥 말 편하게 할까?]

　다이렉트 메시지로 시작한 대화는 카카오톡 메시지로 넘어왔다. 우리의 대화는 느리지만 꾸준히 이어졌다. 전송을 누른지 1분도 채 지나지 않아 칼 답장이 오는 것은 아니었다, 오히려 서네 개의 메시지를 보내고 나면 한두 시간이 지난 후에 오는 식이었다. 나 역시 바빴던지라 그런 것은 아무래도 좋았다. 사진으로만 애달파하던 사람이 핸드폰 너머에서 내 존재를 인식하고 자신의 일상을 털어놓고 있다는 게 꿈 같았으니까.

　봄맞이 프로젝트 마감으로 세상 바쁘던 날이었다. 늦은 퇴근길에 확인한 카카오톡 창에는, 저녁은 먹었냐고, 운동하러 들어간다고, 오늘 하루도 고생했다고, 선을 지킨 다정한 메시지가 와 있었다. 늦은 답장이 미안했고, 챙겨주는 누군가가 있다는 게 고마웠다.

[이제 퇴근했어. 완전 피곤. 신경써준 거야?]

망설이다 세 글자를 더 보냈다.

[고마워.]

진심을 담은 고마워가 나왔다. 딱히 예쁘게 보이고 싶은 것은 아니었지만, 서너 시간 숨 막히게 일을 쳐내고 한숨 돌리며 바라본 카톡창에 그의 메시지가 걸려 있을 때, 웃음이 났던 것은 사실이니까.

[말도 예쁘게 하네.]

처음으로 '일상'에서 벗어난 반응이었다.

[나도 너랑 이야기하면서 일하니까 재밌어.]

기분이 좋았다. 잠들고, 다시 일어나고, 서로의 점심 저녁 메뉴를 살피고, 이른 퇴근을 축하해주고, 친구들과의 만남이 길어지면 살짝의 걱정을 던지는, 일상적인 메시지를 주고받은 지 일주일째. 어떤 패턴으로 일을 하고 어떤 생활을 하는지 대충 파악은 했는데, 도통 만나자는 말을 하지 않는 그에게 답답증이 일었다.

"어떻게 해야 하지?"

오랜만에 만난 연애 경험 많은 친구와 와인 잔을 부딪치면서 나는 난데없이 물었다.

"뭐가?"

가뜩이나 동그란 눈을 더 크게 뜨며 묻는 친구에게 나는 두서없이 털어놓기 시작했다. 오랜만에 마음에 쏙 드는 남자가 나타났는데, 사는 곳이 전주라는 것. 나는 그러거나 말거나 일단 만나고 싶은데, 도무지 만나자는 말을 하지 않아 고민이라고. 쏟아내는 말을 꼼꼼히 담아듣던 친구는 붉은 와인을 한 모금 삼키더니 말했다.

"네가 만나자고 하면 되잖아."

"아, 어떻게 그래."

"애가 애매하게 구는 게 좀 짜증나긴 하지만, 밑져야 본전이잖아. 그냥 물어봐. 다음 주말에 뭐하냐고."

[이제 퇴근했다. 저녁은 먹었어?]

30분 전에 온 카톡을 확인하지 않은 채 만지작거리고 있던 나는, 다음 주 금요일에 뭐하냐는 말을 써둔 채 전송을 망설였다.

"그럴까?"

"언제부터 이렇게 고민이 많았어, 얘도 참. 내가 전송 눌러줘?"

"아니, 그냥. 너무 마음에 들어서 그래."

"이해해. 그래도 일단 만나야 뭔 일이 나도 날 거 아니야."

그렇겠지, 그래 이런 거로 끝날 거면 시작을 말아야지. 나는 마음을 굳게 먹고 전송 버튼을 눌렀다.

[파스타 먹는 중! 다음 주 금요일에 뭐해?]

뜬금없는 전개이긴 했지만, 오늘에라도 이야기하지 않으면 도저히 이 멀디먼 관계는 사이버 친구로 끝날 것만 같았다. 10분이 지났을까, 평소보다 빠른 답장이 왔다.

[다음 주 금요일? 딱히 약속은 없어.]

[너는?]

무슨 뜻으로 묻는 것인지 뻔히 알면서 한 번 더 묻는 그가 얄밉기 짝이 없었다. 나는 자존심이 상해 친구에게 말도 못 하고 또 고민에 빠졌다. 시원찮은 대답임을 눈치챈 친구가 묻기 전에 뭐라도 보내야겠다 싶었다.

[나는 전주 내려갈까 했지.]

어차피 주사위를 던졌으니까 뭐라도 끝을 봐야 했다.

[드디어 만나는구나.]

애매한 대답에 화가 치밀었다. 자존심이 상했다. 뭐라 말할 수 없는 기분으로 대화를 마무리했다.

[응 그날 봐~]

시큰둥한 듯했던 그는 금요일이 다가올수록 간간이 어떤 음식을 좋아하는지, 어디에 가고 싶은지 물어왔다. 뭘 입고 갈까 고민하는 나에게 패션 하는 너 앞에서 뭘 입어야 좋을지 본인이 더 걱정이라며, 살면서 오십 번쯤 들었던 말을 했다. 느릿느릿 일주일이 흐르고 목요일 저녁, 그는 물었다.

[내일 몇 시쯤 내려와?]

[퇴근하고 6시 반 기차 타려고. 도착하면 8시쯤 될 것 같아.]

[나도 일 끝나자마자 데리러 갈게.]

실감이 나지 않았다. 사진으로만 보던 사람을 실제로 만나게 된다는 기대감으로 침대 위에서 몸을 뒤척였다. 한 번도 연예인을 좋아해 본 적 없는 내가 가정하기는 우습지만, 팬 미팅 하루 전날 팬의 기분이 이럴까.

평소보다 1시간 일찍 일어난 아침은 부산스러웠다. 너무 차려입고 가자니 금요일 저녁 어디를 또 가시냐는 이죽거림이 거슬렸고, 평소처럼 가자니 첫인상에 별 다섯 개는 너끈히 받고 싶은 마음이 컸다. 옷장을 한참 뒤적이다가, 브이넥 블라우스에 하이웨이스트 스키니진을 받쳐 입고 얼마 전 패밀리 세일 때 큰맘 먹고 지른 봄 재킷을 걸쳤다. 적당히 세련되고 적당히 여성스러운 모습. 이 정도면 괜찮겠지?

한두 시간 간격으로 울리는 그의 메시지에 정신을 쏟는 하루를 보내고, 6시가 되자마자 컴퓨터의 전원을 껐다. 서울역까지 가는 30분이 조마조마했다. 아슬아슬하게 기차에 올라탄 후 까맣게 번져오는 차창 밖 하늘을 멍하니 바라봤다. 일면식 없는 남자를 만나러 전주까지 내려가는 지금을, 한두 달이 지난 후에 후회하게 될까, 잘했다고 박수 치게 될까 궁금했다. 어느 쪽이라도 '해볼걸' 하는 미련은 남기고 싶지 않았다. 저질러 버리고 하는 후회가, 하지 못해 남는 아쉬움보다 나으니까.

기차에서 내려 한옥 처마를 닮은 전주역 앞에 도착한 시간은 저녁 8시 29분이었다. 열차는 약속대로 8시 9분에 플랫폼에 도착했지만 화장을 고치고, 어딘가 헝클어진 머리카락을 빗어 내리고, 목 뒤와 손목에 향수를 뿌린 후 걸어 나왔더니 20분쯤은 금방 지나가 버린 탓이다.

[지금 가는 중이야.]

9분 도착인 것을 뻔히 알면서, 8시 5분에 보내온 메시지 때문에 좀 더 느릿느릿 준비한 것도 분명 있었다. 지금쯤 도착했을 텐데. 조마조마하며 왼손에 잡은 핸드폰을 만지작거리고 있을 때, 진동 벨이 울렸다.

"여보세요."

"도착했어? 나 지금 전주역 앞이야."

어둑한 역 앞에 줄지어 선 택시 사이, 빼꼼 들어오는 차 한 대가 보였다.

"나 네가 보이는 것 같아."

비상등을 깜빡이는 차가 미끄러지듯 내 앞에 선다. 조수석 문을 여는데 '관계자 외 출입금지' 정도의 경고가 붙은 비밀의 문을 여는 것처럼 심장이 뛰었다.

"안녕! 늦어서 미안해."

싹싹하게 말을 붙인 그는 내가 인스타그램에서 오백 번은 넘게 뜯어보던 얼굴과 똑 닮아 있었다. 어둑한 차 안에서도 뽀얗게 빛나는 피부와 아몬드같이 밝은 갈색의 눈동자를 보며, 모든 사진이 포토샵의 산물은 아니구나, 감탄스러웠다. 민망한 듯 웃어 보이는 입꼬리 끝에 움푹 팬 보조개가 운전석을 꽉 채운 어깨와 사뭇 대조된다고 생각했다. 빤히 보는 내가 부담스러웠던지, 건우는 물었다.

"왜, 사진이랑 너무 다르게 생겼어?"

"아니… 완전 똑같아서."

"나도 주차하면 그렇게 찬찬히 뜯어봐야겠다."

"오늘 차에서 안 내려야겠다."

내 말장난을 선선히 받아치며 그는 저녁 걱정을 했다.

"어디가 좋으려나… 그래도 역시 비빔밥은 먹어야겠지?"

"비빔밥 좋지."

"괜찮아? 다행이다."

그는 전주 사람들도 인정하는 비빔밥집이라는 설명을 보태며 30분쯤을 달렸다. 길다면 길고 짧다면 짧은 그 시간이 심심하지 않게 할 만큼의 위트가 있다는 점이 놀라웠다. 짤막한 메시지와 전화 한번 하지 않는 태도에서 세상 조심스러운 성향이리라 확신했었는데. 이렇게 재밌게 말할 수 있는 사람이 왜 그동안 숨겨왔던 거야?

비빔밥집에 마주 앉아 큼지막한 금색 그릇에 담겨 나온 비빔밥을 맛깔스럽게 입에 넣으며 굉장히 일상적이고 평범한 이야기를 주고받았다. 어떤 친구들이 있고, 최근에 가장 웃겼던 일은 뭐였고, 그때 카톡으로 이야기했던 출장에서는 사실 이런 에피소드가 있었고, 야근했던 날 팀장님이 사 오신 치킨이 어떤 맛이었는지 따위의 이야기들이 적당한 웃음과 맞장구를 참기름처럼 끼얹으면서 그와 나 사이를 오갔다. 재미가 있다면 있었지만, 서울에서 전주까지 올만큼 매력적인 시간은 아니었다. 서울로 올라가는 기차며 버스며 모두 끊겼다는 게 살짝 걱정스러웠다. 그래도 그에게 순순히 내 상황을 이야기해 줄 생각은 없었다. 만남이 끝나면 적당히 아무 호텔에서 하룻밤을 보내고 아침 기차로 올라가야겠다. 마음 정리를 끝내고 주차장으로 걸어오는 길에 그는 물었다.

"어디서 잘 거야?"

나는 뭐라고 말해야 좋을지 고민스러웠다. 금요일 저녁에 내려왔으니 하루 자고 갈 거라고 생각하는 게 당연하긴 하지만 막상 거취를 묻는 질문을 받으니 껄끄러웠다. 침을 꼴깍이며 바라본 그와 나 사이에 탱탱볼이 오가는 기분이 들었다.

"음… 사실 안 정하고 내려왔는데."

"그래?"

일단 조수석에 앉은 나는 안전벨트를 매지 않은 채 무언가 설명해야 할 것 같은 기분을 마주했다. 보통 이럴 때는 의식의 흐름대로 말하는 것이 차라리 나았다.

"너를 만나고 싶은 기분에 내려오긴 했지만 날 책임질 필요는 없어. 있고 싶은 만큼 있다가 알아서 올라갈게."

"그렇구나."

애매한 대답을 한 그는 잠깐 생각을 하는 듯하더니 시동을 걸었다. 움직이기 시작한 핸들을 바라보며 나는 멍하게 물었다.

"어디가?"

"글쎄, 일단 가보려구."

머리 위로 물음표가 백 개쯤 솟았지만, 어차피 내 생각이라는 것 없이 내려온 것이다 보니 그냥 다 맡겨버리자고 마음을 먹었다.

무슨 마음인지 알지만,
그렇게 빨리는 안 돼

15 。

11시가 다 되어가는 전주의 도로는 한산했다. 어둑한 도로가 낯설고 신기했다. 드문드문한 아파트, 어찌 보면 낮은 듯한 상가들이 지나가고 한옥 처마가 나타나기 시작했을 때, 나도 모르게 외쳤다.

"한옥 마을? 전주 한옥 마을?!"

"이 시간에 와보는 건 나도 처음이긴 한데… 전주에 오면 꼭 와봐야 하는 코스니까."

어둠이 내린 한옥 거리를 걷노라니 으스스했다. 불빛은 휘황찬란했지만 언젠가 한국 민속촌에서 했던 공포 체험이 떠오르면서, 군데군데의 어두운 골목 저 멀리 또는 이 가까이에서 무언가 튀어나올 것 같았다. 하지만 괜히 더 용감하게 걸었던 이유는 지금 이 순간이 나에게 몹시 행복하다는 것을 보여주기 위한 객기였을까.

"영화 속에 들어온 것 같아. 기분 정말 좋다."

말하기가 무섭게 멀리서 고양이 울음소리가 들렸고 반사적으로 악, 소리가 나왔다.

"괜찮아, 고양이야 고양이."

괜찮아, 라는 말과 함께 어깨 위에 닿은 그의 손이 크고 따뜻했다. 메시지로 주고받은 말이 많았고 오늘 함께 있던 시간도 흔한 소개팅치고는 꽤나 길었지만, 그와 나를, 친구 이상으로 느끼게 한 최초의 접촉이었다. 그래봤자 어깨에 얹힌 손바닥일 뿐인데 차로 걸어가는 동안 왼쪽 어깨를 누르는 그 무게에 심장이 덜컹 내려앉았다. 고양이 소리가 무서워서일 거야. 늦은 밤 한옥 마을이 으스스해서. 나에게 속삭이는 혼잣말에 별 자신이 없었다.

아직도 바들바들 떨리는 손가락을 두 손으로 꼭 잡고 조수석에 앉아 시계를 바라봤다. 어디든 체크인을 하려면 슬슬 알아봐야 할 시간이다. 이렇게 대책 없이 있어서는 안 될 일인데. 머릿속의 나는 시끄러웠지만, 마음속의 나는 천하태평이다. 그냥 눈앞에 일어나는 일들을 일어나는 그대로 즐기고 싶었다. 어떻게든 되겠지. 여행이라면 여행이니까, 그리고 이 여행의 키를 쥔 남자는 무슨 생각을 하는지 모를 표정으로 핸들을 잡고 어딘가로 향하고 있다. 다음 여행지를 기다리는 관람객1의 모습으로 앉은 나에게 그는 넌지시 물었다.

"야시장 좋아해?"

"야시장… 재밌지. 근데 지금 벌써 11시 반인데?"

"30분 남았네."

"뭐가?"

"전주에도 야시장이 있거든. 이 근처인데 봄여름에는 12시까지 해."

"와 신기하다."

"전주 야시장 못 들어봤어?"

고개를 끄덕이는 나를 보며 짓는 그의 미소가 참 예뻤다. 나는 괜히 앞 유리를 뚫어져라 쳐다보며 지나가는 풍경에 꼼꼼히 참견을 했다. 와, 저건 꼭 남대문 같다, 하고 감탄하기까지 10분도 채 걸리지 않은 것 같은데 그는 복잡한 길을 이리저리 잘도 뚫어가며 주차를 했다. 벌써?

"비빔밥 구이는 먹을 수 있겠다."

"응?"

"길거리 음식이 진짜 유명해. 맛있기도 하고."

지구상 어떤 도시를 가더라도 시장은 꼭꼭 챙겨 다니는 나에게, 자정까지 불을 밝힌 야시장은 신선하게 다가왔다. 꽤 많은 사람들이 오고 가는 풍남문 야시장의 모습은 얼핏 광장시장을 방불케 했다.

"고양이 보고 놀랐으니까 배고플 거 아냐."

놀리지 말라며 팔을 살짝 꼬집는 내게 미안 미안, 하며 어깨를 토닥이는 그가 몇 시간 전보다는 편하게 느껴졌다.

"이 시간에도 줄을 서네?"

"그럼. 여기 완전 핫플레이스라니까."

모양을 잡은 비빔밥에 계란을 입힌 새로운 음식이 철판 위에서 자글자글 구워지고 있었다. 밥을 구울 생각을 했다니. 집에서 입이 궁금할 때 해 먹어야겠다는 다짐까지 일었다. 약간의 줄을 기다려 종이 접시 위에 칠리소스가 살살 뿌려진 비빔밥 구이를 받아 들자 고소한 냄새가 코를 찔렀다. 우와. 한 입 두 입 베어 물며 어둠 속 불야성을 이룬 시장을 천천히 돌았다. 태국 음식이며 각종 디저트 등 흥미로운 것들이 많아 고작 12시가 끝이라는 게 아쉬웠다.

"문 닫기 한두 시간 전에 오면 더 재밌겠다."

"구경하기 좋지."

차로 돌아오니 종아리가 살살 아팠다. 얼마 걷지도 않았는데.

"그리고 사실 전주에 호수도 있는데 말이야."

다시 시동을 거는 그의 말에 나도 모르게 하품이 나왔다. 아침부터 지금까지, 퇴근하고부터 쉼 없이 움직인 몸이 노곤하다고 칭얼거리는 듯싶었다.

"있잖아, 나 호수 좋아하는데 그건 내일 볼래."

"그럴래?"

"너희 집은 어디 쪽이야?"

그가 대답한 곳 근처의 호텔을 검색했다. 깔끔한 곳이 많았다. 후다닥 예약을 마치고 다시 그를 바라봤다. 그는 고개를 끄덕이며 말없이 차를 몰았다. 새벽 도로는 한적했다. 호텔 주차장에 도착했을 때 그는 은근슬쩍 내 어깨에 팔을 둘렀다. 대충 봐도 길던 팔이 조수석으로 뻗어오니 나뭇가지마냥 길었다.

"와, 너 팔 진짜 길다. 긴팔원숭이 같아."

팔에 기대어 반짝이는 호텔 로비를 바라보았다.

"내일 몇 시에 일어날 거야?"

"글쎄. 11시?"

"좋아."

초침 소리와 함께 참을성이 오갔다. 자꾸 내 왼쪽 얼굴로 쏟아지는 그의 시선이 난데없이 뜨거운 것이 어색했다. 나는 괜히 더 목소리를 높이며 조수석 문을 열었다.

"내일 봐!"

밝게 웃으며 문을 열고 손을 흔들고 로비로 향해 가는 동안 뒷모습이 자꾸 신경 쓰였다.

샤워를 마치고 수분크림을 바르고 있을 때, 전화가 울렸다. 건우였다.

"응, 안녕."

"잘 들어갔어?"

"그럼. 막 씻고 나왔어."

"나는… 길을 잘못 들어서 다시 호텔 앞을 지나가고 있어."

나고 자란 곳의, 자그마치 집 근처의 길을 잘못 들었다는 말에 담긴 다른 뜻이 너무 훤해서 웃음이 났다.

"너무 피곤해서 커피 한잔 하고 가려고."

그렇구나, 말하며 나는 매트리스 위에 누웠다. 바스락거리는 이불 소리가 좋았다. 기다리는 말이 너무 빤한 그의 말들이 이어질수록 나는 빨리 잠들어 버리고 싶었다.

"배는 안 고파? 뭐라도 사서 올라갈까?"

질문이 여기까지 이어졌을 때 나는 자는 척 말을 잇지 않았다. 그래

올라와, 하고 짧은 승낙을 해버리고 싶다는 충동이 일기도 했지만 그 순간, 이 만남이 일회용이 되리라는 확신이 입을 막았다. 무슨 말을 해야 할지 몰라 그저 눈을 감고 있노라니 쿵쾅이는 심장 소리 틈에서도 잠이 왔다. 잠결에 잘 자라는 말이 들린 것도 같다.

다음 날 아침, 눈을 뜨자마자 전화벨이 울렸다. 그렇게 잠을 좋아하는 사람이 새벽에 들어가 놓고 아침 10시도 되기 전에 전화라니. 참기를 잘했다. 마른 눈을 비비며 여보세요, 내뱉는 목소리에 들뜬 기분이 실렸을까.

"잘 잤어?"

"응, 덕분에."

"몇 시에 만날까?"

"글쎄… 12시?"

"12시 좋아."

그래,라고 웅얼거리며 전화를 끊었다. 창밖으로 쏟아지는 봄 햇살이 따사로웠다. 봄에 대한 기대는 다양한 상상들을 만들어낸다. 꼬리를 무는 기분 좋은 망상의 남자 주인공 역할에 살며시 건우를 그려 넣고 있다는 것에 나는 화들짝 놀랐다. 고작 하루, 첫 만남이었을 뿐인데 이건 또 무슨 설레발이람. 샤워나 하자.

샤워를 마치고 화장대에 앉아 본격적으로 몸단장을 시작했다. 평소에는 귀찮아서 꺼내지도 않던 핑크빛 블러셔를 볼에 토닥이고, 마스카라를 두 번째로 덧바를 때쯤 전화벨이 울렸다. 6층 창문에서 주차장을 내려다보니 막 정문으로 들어서는 빨간 차 한 대가 보인다. 처음 봤을 때도 그 붉디붉은 빛에 뭐 저렇게 야한 색이 다 있담 싶었지만, 쨍한 자연광 아래서 보니 감탄이 다 나왔다. 전주 사람들은 다 알아보겠네.

"응, 일찍 왔네?"

"나 보여?"

"그럼. 전주 사람들 눈에 다 보이겠다."

"그럴 리가. 천천히 준비하고 내려와."

발걸음도 가볍게 내려간 호텔 주차장에서 어제와 똑같이 웃고 있는 그가 새삼 반가웠다.

초봄의 햇살이 부서지듯 간질이는 호숫가를 바라보며 가만가만 걸었다. 찰랑거리는 물과 수면을 스치는 바람 소리를 듣고 있노라니 마음의 소리들이 가라앉는다. 아무 말도 하고 있지 않아도 공간을 채우는 자연의 소리가, 좋았다. 호수를 걸어 나와 차 안에 다시 탔을 때, 운전석에 앉은 그는 대뜸 손을 내밀었다.

"안 잡아줄 거야?"

나는 이 상황이 뭔가 싶어 길고 곧은 손가락을 멀뚱히 보고 있었다.

"그럼 내가 잡아야지."

그는 웃으며 마주 잡고 있던 내 손을 잡아 가두어 버렸다.

"밥 먹으러 갈 때까지 이러고 있기다."

하룻밤 사이에 부쩍 친근하게 구는 그의 모습을 반가워해야 할지 낯설어해야 할지 감이 오지 않았다. 엉거주춤 손을 잡힌 기분을 아는지 모르는지 그는 상기된 표정으로 말을 이었다.

"내가 어제 잠들기 전에 오늘 코스를 생각해봤는데. 그 전에 전주 여행해 본 적 있어?"

"엄청 옛날에 한 번. 기억은 잘 안 나."

"아, 와 봤어? 안 되는데. 한옥 마을 탐방하려고 했는데."

엄청 아쉬운 듯 말하는 그가 귀여웠다.

"한옥 마을은 한 번도 안 가봤어. 어젯밤이 처음이야."

"그래? 잘됐다. 거기 완전 데이트코스거든. 그래서 난 한 번도 제대로 못 가봤어."

"거짓말."

"아, 진짜라니까 그러네?"

눈을 휘둥그레 뜨고 말하는 모습에 웃음이 났다.

"네네. 믿어드리지요."

건우는 어색하게 웃는 나를 가만히 보더니, 깍지 낀 손에 힘을 주며 말했다.

"가봅시다, 전주 여행."

봄 햇살이 내려앉은 한옥 마을 골목은 참 아름다웠다. 드라마 배경이나 뉴스 자료화면으로만 보던 곳이 눈 앞에 펼쳐지는 것이 신기하기만 했다. 한복을 입고 걷는 사람들의 모습에서 눈을 떼지 못하는 나를 보며 건우는 가만히 물었다.

"우리도 입어볼까?"

"…뭘?"

"한복."

순간 속마음을 들킨 것처럼 얼굴이 화끈 달아올랐다. 화장이 다 소용이 없다. 부끄러워 고개를 돌리는데, 건우는 나를 끌고 가다시피 성큼성큼 걸어 한복 대여점에 들어선다.

"내가 봤을 때… 너는 분홍색이 잘 어울릴 것 같아."

색색이 걸린 화사한 한복을 들어 내 앞에 갖다 대 보이는 건우의 표정이 사뭇 진지했다. 언제 봤다고 분홍색이 잘 어울릴 것 같다고 하는지.

"아유, 남자 친구가 센스가 좋네. 요즘 그 색 많이 입어, 커플로."

품이 넉넉해 편안해 보이는 개량 한복을 입으신 사장님이 다가오며 추임새를 넣었다.

"아, 그래요? 사장님, 저희 잘 어울릴 것 같은 한복 하나씩 골라주세요. 이 친구 멀리서 와서 오늘 완전 재밌어야 하거든요."

"멀리? 요즘에는 막 미국에서도 오고 그래."

"엇, 그 정도는 아닌데. 그래도 서울에서 왔다구요."

"아, 서울에서 왔구나~ 둘 다 키도 크고 잘생겨서 뭘 입어도 태가 나겠는데. 보자, 얼마 전에 새로 들어온 한복이 있었는데…"

처음 본 사장님과 스스럼없이 대화를 주고받는 모습을 가만히 보고 있노라니 인스타 너머로 봤던 세상 멋쟁이는 사실 인간미 넘치는, 그냥 한 명의 남자인지도 모르겠다는 생각이 들었다. 그리고, 그 평범함이 잔잔하게 마음에 와닿았다.

"어, 이거 좋겠네. 이리 와봐. 서울 아가씨."

사장님은 서먹하게 서 있는 나를 부르시더니 건우가 처음 골랐던 것과 비슷한 분홍 치마에 연한 하늘빛 저고리를 갖다 대었다.

"피부가 뽀얗고 늘씬해서 이게 딱이겠어. 어때, 남자 친구?"

"제가 뭐랬어요, 분홍색이 잘 어울릴 것 같다니까."

빙글 웃으며 답하는 건우와 거울 너머로 눈이 마주쳤다. 멋쩍게 웃는 나에게 건우는 엄지손가락을 들어보였다. 뭐야 아저씨 같아.

한복을 갈아입는 동안 그놈의 '남자 친구' 소리가 귀에서 맴돌았다. 딱히 긍정도 부정도 하지 않는 건우의 속마음이 궁금했다. 어제까지는 영 뜨뜻미지근하더니 대뜸 손을 잡지를 않나, 한복을 입히질 않나, 도대체 무슨 생각인 건지. 그래도 이 독특한 데이트가 싫지 않았다. 한복을 갈아입고 나오자 사장님은 작은 화관을 씌워주시고 머리도 꼽게 땋아주셨다. 그렇게 꾸며 놓고 나니 안 하던 분홍 블러셔를 해보길 잘했다는 생각이 들었다. 단장을 마치고 나오니 입구 쪽에 웬 훤칠한 선비님이 서 있었다.

"오!"

감탄하며 다가온 사람은 건우였지만, 하늘빛 두루마리를 입고 선 모습에 놀라기는 내 쪽이 더하지 않았을까. 하얀 피부와 서글서글한 갈색 눈동자가 단아한 한복과 찰떡같이 어울렸다.

"어머, 선비님. 멋지시다."

"낭자. 아름답소. 오늘 걷기 딱 좋은 날이구려"

건우는 사극의 한 장면을 따라 하듯 내 손을 잡았다. 따뜻하게 잡히는 손이 처음처럼 부끄러웠다.

한옥 마을은 구석구석 볼거리가 참 많았다. 우리는 한복에 튈세라 조심조심 삼백집의 국밥을 먹었고 손바닥만 한 치즈구이도 아껴가며 삼켰다.

"이렇게 작은 게 5천 원이면 너무 한 거 아니야?"

"선비님, 여행지는 다 그렇습니다. 너무 현지인 티 내시네요."

구경하는 곳이 늘어날 때마다 우리는 조금씩 서로가 편해졌다. 한복을 입고 거니는 사람들 뒤를 따라 포토스폿에서 사진도 많이 찍었고, 딸기잼이 들어 있는 초코파이도 맛보면서 시시콜콜한 이야기를 나눴다. 가족에 대한, 친구에 대한, 직장과 진로에 대한 지극히 30대스러운 이야기들을. 건우는 인스타에 비친 것처럼 트렌디한 사람이었지만, 보이는 것보다 소박하고 단정했다. 술을 즐기지 않고 클럽 같은 곳은 한 번도 가본 적이 없다는 점에서. 그런 쪽으로 나는 말해봐야 손해이기 때문에 그냥 고개를 끄덕였다.

"이제 낭자가 말할 차례 아니요?"

미심쩍게 보는 건우의 볼에 손가락을 대고 꾹 눌러 고개를 돌려버렸다.

밥 먹고 커피 마시고 산책 조금 했을 뿐인데. 어느덧 저녁이 다 되어갔다. 해넘이를 준비하는 하늘빛이 아쉬웠다.

"노을 지는 오목대 한 번 보지 않겠소?"

"오목대가 뭔지는 잘 모르겠지만. 좋아요, 선비님."

"선비 말고 다른 말은 없소?"

"뭐라고 불러드릴까요."

"음… 서방님?"

만난 지 꼬박 하루 만에 이런 장난을 칠 수 있다니, 그것도 랜선에서 만난 사이에. 아, 그냥 인스타로 만났기 때문에 가능한 건가. 관계의 깊이를 생각하면 또 한도 끝도 없이 머리가 복잡해지기 때문에, 나는 그냥 웃었다.

"그래요, 서방님."

지금 여기, 내 손을 잡은 사람과 맑게 웃으며 고운 노을을 보는 것. 그 순간이 행복하다면 그것으로 되었다. 단순하게 생각하자. 야트막한 계단을 오르니 어느 순간 한옥 마을의 지붕들이 한눈에 들어왔다. 저 멀리 보이는 현대적인 건물들과 발아래 보이는 고즈넉한 기와들. 그 위를 분홍빛으로 물들이는 노을은 낭만 그 자체였다. 한참 말을 잇지 못하는 나를 가만히 바라보는 눈동자가 느껴졌다. 왼쪽으로 고개를 돌렸다. 노을빛으로 붉게 익은 잘생긴 얼굴이 나를 뚫어지게 쳐다보고 있었다.

눈을 피하지 않는 내 목을 감싸는 손이 따뜻했다. 가까워지는 입술을 바라보다가 눈을 감았을 때, 건우의 입술은 상상했던 것처럼 도톰하고 부드러워서 나도 모르게 입이 벌어졌다. 오가는 촉촉함이 다디달았다.

하고 나면 변하니까,
그게 싫어서 그래

16 。

오목대를 내려오고 나니 하늘은 어둑해져 있었다. 벌써 토요일 밤이
라는 사실이 믿기지 않았다.

"우리 선남선녀 커플 이제 오네~ 재밌었어?"

"네 사장님, 덕분에 좋은 추억 만들고 가요."

"서울 아가씨 말도 예쁘게 하네. 또 놀러와요."

한복을 벗고 나왔더니 방금까지의 데이트는 꿈처럼 느껴졌다. 셔츠
를 입고 서 있는 저 사람이 방금까지 서방님으로 불러달라던 그 사람
이 맞나. 나는 조금 민망해졌다.

"서울 아가씨. 저녁 드셔야죠?"

건우는 내 망설임을 듣기라도 한 듯 스스럼없이 다가와 어깨에 손
을 올렸다.

"전주 한상차림이라고 들어봤나 모르겠네."

"한상차림?"

"전주의 참맛을 느낄 수 있지."

나는 순간 회사 근처에 있는 밥집을 떠올렸다. 골똘히 생각하는 내 모습을 보며 건우는 확신하듯 고개를 저었다.

"아니야. 네가 뭘 생각하든 그 이상일 거야."

현지인이 추천하는 맛집은 언제나 실패하지 않는 법이니, 나는 기대 가득한 표정을 지으며 고개를 끄덕였다.

"좋아. 한상차림. 그거 먹자."

한옥 마을 주차장에서 출발하기가 무섭게 10분도 채 되지 않아 또 다른 한옥 마을이 펼쳐졌다. 장난치는 건가 싶었는데 건우는 기어를 P 에 놓더니 말했다.

"다 왔다."

"아까랑 똑같이 생겼는데?"

"아니야. 달라."

차에서 내려 살펴보니 아까의 한옥은 고즈넉한 민속촌 느낌이었다 면 여기는 깔끔한 양반 마을 같다고나 할까. 한옥 하나하나가 조금 더 큰 듯했다. 큼직한 한옥 건물에 들어서니 서까래며 기둥이며, 전통 방 식의 천장이 인상적이었다.

"우와. 여기 진짜 멋있다."

큼직한 유리창 밖으로는 나무 기둥이 멋스럽게 붙어 있는 기와집들 이 보였다. 나무 창을 은은하게 밝힌 불빛이 멋진 야경을 만들어내고 있었다. 홀리듯 그 모습을 보던 나는 건우에게 물었다.

"저긴 뭐야?"

건우는 씩 웃으며 답한다.

"호텔."

아. 순간 묘한 기분이 들었지만, 또 나 혼자만의 망상일 테니 그냥 고개를 끄덕였다. 한상차림은 이름처럼 테이블이 부러질 정도로 묵직하진 않았지만, 계절 나물과 불고기, 생선이 골고루 나와서 다양하고 맛이 있었다. 역시 전라도 음식은 김치만 먹어도 맛있다니까. 한옥 마을 산책을 부지런히 한 탓인지 예쁜 척할 새도 없이 한 공기를 다 비워버렸다.

"완전 맛있어."

"그렇지? 내가 무엇을 상상하든 그 이상일 거라고 했잖아."

건우는 "배불러"를 반복하는 내 모습이 뿌듯한 듯 말했다.

"잘 먹으니까 좋다."

마지막 식사로는 완벽한 저녁이었다. 분위기 좋은 한정식집의 신선하고 풍성한 한 상. 시간만 넉넉하다면 이 주변을 선선히 걸어도 좋겠다는 생각이 들었지만, 벌써 막차 시간이 가까워지고 있었다. 나는 조금씩 마음이 급해졌다. 그런데 건우는 식혜까지 내려 마시며 천하태평이다. 아무리 조금 편해졌다지만 당장 전주역으로 데려다 달라고 조를 만큼은 아닌데. 안절부절못하는 나에게 건우는 천연덕스럽게 묻는다.

"왜 그래?"

"…나 이제 슬슬 출발해야 막차를 탈 것 같아서."

건우는 깜짝 놀란 듯 말했다.

"난 너 보낼 생각이 없는데?"

"뭐?"

"같이 있고 싶어."

36시간 동안 그런 신호는 1도 주지 않아놓고 떠나기 직전에 꺼낸 그의 속마음이 당황스러웠다.

"안 돼."

방금까지 하하 호호했던 나의 거절이 못 미더웠는지 그는 빙글거리며 물었다.

"왜 안 돼?"

"그건…"

대답을 망설이는 내 앞에 턱을 괸 건우가 성큼 다가왔다.

"싫어?"

하얗고 투명한 피부, 노을을 담은 듯한 갈색의 눈동자. 그 위로 쏟아지던 햇살과 달콤한 입맞춤이 떠오르자 나는 이상한 기분이 들었다. 싫은 것은 아니다, 단지.

"싫은 게 아니야. 그런데… 그런 사이이고 싶지 않아서 그래, 너랑은."

건우는 슬며시 손을 내밀어 식혜 잔을 들고 있던 내 손을 잡았다.

"그런 사이?"

따스한 온도가 손을 감싸자 심장은 다시 널뛰기 시작한다. 내가 두려워하는 결말은 분명했다. 하룻밤 잠자리로 관계가 끝장나고 마는 것.

그래서 다시는 오늘과 같은 시간을 갖지 못하게 되는 것.

"자고 가는 건 어렵지 않지. 하지만, 그러면 변하잖아."

"아, 무슨 말인지 알겠어. 이해는 안 가는데, 알겠어."

"그러니까 갈래."

"그러니까 가지 마."

건우는 잡은 손에 힘을 주며 말한다. '나는 다르다'라거나 '변하지 않을게' 보다, 뚫어지게 나를 보는 눈빛과 따스한 손이 나았다. 어디서 내 장벽이 허물어졌는지는, 잘 모르겠다. 이 사람이라면 괜찮을 것 같아서라기보다는, 지난 몇 달간 남몰래 애달파하던 사람이 눈앞에 있는데 이래 끝나나 저래 끝나나 마찬가지일 거라면 마음이 가는 대로 해보자는 생각 때문이었으리라.

"그래 알겠어."

결심한 듯 답한 나를 보며 건우는 뜻 모를 미소를 지었다.

식당을 나온 우리는 오래된 연인처럼 손을 맞잡고 건너편 호텔로 들어섰다. 한자가 곱게 적힌 벽지를 따라 나무문을 열었더니 한국적인 외관과 다르게 하얀 침구를 입힌 침대가 보인다. 못 견디게 어색할 줄 알았는데, 생각보다 자연스럽게 각자 샤워를 마치고 방을 구경했다. 사각거리는 침대에 앉은 나는 가운만 입고 선 그를 바라보기가 민망해 먼저 말을 걸었다.

"이제 뭘 어떻게 하면 돼?"

무슨 생각을 하는지 종잡을 수 없는 눈으로 싱글싱글 웃던 건우는 가만히 다가와 입을 맞췄다. 사실 그 이상도 이하도 필요 없었다, 모든 일의 시작은 키스 하나로 족하니까. 샤워 후에 일부러 착실히 챙겨 입은 속옷들을 떨구어 내는 손길이 어색했다. 왁싱한 아랫도리를 쓰다듬으며 부드럽다고 속삭이는 이 사람이 방금 전까지 천사 같은 미소를 지으며 낯선 도시를 관광시키던 남자가 맞나. 흘러나오는 신음 소리를 감추지 못하는 내 귀를 핥던 입술이 목선을 지나 아래로 아래로 내려갔다. 짜릿함을 견디지 못한 다리 사이가 젖어들수록 커지던 그의 한숨이 넣고 싶어, 로 바뀌었을 때 나는 그의 어깨를 잡고 끌어 올렸다. 딱딱하고 뜨거운 그가 문을 두드릴 새도 없이 안으로 들어왔다. 그 거센 힘이 해맑기만 했던 미소와 달라도 너무 달라서, 도대체 어떤 게 진짜 너냐고 손을 잡고 묻고 싶었다.

이불 위로 새어 들어오는 아침 햇살을 받으며 눈을 떴을 때 처음 든 생각은 단순했다.
'내가 왜 그랬지.'
우울한 기분은 전염성이 강하니까, 내 생각을 읽어 내렸는지 내 등에 가슴을 대고 잠들었던 그는 허리를 감싸고 있던 손을 올려 가슴을 쓰다듬었다. 괜찮다는 다독임 마냥 끈적한 손길에 나는 또 안심해버렸다, 뒤돌아, 마주 안아 버렸다. 아침 기운에 단단해진 그를 받아들이며 기지개 같은 한숨을 내쉬었다. 두 번의 섹스를 마치고 난 후 그는 다름없이 친절하게 웃으며 전주역 플랫폼까지 나를 배웅해주었지만, 서울역에 도착하는 순간까지 머릿속에는 답 없는 물음만 맴돌았다.

'다시 만날 수 없겠지.'

어떻게든 끝날 관계는 끝이 나고 마니까. 하고 나면 끝날 사이였다면 시기는 별로 중요하지 않다고, 오히려 애정이 익을 대로 익은 후에 끝나는 것보다야 훨씬 낫다고 생각했다. 서울역에 내려 올라탄 택시 안에서 쏟아지는 노을이 어제 그 키스를 내려다보던 해와 똑같은 빛깔이라는 것에 생각이 미치고 나니 속수무책으로 우울해졌다. 그래서 집에 도착할 때까지 가방에 넣어둔 핸드폰을 꺼낼 엄두가 나지 않았다. 그에게 아무 연락이 없다면 나는 내 2박 3일을 용서할 수 없을 테니까.

따뜻한 물로 샤워를 마친 후 습관적으로 손에 잡은 핸드폰 액정을 바라보고 만 순간 나는 만감이 교차했다.

[잘 도착했어?]

26분 전 도착한 메시지가 그의 이름을 달고 떠 있었다. 하고 나면 끝나는 것까지는 아니었을까. 마냥 좋아하기에는 불안함이 더 컸지만 두 손으로 부여잡은 핸드폰을 바라보며 쏟아진 깊은 안도의 한숨은 감출 수가 없었다.

몸이 아닌
마음의 대화가 하고 싶어

<u>17</u> 。

나를 사랑해주는 사람을 사랑하고 넘치게 부어주는 그 사랑에 흠뻑 젖는 일이 내게 사치라는 것쯤은 애저녁에 깨달았다. 나를 사랑하는 사람보다는 내가 사랑하는 사람에게 훨씬 끌렸고, 나를 봐주지 않는 사람을 흔들어 내 쪽으로 돌리는 일에 온 에너지를 쏟아야 비로소 살아있다는 기분이 들었으니까.

그 전과 다름없이 이어지는 건우의 메시지가 아리송했다. [잘 잤어?]를 시작으로 아침 점심 메뉴를 챙기고 저녁 약속들을 궁금해하는 하루들이 여러 번 지나간 어느 목요일, 그는 뜬금없는 이야기를 했다.

[이번 주말에 올라가려고 했는데 갑자기 일이 생겼어. 아쉬워]

다시 만날 수 있으리라는 기대를 간신히 꾹꾹 억눌러왔던 나에게, 올라오려고 했었다는 말이 그린라이트로 느껴진 것도 사실이었다. 하지만 좋아하기는 이르다.

[그런 기특한 생각을 다 했어? 기쁘다.]

애매한 말들이 다시 그와 나 사이를 통통 뛰어다니기 시작한다.

[당연히 보러 가려고 했지. 갑자기 회사에서 주말 근무가 떨어져서 속상해 죽겠어.]

솔직하게 행동하고 싶은 충동이 일었다. 따뜻한 손과 차분한 눈빛. 환하게 웃는 미소를 다시 보고 싶다. 어차피 끝까지 다 간 마당에 더 나쁠 게 있겠어?

[내가 내려갈게.]

자존심도 없는 여자라는 친구들의 손가락질이 머릿속을 맴맴 돌았지만.

[괜찮겠어? 그러면 좋지, 나는.]

어쨌든 긍정하는 답장에 미소가 나왔다. 애달픈 머리싸움 대신 주말을 기다리게 하는 사람에 대한 따뜻함만 기억하자고, 마음을 먹었다.

토요일 낮, 서울역으로 향하는 길은 벚꽃이 한창이었다. 쌍쌍이 손잡은 커플들의 걸음에서 떨어지는 꿀을 본 것도 같다. KTX는 산과 논밭을 넘어 빠르게 도심과 멀어졌고 몇 개의 도시를 지나는 동안 심장은 쉼 없이 덜컹댔다. 도착 시각을 10분 남짓 남기고 전화벨이 울렸다. 일주일간 카톡 외에는 통 보이지 않던 그의 이름이 전화 화면에 비치는 것이 어색했다.

"여보세요."

"거의 다 왔겠다. 나 주차장에서 기다리고 있어."

금방 내려갈게, 전화기가 건우의 귀라도 되는 양, 속삭인 나는 플랫폼에 내리기 무섭게 스커트 자락과 잔머리를 체크하고 역 주차장으로 걸어갔다. 고작 두 번째 만남인데, 첫 만남에서 보여준 모습이 진했기 때문일까, 오래 알던 사람을 보러 가는 기분이었다.

"예쁘게 입고 왔네."

짤막한 꽃무늬 스커트를 정리하며 조수석에 앉았을 때 그가 건넨 첫인사였다.

나는 수줍게 웃으며 걱정 어린 말을 건넸다.

"주말에 일하느라 힘들었겠다."

"괜찮아. 배고프지?"

공간만 전주로 옮겨왔을 뿐, 아주 평범한 데이트였다. 밥을 먹고 벚꽃이 흐드러진 전주의 강가를 함께 걸었다. 군데군데 떨어진 밥풀 같은 벚꽃 아래 사진 찍는 사람들을 보며 활짝 웃었고 너도 찍어줄까, 하는 말에 아니야 손사래를 치면서 한가로이 걷는 시간이 꿈같았다. 이런 평범한 데이트를 얼마나 간절히 원해왔던 걸까.

"우리 집에 가자."

일본식 함박스테이크를 호호 불며 입에 넣고 있을 때 그는 또박또박 말했다. 그 말에 담긴 의미가 너무나 분명해서 나는 그의 눈 속에 담긴 의미를 파악하려 애썼다. 전과 같은 밤을 기대하고 내려온 것도 맞지만, 그 관계가 아무 의식도 없이 당연해지는 것은 싫었다.

"싫어?"

"싫은 건 아니지만."

뭐라 설명할 수 없는 기분이었다. 그래서 식당을 나올 때까지, 그가 문을 열어준 조수석에 앉아 소매 끝을 만지작거리는 동안, 그가 말없이 낯선 거리를 달려 오피스텔 앞에 도착할 때까지, 나는 어떤 설명도 하지 않았다. 아니, 하지 못했다. 그는 애꿎은 소매만 바스락거리던 내 손가락을 쓸어 만졌고 말없이 음악의 볼륨을 높였다.

"다 왔어."

이게 우리를 위한 가장 최선의 방법일까, 너의 마음은 내 이 복잡한 심경을 하나하나 다 헤아리고 있을까, 나는 몸보다 마음의 대화를 더 많이 나누고 싶은데, 하는 솔직한 마음들이 두서없이 머릿속을 헤집었지만 어떤 단어도 차마 먼저 입술을 뚫고 나오지 못했다. 정리되지 못한 말로 지금의 행복을 놓쳐버리는 것보다 내일 없는 오늘의 설렘이 더 좋았다. 엘리베이터 버튼을 누르는 그의 팔에 몸을 기대고, 오피스텔 문이 열리기 무섭게 그의 입술에 입을 맞추고 셔츠를 벗기는 손을 가까스로 막아냈다.

"씻고 올게."

화장실 문을 열고, 잠긴 문에 몸을 기대었을 때, 까닭 모를 한숨이 나왔다. 알코올 한 방울 없이 그렇게 감정에 충실해질 수 있다는 것이 놀라웠다. 별생각 없이 옷가지를 벗어내고, 샤워기의 물을 튼 채 하얀 조명 아래서 어깨를 감싸고 앉아 있었다. 내가 무엇을 원하는지 종잡을 수가 없었다. 문을 박차고 나가 서울로 돌아가버리고 싶기도 했고, 그래도 나 좋아하지, 하고 그의 어깨를 감고 살랑이고 싶기도 했고, 아무 생각 없이 침대에 누워 들어오고 나가는 그를 느끼고 싶기도 했다. 세 가지 모두 진심이어서 도무지 어떤 생각의 편을 들어야 할지 모른 채 물소리를 들었다.

얼마나 지났을까, 하얀 문이 둔탁한 똑똑 소리를 냈다.

나는 샤워기를 끄고, 마른 수건으로 물기를 대충 닦아내낸 뒤 셔츠를 주워 입고 문을 살짝 열었다. 문과 방 틈 사이 어둡게 빛나는 그의 눈동자와 마주했을 때 나는 주책맞게 눈물이 날 것 같았다.

마주하고 싶지 않아 문을 닫는데, 닫히지가 않았다.

그의 손이 문틈 사이로 들어왔다. 젖은 손목이 그의 손에 잡혔고 다음 순간 나는 습기 가득한 화장실에서 나와 마룻바닥에서 그의 품에 안겨 있었다.

"무슨 생각을 그렇게 해."

아무것도, 라고 중얼거리는 말이 공기 사이로 흩어지기도 전에 내 숨은 그의 입안에 들어가 있었다. 아득해지는 머리가 안 돼, 라고 외치는 것을 수없이 혼자 삼키던 '좋은 게 좋은 거지'로 막아냈다. 또다시, 나는 그저 나를 안은 뜨거운 팔이 진심이라고 믿어버렸다. 너무 좋아, 하고 말하는 그의 신음이 잠자리가 아닌 나를 향한 것이리라고.

서울로 돌아오고 며칠이 지난 밤, 지친 종아리에 보디 로션을 두 번째로 토닥이며 내일을 막연히 걱정하고 있을 때 핸드폰이 울렸다.

[토요일에 볼일이 있어서 서울에 올라갈 것 같아.]

일단 두 가지가 거슬렸다. 내가 아니라 '볼일'이 있어서 온다고? 또 애매하게 올라올 것 '같다'는 건 뭐야?

[나 올라가면 볼 수 있어?]

아저씨도 아니고. 이 정나미 뚝뚝 떨어지는 말투는 뭐람. 애매하기 짝이 없는 제안이 금요일 해가 다 지고 나서 당장 내일도 아니고 다음 주 토요일을 가리키며 던져졌다는 게 미워 죽을 지경이었다. 심호흡을 하며 또 한 15분을 살아냈다. 뭐라고 해야 할지 말을 고르는 머릿속이 복잡했다.

[그럼. 보고 싶어.]

애써 밝게 답장을 보내긴 했지만, 기다리는 10분이 1시간 같았다.

[일 끝나고 가면 금요일 저녁? 토요일 저녁에 약속 끝나고는 바로 올라가야 해.]

그의 카톡에 나는 한참을 핸드폰을 잡고 앉아 있었다. 이런 이야기는 목소리로 듣고 싶은데. 뱅뱅 도는 이야기만 계속하는 그 참을성이 못내 미웠다.

[알았어.]

괜히 툭툭거리는 말이 나왔다. 단어를 고르고 골라도 간단한 말 외에는 손가락이 움직여지지를 않았다. 답장을 고민하는데 속없는 메시지가 또 도착했다.

[재밌겠다.]

재밌겠다니. 진심을 털어놓지 못하는 이 팽팽한 긴장감은, 마치 학창시절의 내 모습 같다. 무슨 말을 해야 할지 몰라 문자 메시지 창을 띄워놓고 여러 명이 이러쿵저러쿵 답장을 고민하던 석식 시간이 떠오른다. 따옴표 개수까지 고민하면서 최상의 답이라고 결론을 내린 메시지를 앞에 두고 '얘들아 보낸다? 보낼게!?'를 오두방정 떨며 반복하는 내 손에서 핸드폰을 뺏어 결국 전송 버튼을 눌러주던 친구들의 왁자지껄이, 늦은 밤 서른한 살 먹은 철부지의 침대 위에서 둥둥 떠다닌다.

[잘 거야?]

목소리가 듣고 싶은데, 하는 속내를 애써 감추고 세 글자를 보냈다.

[전화할까?]

네 글자가 빛의 속도로 울려주는 것이 고마웠다. 나는 깜깜한 이불 위에서 오늘 지은 미소 중 제일 밝은 얼굴로 통화 버튼을 눌렀다. 이내 갈 길 잃을 미소였지만.

그는 다가올 금요일에 대한 기대로 들떠있었다. 정확히는 그날 밤으로 인해 한껏 부풀어 있었다. 방음이 잘 되는 방이면 좋겠다는 말과 침대가 크고 넓었으면 좋겠다고 하는 그에게 대꾸할 말이 궁색했다. 이보다는 건전한 대화이기를 바랐는데. 역시나 강을 건너 버린 사이에 파릇파릇한 대화는 어려운 거였다. 내가 스스로 만들어버린 내 이미지의 늪에 빠진 것이 못 견디게 창피했다. 소중히 대해야 할 어려운 여자는 죽을 때까지 못 해보겠구나, 생각하니 우울했다. 이런 관계로는 너와 더 이상 잘 수 없다고 라고 말을 해버려야 하나. 새벽이 내린 네모난 방 안에서 나는, 입으로는 한참 웃으며 혼자 생각만 한껏 일그러졌다.

우린 뭐야,
같이 자는 친구야?

18 。

믿고 싶었다. '보고 싶었어'도 '너를 좋아해'도 없었지만 잡아 오는 손을, 쓰다듬는 눈길을 믿고 싶었다. "넌 내 거야"라는 영혼 없는 말보다 훨씬 낫다고, 그저 조금 더딜 뿐 신중하고 진지하기 때문이라고, 믿고 싶었다.

[배터리가 다 되어서 큰일이야.]

도착 예정 1시간 전에 그에게서 온 연락이었다. 퇴근길에 서울역으로 향하고 있던 나는 다급하게 전화를 걸었다.

"그래? 그럼 어떡하지… 서울역 광장에서 볼까?"

"좋아. 핸드폰이 금방 꺼질 것 같아. 미안해."

"괜찮아. 이따가 광장에서 봐."

그래, 를 끝으로 그의 전화는 먹통이 되었다. 오늘은 기필코 이 뜨뜻미지근한 관계에 종지부를 찍으리라 했던 다짐도 잊고, 두 눈에 그의 모습을 한시라도 빨리 담고 싶어 서울역 한복판에서 입술만 깨물었다. 동서남북을 부지런히 바라보다가 건우가 나타난 순간, 나는 울컥 눈물을 쏟을 뻔했다. 2주 만에 나타난 그가 반가워서, 달려가 와락 안길 뻔했다.

"못 만나는 줄 알았어."

그는 웃으며 미안해, 라고 속삭이고는 어깨를 감쌌다.

"뭐 먹을까?"

"지금 밥이 문제야, 간 떨어지는 줄 알았다고."

작은 목소리로 못 만날까봐, 라고 툴툴거리는 나를 다독이는 자연스러운 온기에 안도감을 느꼈다.

"맛있는 거 먹자."

손을 잡고 앞서 걷는 건우의 듬직한 모습이, 완전히 나에게만 허락되었다고 믿고 싶었다. 돌아서면 불안해지는 관계에 종지부를 찍기 위해서는, 용기가 필요하다.

소고기를 씹는 동안에도, 맛있다는 말을 연발하는 동안에도 머릿속에는 온통 무슨 말을 어디서부터 어떻게 꺼내야 할까 하는 생각뿐이었다. 식당을 나와 청계천을 걷는 내내 잡은 따뜻한 손과 이따금 와닿는 입술을 어찌해야 할 지 몰라 마음이 어지러웠다. 청계천을 한 발 한 발 다 걸어내고 클래스 올덴버그의 <스프링> 조각 앞을 지날 때, 나는 무거운 입을 열었다.

"이상해, 이 관계."

"뭐가?"

"너한테 줄 수 있는 마음이 이만큼인데, 그걸 억지로 누르고 누르는 기분이야. 내가."

말이 없는 건우의 눈치를 보면서도 나는 이미 쏟은 말을 멈출 수가 없었다.

"더 많이 표현하고 싶은데, 그러면 네가 부담스러울까 봐 그러질 못했어. 그런데 이제는, 감정을 억눌러야 한다는 게 내가 부담스러워."

"왜?"

"이상하잖아, 우리. 같이 자는 친구야?"

후회하더라도 선을 긋고 싶었다. 더 멋진 말이 있다면 좋았겠지만, 그것보다 솔직하고 싶었다.

"친구는 아니지, 이런 친구가 어디 있어. 나는 우리가 만나고 있다고 생각했는데."

"만나고 있다고?"

"너와 만나는 게 좋아. 같이 있는 게 좋고. 너 말고 다른 여자를 만나고 있는 것도 아니야. 그냥 우리 지금, 잘 만나고 있는 관계잖아."

"이해가 안 돼."

"나는 1일 2일 세는 그런 연애, SNS에 표현하고 하루 종일 핸드폰 붙잡고 있는 그런 게 좀… 유치한 것 같아. 내 성향에 안 맞기도 하고."

광화문 사거리를 지나 시청 앞 광장까지 걷는 동안 나는 그의 말을 곱씹었다. 이해가 가지 않았다.

"그래서 우리가 뭐야, 너는 나의 뭔데?"

날이 선 질문을 하는 것이 스스로도 반갑지 않았다. 사랑해줘, 하고 말하는 것 같은 초조함이 나를 두 번 세 번 무너지게 했다. 그는 잡은 손을 다잡으며 말했다.

"남자 친구라고 생각해."

"남자 친구라고 생각한다고? 나는 너의 뭔데?"

"여자 친구인 거지."

아리송한 대답이 미간을 찌푸리게 했다. 내 불편함이 전해져서일까, 그는 어깨를 감싸 안으며 설명했다.

"너를 좋아해. 나는 주말을 누군가와 보내는 걸 그다지 좋아하는 사람이 아니야. 하지만 이렇게 매주 너와 함께 보내고 있잖아. 너와 함께 있는 게 좋아서."

다음 주 혹은 다다음 주 주말에는 삼 일을 다 써서 너와 함께 보내겠다고 눈을 빛내며 말하는 그에게 어떤 의심도 품을 수 없었다.

그는 자연스럽게 호텔로 향했고 문을 열기가 무섭게 나를 끌어안았다. 한층 더 가까운 사이가 되었다는 생각에 나는 그 어느 때보다 뜨겁게 그를 마주 안았고, 닿는 모든 곳에 입을 맞췄다. 서로가 서로의 위에 올라가는 순간마다 새로워서 새벽이 지나도록 잠이 들 수가 없었다. 그동안 어떻게 참았을까, 너무 좋다, 반복하는 그의 목소리가 나를 더욱 흥분시켰다. 젖어 드는 시트를 몇 번이고 부여잡으며 조금 더, 조금만 더 외치면서 나는 그 어느 때보다 행복했던 것 같다. 나하고만 해줘야 해, 하고 속삭이는 내게, 당연하지, 하고 답하는 것이, 그 말이 주는 소속감이 좋았다.

창문 위로 햇살이 들어오기 무섭게, 눈도 채 뜨기 전에 이불 아래로 파고들어 그를 삼키게 한 것은 확인받고 싶은 마음이었는지 모르겠다. 내 것이라고 말해주기를, 나의 안에만 들어오고 나가주기를.

아침과 점심이 느릿느릿 흘렀다. 체크아웃을 하고 나온 오후 2시에 하늘은 구름 한 점 없이 맑았다. 데이트를 하고 싶었다.

"한강, 걸을까?"

"좋아."

건우는 긴 팔을 뻗어 택시를 잡았다. 20분이 채 지나지 않아 도착한 한강에서 우리는 말 없이 걸었다. 버스킹을 구경하고 수변공원에서 반쯤 벗고 뛰노는 아이들을 보며 웃기도 하다가 볕이 잘 드는 잔디밭 위에 앉았다. 한강을 바라보며 공기를 채우는 중력만도 못한 시답잖은 이야기를 주고받았다. 분명 전주에서 데이트하던 우리는 꽤 즐거웠는데. 대화의 알맹이가 쏙 빠진 것 같은 기분이 헛헛했다.

"아, 벌써 시간이 이렇게 됐네."

4시가 조금 넘었을까. 건우는 시계를 보더니 난감한 표정을 지었다.

"서울에 있는 친구를 만나기로 했는데. 말을 못 했어, 미안."

갑자기 왜, 라는 말이 솟았지만, 딱히 붙잡을 만큼 흥미로운 시간이었나, 싶은 생각에 그냥 알겠다는 말로 배웅했다.

그렇게 또, 처음 플랫폼에서 나를 떠나보낼 때와 같이 키스도 포옹도 없이 멀어지는 그를 보며 나는 비참함을 느꼈다. 한 발 한 발 집으로 걷는 발걸음이 무거웠다. 반겨주는 이 없는 빈방에 들어섰을 때, 나는 새삼 외롭다고 생각했다. 울리지 않는 연락을 기다리면서 나는 또 습관적으로 그의 인스타그램에 들어갔고, 여느 때와는 다른 분노를 마주했다. 서울에서 즐긴 시간은 물론이고 나라는 사람이 전혀 드러나지 않는 피드를 보면서 나는 속 깊이 끓어오르는 배신감을 느꼈다. 그 시간들이 즐겁도록 살뜰히 챙긴 나를 생각하면 그 수치스러움은 배가 됐다. 그의 인스타그램 피드에 댓글을 남긴 여자와 건우의 친절한 답글을 보며, 내가 이런 태도와 행동에 어떠한 반박도 할 수 없는 처지라는 게 분통 터졌다.

이불을 덮고 한참을 울다가 뭔 청승이람, 싶어 박차고 백화점으로 향했다. 인테리어 숍에 들어가 소파에 앉아보고, 액자 몇 개를 고르고, 길고 하얀 2단 행어 하나를 담아 계산할 때쯤 핸드폰이 울렸다. 세 번에 나눠 울리는 것만으로도 나는 그의 메시지임을 알 수 있었다.

[집에는 잘 들어갔어?]

[오래 못 있어서 미안해.]

[난 지금 내려가고 있어.]

심장을 한강 밑바닥으로 던졌다가 건져 올린 주제에 태연한 사과라니, 분통이 터졌다. 연락이 오면 기필코 욕을 한 바가지 부으리라던 다짐도 온데간데없이 나는 답장을 망설였다. 집으로 가려던 발걸음을 지하 마트로 옮겨 레드 와인 한 병을 담았다. 진탕 취해 잠들지 않으면 나 자신을 용서할 수가 없을 것 같아서.

한 잔, 두 잔 술이 들어가면 들어갈수록 현실에서 멀어지기를 바랐는데 그의 얼굴만 더 또렷해졌다. 취기 오른 손으로 그와의 대화창을 하나하나 올려 읽다가, 수십 번은 더 보았던 인스타그램 피드를 살폈다. 그의 아리송한 대답이 선명하게 떠오르고 전에 느낀 배신감이 깊숙한 곳에서 솟았다.

안 돼, 이렇게는 더는 안 돼. 나는 답장하지 못한 카톡방에서 길 잃은 엄지를 방황하다가, '나가기'를 눌렀다. 그의 아이디를 차단까지 하고서야 텅 비어버린 와인 병을 쓰레기통에 넣고 침대에 쓰러졌다. 자고 일어나면 모두 까맣게 없던 일이 되기를 바라면서.

어른스러운 안녕이라는 게
있을까

19 。

괜찮아질 거라고 생각했다.

한두 시간 간격으로 두세 개의 알람이 연달아 울리던 것도, 이번 주말에는 볼 수 있을까 설레하는 것도 다 시간이 지나면 잦아들고 없던 일이 될 거라고.

인스타그램 검색창에 최근 검색으로 둥둥 떠 있는 그 손톱만 한 얼굴이 심장을 할퀴어서 아이디도 차단한 지 오래인데, 잠깐잠깐 시간이 날 때면 습관적으로 그 무지갯빛 아이콘을 누르는 내가 미웠다.

정말 이렇게 끝일까?

차단을 풀고 그의 전화번호를 노려본 것은 몇 주가 지난 어느 한낮이었다. 초록 이파리 아래서 사각사각 얼음 녹는 소리를 들으며 애꿎은 핸드폰만 쥐락펴락하던 나는 결국 메시지창에 두 엄지를 갖다 댔다.

[잘 지냈어?]

대신 눌러주는 언니도, 어머 어떡해 놀라는 친구도 없었지만 나는 용기 있게 전송 버튼을 눌렀다. 한숨이 새어 나오고 모든 신경이 카톡 알림에 꽂혔지만 후회는 없었다.

[연락 안 올 줄 알았는데.]

[응 안 하려고 했어. 그런데 그게 잘 안 되네.]

[내가 애매하게 대답해서 어쩔 수 없다고 생각했어. 생각을 해봤는데 나는 네가 생각하는 만큼 해줄 수 없을 것 같고 거리도 멀고.]

평소보다 긴 메시지가 반갑지 않았다. 그리고 뒤이어 울린 메시지는 더욱.

[나는 아직 연애할 준비가 안 됐나 봐 더는 안 보는 게 좋을 것 같아 미안해]

기대를 한 건 아니었다. 그저 돌아가고 싶었다. 일주일에 한 번 아니, 한 달에 한 번이라도 주말을 같이 보내는 적당한 관계. 숨을 바친 열정적 사랑까지는 아니어도 생각하면 배시시 웃음이 나는 그냥 그런 사이 정도라도 좋겠다는 생각이 들었으니까. 내가 성급하고 서툴렀다는 핑계로 내 질문을 부담스러웠지, 사과하고 싶었고 네가 원하는 그 어떤 기준이라도 내가 맞출 테니 이렇게 내 삶에서 사라지지만 말아 달라고 애원하고 싶었다.

[그래, 잘 지내.]

하고 싶은 말은 너무나 많았지만 마지막 자존심이 구구절절한 말을 붙잡았다. 그렇게 매달려도 결코 돌릴 수 없는 사람이라는 확신이 아쉬운 마음을 뒤섞었다. 둘 곳 없는 질문과 화증이 번갈아 솟았다. 그럼 왜 잘해준 거야? 왜 그동안 만났던 건데, 지난주는 뭐였어? 차라리 펑펑 울어버리면 시원하겠는데 눈물이 나질 않는다는 게 이상할 따름이었다.

　좀 걷자.

　테이블을 박차고 일어났다. 마음과 상관없이 햇살은 너무 따사롭고 쌍쌍이 오가는 커플들의 재잘거림은 해맑았다. 시작한 것이 없으니 끝낼 것도 없었지만 그 두 달여의 시간도 시간이었다고, 마음이 불편했다. 실연당한 여자마냥 이불을 뒤집어쓰고 유튜브를 뒤적이는데, 카톡 메시지가 반짝였다.

　[이태원 가자.]

　도통 연락 없던 친구가 보내온 메시지였다. 평소였다면 피곤하다는 핑계로 차라리 근처에서 와인이나 한잔 하자고 했겠지만, 오늘은 달랐다. 이 궂은 기분을 씻어내기 위해서는 좀 더 강렬한 경험이 필요했다.

　[그래. 언제 볼까?]

　저녁 8시. 한 사람에게 보여주기 위해 준비할 때는 그 사람의 취향만 생각했는데, 불특정 다수에게 보이기 위한 꾸밈새가 답지 않게 어색했다. 어색함을 털어내려 괜히 아스팔트를 더 꼿꼿하게 밟았다. 택시에서 내려 오랜만에 만난 친구와 친구가 데려온 언니들에게 인사를 했다.

　"수아 완전 오랜만. 밥 먹었어?"

　"그냥 대충."

　"똠양꿍에 소맥 어때."

팟타이건 똠양꿍이건 나는 술만 있으면 상관이 없었다. 간단한 1차를 마치고 한껏 꾸민 여자와 그들에게 홀려 그보다 더 많은 남자가 몰린다는 라운지 바에 들어갔다. 여느 라운지처럼 조명은 눈코 입의 위치만 파악할 수 있을 정도로 어두웠고 귓가에 속삭여야만 의사소통할 수 있게 시끄러웠다.

라운지 바에 들어서기 무섭게 친구들은 그물에 걸린 잉어처럼 여기저기에서 손목이 잡혔고 연애깨나 해본 여자들이 자연스레 지니게 되는 노련한 거절과 승낙이 오갔다. 친구를 따라 디자인을 한다는 남자들의 테이블에 한 번, 유니폼마냥 양복을 빼입은 회계사들의 테이블에 한 번 앉아 보드카와 맥주를 번갈아 기울인 나는 노곤하게 취했다. 바람이 쐬고 싶었다.

"잠깐 나갔다 올게."

곤색 넥타이를 맨 남자와 대화에 열을 올리고 있는 친구를 방해하기 싫어, 있는 듯 없는 듯한 말을 남기고 입구께로 걸어 나왔다. 봄밤의 바람이 시원하게 느껴졌다.

"와 쟤 진짜 예뻐."

순간 저런 천박한 감탄사가 어딨담, 하고 생각했다. 저 공개적 감탄사의 주인공이 된 사람이 참 안 됐다고 혀를 차고 있을 때 한 남자가 시야를 가렸다.

"저기요."

구두를 신은 나보다 살짝 높은 곳에서 나를 내려다본 그의 눈은 짙고 깊었다. 참 강하게도 생겼네.

"연락처 좀 알려주세요."

핸드폰 자판을 내 앞에 펼쳐 보이며 가타부타 어떤 설명도 없이 들어오는 요청이 황당했다. 번호를 물어봤던 어떤 남자들보다 담백한 사냥이었다. 어찌할 줄 몰라 그 우주 같은 눈동자를 가만히 보고 있었다. 다른 멘트를 칠 법도 한데 그는 내 눈을 담담히 받아냈다. 그 시끌벅적한 이태원 한복판에서 우리 둘만 조용한 것 같았다. 눈싸움만 계속하고 있을 수는 없어서 숫자판에 열한 개의 번호를 차례로 찍었다.

"연락할게요."

얼떨떨하게 고개를 끄덕이자, 그는 소리 소문 없이 사람들 사이로 사라졌다. 나를 찾으러 나온 친구들의 목소리에 그를 놓쳐버린 탓도 있겠지만.

"뭐야, 번호 따였어?"

"아니, 그냥."

"거짓말. 알겠고, 술 더 마시러 가자."

친구의 손에 이끌려 늦게까지 문을 여는 이자카야에 들어섰다. 같이 놀자고 추근대는 옆 테이블을 거절하고 남자 이야기, 살아온 이야기를 하는 얼큰한 밤이 좋았다. 울리지 않는 핸드폰을 만지작거리며 아쉬워하는 것보다 오랜만의 걸스나잇이 훨씬 나은 것이다. '세상에 남자는 많아요, 언니' 고장 난 로봇처럼 자조적인 말을 반복하는 나를 보며 다들 웃겨 죽겠다고 난리였다.

얼마나 더 마셨을까. 어슴푸레 밝아온 새벽하늘을 달려 방으로 돌아오니 머리가 지끈거린다. 아침 햇살을 암막 커튼으로 가리고 그냥 누워버리고 싶었지만. 자고 일어났을 때 찝찝한 기분이 싫어 겨우 화장대에 앉았다. 밝아오는 서울의 아침을 배경으로 피곤에 찌든 여자가 보인다. 술에 취하고 남자에 취하면서 번갈아 했던 후회와 다짐이 몇 번이더라. 마스카라를 두어 번 더 쓱싹이는데, 한낮에는 그렇게도 나지 않던 눈물이 그제야 터졌다. 눈이 아파서 그런 걸 거야, 클렌징오일이 눈에 들어가서. 외롭다고 느끼는 것도 그냥, 술기운인 거라고 스스로 다독이는 목소리가 김 서린 거울마냥 희미했다.

어떻게 옷을 갈아입고 스킨, 로션을 바르고 잠이 들었는지 모르겠다. 긴 잠에서 깨고 나니 하얗던 햇살이 노오랗게 변한 채로 창문에 걸려 있다. 오른쪽 협탁에 손을 뻗어 핸드폰 액정으로 시간을 확인하니 2시 15분. 많이도 잤다. 신음 소리 같은 기지개로 이불을 대충 벗어내고 냉장고를 열어 차가운 물을 꺼내 마셨다. 온몸에 알코올이 덕지덕지 묻어있는 기분이 영 좋지 않아 샤워기 물을 틀었다.

한바탕 씻어내고 머리를 말리며 핸드폰으로 뻗어지던 손을 멈칫했다. 내가 기다리는 연락이 올 리 없다는 사실이 쓰라렸다. 머리를 말리고 멍하니 앉아 있노라니 무의식중에 다시 핸드폰으로 손이 갔다. 무심코 바라본 액정에는 낯선 이로부터 메시지가 와 있다.

[어제는 잘 들어갔어요?]

이태원의 소음 속에서 담백하게 내 번호를 받아갔던 깊은 눈동자가 생각났다.

[재밌었어요. 잘 들어가셨어요?]

146

전송을 누르기가 무섭게 답장이 왔다.

[아쉬웠어요. 한잔하자고 하고 싶었는데.]

처음 번호를 물어볼 때처럼 그의 대화는 간결하고, 그 말투는 뭐랄까. 소설 같았다. 사는 곳과 나이, 뭐하고 있어요를 지나 오늘의 일정을 묻는 대화에 이르렀을 때 그는 복선을 충실히 따르는 남자주인공처럼 물었다.

[그럼 오늘 저녁엔 뭐해요?]

나는 판에 박힌 여자주인공처럼 대답했다.

[글쎄요, 딱히.]

[어제 못한 한잔, 오늘 할래요? 커피로.]

집 앞까지 커피 한잔 하러 오겠다는 제안을 굳이 거절할 필요는 없겠지 싶었다. 예뻐 보일 생각은 없었지만 먼 길 오는 손님을 실망시키고 싶지도 않았다. 딱 그 정도의 메이크업을 마치고 청바지에 두 다리를 구겨 넣으며 그다지 설레지도 않는 심장의 박동 소리를 묵묵히 느꼈다.

"나와 줘서 고마워요."

"별말씀을요."

"나한테 토요일 저녁을 써줘서 고마운 거예요."

그 남자였기 때문에, 가 아니라 숙취 때문에 약속을 잡을 엄두가 안 나서가 맞지만, 꿈보다 해몽이니까. 익숙한 동네 거리를 걷다가 처음 보는 카페를 맞닥뜨린 우리는 안으로 들어가 따뜻한 아메리카노와 차가운 녹차 라테를 주문했다.

"보통 주말엔 뭘 해요?"

"쉬어요. 못 잔 잠도 자고, 친구도 가끔 만나고."

그는 묻지도 않은 자기 이야기를 시작했다. 평범한 중학교, 고등학교를 졸업했고 성적에 맞춰 영문학과에 들어갔단다. 대학교에서 비로소 세상에 눈을 뜬 그는 열두 개쯤 되는 동아리에 가입했고, 마음에 쏙 드는 한 가지를 찾으려 1학년 학점은 2점도 채 안 되었다고.

"우와. 청소년 드라마 도입부 같아요."

내 맞장구에 신이 났는지 그는 말을 이었다. 12개의 동아리를 거치며 사진에 눈을 뜬 그는 학교는 다니는 둥 마는 둥 하며 스튜디오에서 아르바이트를 시작했다. 그게 업이 되어 사진집도 내고 가끔 전시도 하고 인물이나 제품 촬영을 하기도 한다고.

"스튜디오를 내기 위해 이런저런 일을 하며 보내고 있는데 그쪽이 눈에 들어온 거예요. 정말 예쁜 피사체라고 생각했어요."

나는 쑥스럽게 웃었다. 가장 최근 사진전을 찍은 동영상과 남자가 가장 좋아한다는 음악을 이어폰 하나로 나눠 듣고 나니 둘의 머그잔이 바닥났다. 그대로 앉아 있어도 상관은 없었지만, 11시를 넘어가기 시작한 시곗바늘이 괜히 신경 쓰였다.

"좀 걸을까요?"

그가 먼저 컵들을 정리하며 말했다. 내가 고개를 끄덕이자 다음 순간 우리는 다시 깜깜한 골목길에 서 있었다. 물을 잔뜩 풀어놓은 인디고 빛 하늘 아래를 목적지 없이 걸었다.

"말 놓아도 돼요?"

"네, 그러세요."

"혼자 놓는 건 민망한데."

"천천히 저도 놓을게요."

"피곤해?"

"그저 그래요."

"맥주 마시자."

번호를 물었을 때처럼 그와의 대화는 시럽 없는 아메리카노마냥 단순했다. 다른 생각을 의심하게 하는 복잡함이 없다는 건 좋았지만, 그가 꺼내놓는 과거의 사진첩을 하나하나 보면서 웃어주는 일이 차츰 지겨워졌다. 두 번째 맥주잔을 부딪치며 그가 물었다.

"넌 어때?"

"뭐가요?"

"어떻게 지내왔어?"

십년지기 친구를 길에서 우연히 마주쳤을 때 어울릴법한 질문에 답하기가 낯설었다. 사연은 많지만, 비공개를 공개로 전환할 만큼 우리가 깊은 사이인가?

"궁금해. 뭘 좋아하고 뭘 싫어하는지, 뭘 하고 싶은지, 뭘 잘하는지, 뭘 못하는지. 너에 대한 모든 게 궁금해."

그는 한 모금 남은 맥주잔을 빙빙 돌리며 끈적끈적한 눈빛으로 말했다.

"네가 좋아. 같이 있고 싶어."

언제 봤다고 얼마나 나를 알았다고 좋다는 말을 하는지, 좋아한다는 말이 그렇게 쉬운 건지, 그 쉬운 말을 왜 나는 내가 듣고 싶은 이로부터 듣지 못하는지 부아가 치밀었다. 딱히 그가 싫은 건 아니었지만 더 이상 앞에 앉아 있고 싶지 않아졌다.

"피곤해요."

웃으며 말했지만 분명히 표정이 굳어졌을 테고, 모를 리 없다는 확신이 들었지만 그 사람은 굳이 매달리지 않았다. 내가 그랬던 것처럼.

내 사랑을 쏟을 만한
사람 찾기

20 。

조용한 주말을 보내고 맞은 월요일, 하얀 리넨 셔츠에 초록빛 스커트를 받쳐 입고 얇은 목걸이를 걸어놓은 거울 속의 나를 화장대에 앉혔다. 색조 화장이 내키지 않아 마스카라만 가볍게 칠하고 코랄 빛 립스틱에 손을 뻗는데, 그 손가락에서 기차역으로 향하던 내가 겹치는 것이 무척 불편했다. 생각을 하지 말자. 빨간색 차를 보면 가슴 한편에서 불쑥 솟는 동질감, 뒤이어 드는 허전함, 핸드폰 액정을 볼 때마다 드는 기대와 '아, 맞다 이제 없지' 하며 깨무는 입술 같은 것들을 꾹꾹 밟아놓기로 했다.

아, 내 정신 좀 봐, 택시를 불러둔 지가 한참인데. 전화벨 소리에 정신을 차리고 문을 나섰다. 신호등이 바뀌기를 기다리는 출근 시간, 횡단보도 앞은 늘 북적인다.

"어? 선배!"

낯익은 목소리가 어깨를 쳤고, 무심코 돌아본 오른쪽 뒤편에는 같이 6개월 정도 프로젝트를 했던 예쁜 후배가 함박 미소를 짓고 있었다.

"와, 오랜만이야!"

덩달아 환하게 웃는데, 후배의 뒤편으로 나를 바라보는 따가운 시선이 느껴졌다. 뭐지, 싶어 시선의 출발점을 바라본 나는 순간 얼굴이 화끈했다. 세욱 씨였다. 그러고 보니 딱 1년 전 이맘때는 저 사람 때문에 현기증이 날 만큼 맥박이 뛰었었는데. 다시 보니 내가 왜 그랬나 싶을 만큼 피부가 거칠고 왜소해 보였다. 저 사람이 내가 그토록 애달파한 남자라니. 나는 녹색불이 켜지기 무섭게 구두 굽을 또각이며 앞서 걸었다. 오늘따라 깔끔하게 입고 오길 잘했다는 생각이 들었다. 길을 다 건너 사무실로 들어가는 로비에서 두 번 연달아 알림음이 울렸다. 대학교 동기 오빠에게 온 메시지였다.

[괜찮은 동생이 있어서.]

이어서 전송된 사진 한 장에는 당당하게 웃고 있는 남자의 모습이 담겨 있었다. 깔끔한 외모 그리고 힐을 마음대로 신을 수 있을 것 같은 큰 키가 마음에 들었다.

[소개받을래?]

[그러지 뭐.]

생각 없이 답장을 보냈고, 연락처를 넘겼다는 말도 생각 없이 넘겼다. 군데군데 앉아 있는 팀원들에게 눈인사로 아침 인사를 건네며 내 회색 칸막이 안으로 들어가 앉았다.

핸드백을 책상 한편에 내려두고 모니터를 켜면 시작되는 하루. 회사

밖에서 일어나는 일들은 총천연색인데 그 다이내믹한 일이 현재 진행 중일때도 나의 아침과 오후는 이 회색 칸막이 안이었다는 게 믿기질 않았다. 그래도, 그 와중에도 그놈의 연애를 시작해보겠다고 애쓰는 내 노력은 갸륵한 걸까, 참 딱한 걸까.

소개받은 남자에게서 연락이 온 것은 퇴근 후 집 앞에 거의 다 도착했을 때쯤이었다.

[안녕하세요, 정훈이라고 합니다.]

저녁으로 샐러드 파스타를 만들면서 천천히 주고받는 카톡에서 그는 자신의 일상 이야기를 자연스럽게 풀어놓았다. 평창동에 살고 있는 서른두 살이며 얼마 전에 유럽 여행을 다녀왔고 하나뿐인 남동생과 정말 친한 사이라고. 좋지도 않았지만 딱히 나쁘지도 않고 답장을 이어나가지 않을 이유도 없어서 느리지도 빠르지도 않은 대화가 오갔다.

토요일 저녁에 만나자고 카톡이 온 것은 목요일 아침이었다. 차분한 전개라는 생각이 들었다. 보통의 만남들은 이처럼 구렁이 담 넘듯 이어지는구나. 나의 경우는 왜 항상 그렇게 어딘가 비뚤어지고 무언가 틀어졌던 걸까. 지극히 정상적이기 때문에 굉장히 잘못된 것처럼 느껴진다는 것에 실소가 났다.

토요일 저녁, 그는 생각처럼 키가 크긴 했지만 생각보다 다크서클이 짙었다.

"오늘 좀 피곤한 상태라서 민망해요."

"괜찮아요."

"배고프시죠?"

"약간요. 맛있는 거 먹어요, 우리."

"제가 이쪽을 잘 모르지만, 딱 한 곳 좋아하는 데가 있어요. 리소토 좋아하세요?"

"좋아해요"라고 맞장구치자 그는 어둠이 내린 거리를 휘적휘적 앞서 걸었다. 내가 저 비슷한 뒷모습을 어디서 많이 봤었는데. 어디서 봤더라. 찬찬히 걷는 모양새를 바라보는 내 왼쪽 어깨에 다가온 그가 골목 안쪽을 가리켰다.

"저기예요."

포근해 보이는 2층 건물 앞에는 제법 널따란 테라스도 딸려 있었다. 양피지 같은 메뉴판에는 손으로 직접 적은 게 분명한 굵은 글씨체로 "Pasta", "Pizza" 등의 분류와 함께 크림 파스타, 해물 토마토 파스타 등이 차례로 늘어서 있었다. 파스타는 늘 뜨겁고 느끼한, 진득진득한 맛에 먹는 거라 생각하는 나에게 고민의 여지는 별로 없었다.

"리소토도 괜찮고 파스타도 맛있어요. 뭐 먹을래요?"

"전 베이컨 크림 파스타요."

메뉴가 나오는 몇 분 동안 테이블 위에는 이런 만남에 익숙한 남녀가 익히 주고받는 문답이 이어졌다. 소개해준 사람의 평소 모습을 공감하다가, 그 오빠를 제가 어떻게 알게 됐냐면요, 하면서 내 학창 시절 이야기를 꺼냈고, 동아리 생활과 과 생활에 대한 이야기, 어떻게 지금의 회사를 다니게 되었는지까지 바쁘게 속살거리다 보니 파스타 절반이 없어졌다.

"기자를 하시다가 일반 회사로 오신 거 되게 신기하다. 그리고 파스타 진짜 맛있네요."

"재밌는 점도 많고 답답한 점도 많고 해요. 괜찮죠? 가끔 생각나서 먹으러 오곤 해요, 저도."

회사 생활의 희로애락이 주제로 이어졌고 정훈 씨는 살갑지 않은 상사 이야기를 했다. 나 역시 가끔의 야근에서 일어나는 일들을 재미있는 이야기처럼 재잘거렸지만. 도대체 몇 번째 반복되는 레퍼토리인지 모르겠다고 생각했다. 파스타 집을 나오니 밤은 더 깊어져 있었다. 거리를 오가는 사람들이 2차를 찾아 헤맬 시간.

"한 잔 더 할래요? 괜찮아요?"

"네, 좋아요."

골목을 허위허위 걷던 그의 발걸음이 4층짜리 건물 앞에서 멈추었다. 바라보는 눈빛을 따라가니 붉은빛이 선연히 밤공기를 데우는 테라스가 보였다. 인테리어가 궁금했다.

"여기 좋아 보이는데요?"

"그럴까요? 아, 제가 빨간색을 좋아하거든요."

앞서 걷던 정훈씨가 2층을 올려다보고는 무심하게 이야기한 순간, 떠올랐다. 이 사람과 비슷한 뒷모습. 그건 분명 건우였다. 차분한 말투와 적절한 센스. 진심이 묻어나는 칭찬과 적당한 야망. 나는 괜스레 서글퍼졌다.

"저도 좋아해요. 가요, 우리."

들어선 술집에는 네 개의 테이블이 올망졸망 흩어져 있었다. 창가 바로 앞 테이블에 앉은 우리는 하우스 와인과 잘 익은 올리브 한 접시를 주문했다. 취미와 꿈, 좋아하는 작가와 영화에 대한, 조금은 낭만적인 주제의 대화가 오갔다.

"제가 정말 매력적인 사람을 만난 것 같아요."

관심을 가득 담은 눈으로 나를 바라보는 정훈 씨에게 미소를 지으면서 답했다.

"고마워요."

집 앞까지 데려다주겠다는 그를 말리며 골목 모퉁이에서 두 번 세 번 네, 네 연락할게요, 다음에 봐요, 하고 반복하다가 뒤돌아선 순간, 한숨이 쏟아졌다. 전주의 밤을 걷고 있을 건우가 보고 싶었다. 정훈 씨의 말투며 생각이 건우와 닮았다는 게 싫었다. 나에게 보여주지 않았던 호감을 그와 닮은 다른 사람이 내게 보여준다는 게 아쉬움을 넘어 미울 뿐이었다. 이렇게나 마음 정리가 되지 않는다는 게, 무서웠다.

집으로 들어와 샤워를 마치고 충전기에 꽂아두었던 핸드폰을 집었다. 음악을 틀고 침대에 걸터앉아 노곤하게 일주일을 돌이켰다. 그 사이 몇 번의 거절을 해왔다. 사진을 찍는다던 그 남자, 건우를 닮은 소개팅남. 서로의 패를 반쯤 가려둔 채 사랑을 두고 눈치 싸움을 하는듯한 관계가 지겨웠다. 앞뒤 가리지 않고 물에 빠지듯 그 사람에게 빠져내 모든 삶이 그를 기준으로 웃다가 울다가 하는 짙은 사랑이 하고 싶었다. 일렁이는 멜로디를 따라 듣다가 손을 뻗어 스피커를 껐다. 부어 줄 수 있는 애정이 이렇게 끓어 넘치는데 뚜껑을 열 만한 사람이 없다는 게 쓸쓸할 뿐이었다.

혼자 하는 여행의
여러 가지 이유

21 。

"팀장님, 메일 온 거 보셨어요?"

눅눅한 매일이 흐르는 중이었다. 친구를 만나는 것도, 새로운 사람을 만나는 것도, 나만 빼고 해사한 서울을 거니는 것도 진절머리가 나서, 회사와 집을 오가는 게 전부인 스케줄에 나를 가둔 지 몇 주 째였다. 휴가계를 써 내라는 인사팀의 메일은 협박 조에 가까워지고 있었지만, 어떤 날짜라 해도 무의미했고 막상 쉬게 된다 해도 무엇을 해야할지 막막한지라 방학 숙제 미루는 초등학생처럼 차일피일 스킵만 하고 있었는데.

"팀장님이 계획을 세우셔야 저희도 쓰죠…."

"난 언제라도 상관없어서. 민아 씨 먼저 써요. 언제 가고 싶어요?"

"전 2주 차 토요일부터요!"

나는 달력을 들어 빨간 사인펜으로 '민아 휴가' 네 글자를 적고 다음 주까지 밑줄을 쫙 그었다.

"일주일 갈 거죠? 저는 그럼 그전 주에 갈게요. 그래야 민아 씨 휴가 계획도 좀 짜지."

"역시 팀장님 센스 최고. 감사합니다."

상기된 볼을 붉히며 환하게 웃는 표정이 부러웠다. 무엇이건, 설렐 대상이 있다는 것은 좋은 것이니까. 나는 덜컥 다음 주로 다가와버린 휴가 일정을 보며 답답해졌다. 뭔가 하긴 해야 하는데 아무거나 해버리기는 싫고, 엄청난 걸 하자니 그 어떤 것도 내키지 않는 기분.

급한 일들을 처리하고 퇴근을 1시간 앞둔 오후는 나른했다. 마우스 휠을 돌리다가 무심코 뜬 광고를 클릭했다. 제주도의 푸른 바다가 남실대는 사진이었다. 가격을 확인하고 다음 주 화요일로 비행기 표를 예약해버린 것은 파도가 넘실거리는 바다의 푸른빛 때문이었을까, 힐링이라는 단어 때문이었을까. 일사천리로 2박 3일 비행기 표를 예약하고 깔끔해 보이는 호텔과 렌터카까지 결제하고 나니 안도의 한숨이 나왔다. 다 했다, 숙제 끝.

오랜만에 찾은 김포공항은 전혀 새로운 공간이 되어 있었다. 공항이 주는 이질감은 여행의 출발을 설레게 하는 첫 단추가 된다. 고작 이틀이라 캐리어는 단출했고 걸을 때마다 타박타박 소리를 내는 샌들은 가벼웠다. 15분 남짓 기다리고 나서 계단에 오르고, 반기는 승무원에게 인사를 하고, 자리를 찾아 앉는 일련의 과정이 여행이라는 행사를 무사히 치러내기 위한 일종의 의식처럼 느껴졌다.

무서운 소리로 비행기가 달려가기 시작했고 나는 언제나처럼 팔걸이를 부여잡았다. 동그란 창밖을 바라보고 있노라니 덜컹대는 엔진소리와 함께 서울이, 땅이, 한반도가 멀어졌다. 아파트가 이렇게 빨리 성냥갑만 하게 작아지다니. 신기해할 틈도 없이 시야가 구름에 묻혀버렸다. 울렁이는 심장 소리가 오랜만이었다. 72시간 동안 누구의, 그 어떤 방해도 없이 온전히 혼자 생각하고, 잊어버리고, 정리할 수 있다는 것에 가슴이 뛰었다. 무엇을 하고 어디를 가기보다 마음의 소리를 듣는 여행이 되기를 바랐다.

1시간 후 도착한 제주는 서울보다 조금 더웠고, 공항을 나서자마자 눈에 들어온 커다란 야자수가 해외 어드메에 온 듯한 착각을 불러일으켰다. 성수기를 한 주 앞둔 때였지만 다행히 예약에 성공한 K7은 하얗고 매끈했다. 차체를 군데군데 살피고 안내 사항을 들은 후 왼쪽 문을 열고 시동을 걸었다. 부르릉, 소리가 진짜 여행의 시작이라는 신호 같았다. 대충의 동선은 짜두었지만, 순서나 시간까지 세세하게 정하지는 않았던 터라 마음이 가벼웠다. 동문시장부터 가볼까.

뜨거운 햇살이 무겁게도 가득한 낮이었다. 시장은 휴가를 맞은 사람들로 북적였다. 상점 앞마다 회전목마를 기다리는 줄처럼 옹기종기 모여 선 사람들이 가득했다. 북새통인 동문시장에서 나는 어깨를 헤치며 길을 잃어갔다. 밀짚모자가 보이기에 챙이 넓고 하늘하늘한 모자를 골라 썼고, 통에 맺힌 이슬이 시원해 보이는 한라봉 주스를 잡아 들었다. 토막 난 갈치회 위로 "1만 원", "2만 원"이라는 글자가 적힌 것에 감탄하기도 하고, 초콜릿 여덟 박스 세트를 지금 사야 좋을까 돌아가는 날 사는 게 좋을까 고민하기도 하며 하릴없이 걸었다.

한참 헤매다가 문득 허전함을 느꼈다. 마음이 몹시 아픈 것은 아니었지만 지금의 상태를 나누고, 공감해줄 사람이 없다는 것이 꽤나 헛헛했다. 내가 보고 느끼는 것에 '그랬구나' 하고 맞장구를 쳐줄 사람이 생각나지 않을 때 드는 쓸쓸함을, 외롭다는 말 안에 담는 것인지도 모르겠다.

한참을 걸었더니 다리가 아팠다. 그러고보니 아침부터 부산스레 나온 터라 하루 종일 먹은 것이 없었다. 혼자 여행의 수많은 장점을 껄끄럽게 만드는 딱 하나의 단점, 혼밥을 할 생각에 눈살이 찌푸려졌다.

근처에 고기국수 골목이 유명하다는 것을 알고 있기는 했지만, 길게 늘어선 줄을 혼자 기다렸다가 어색하게 자리를 잡고 앉아서 '아무도 신경 쓰지 않아'를 혼자 되뇌며 호로록 국수를 삼키는 일은 영 내키지가 않았다. 좀 참았다가 저녁을 괜찮은 데서 먹자고 마음을 먹었다. 주차장으로 가는 길에 오메기떡이 보이기에 한 팩 집어 들었다. 이 정도면 훌륭하지.

따끈한 오메기떡을 씹으며 해안 도로를 달렸다. 하늘은 끝내주게 푸르렀고 하늘과 맞닿은 해안선은 가리는 것 하나 없이 넓고 맑았다. 예쁘다 싶은 해변에는 2층짜리 카페들이 이어졌고 테라스마다 자리를 잡고 앉은 사람들이 빽빽했다. 손잡고 걷는 커플들, 까르르 웃는 아이들, 팔짝 뛰며 사진을 찍는 학생들이 영화 속 한 장면처럼 모래톱 위에 가득했다. 행복해 보였다. 결혼할 뻔했던 남자와 월정리를 걸었던 일이 주마등처럼 떠올랐다가, 열어둔 창문 사이로 불어오는 바람처럼 스쳐 지나갔다. 한때는 속상했던 것 같기도 한데 이제는 아프지도 그립지도 않았다. 그저, 무감각했다.

우도에서 바이크를 빌려 타고 해안가를 달리다가 땅콩 막걸리 한 병을 사 들고 성산항에 도착하니, 하늘에는 주홍빛이 서서히 퍼지고 있었다. 이제 정말 배가 고팠다. 순간 글라스 하우스 2층에 있는 레스토랑이 번쩍 떠올랐다. 휘닉스 파크 쪽은 오늘 예약한 숙소와도 가깝다. 제발 자리가 있어야 할 텐데 조마조마하며 전화를 걸었다. 휴가철이긴 했지만 평일이기 때문인지, 그냥 운이 좋았던지 다행히 한 자리를 예약할 수 있었다. 겨우 시간에 맞춰 도착한 레스토랑은 잡지에서 본 대로 넓고 전망이 좋았다. 안내받은 자리에서 스프와 샐러드, 스테이크와 새우며 전복 등 갖은 맛있는 것들이 순서대로 나온다는 메뉴를 주문했다. 하루 종일 걷고 운전하고 생각하며 쓴 에너지를 신선한 것들로 보충하고 싶었다.

고소한 수프를 한 입 떠먹고 나니 쌓였던 허기가 몰려왔다. 리코타 치즈가 폭신하게 올라간 샐러드를 씹고 있을 때 그릴이 올려진 카운터가 테이블 옆으로 다가왔다. 깨끗한 접시 위에 오른 생새우와 전복, 스테이크 두 덩이에 눈길이 갔다. 자리에서 구워주는가 보다.

"혼자 오셨나 봐요."

달아오른 불판에 버섯을 올리면서 남자는 말을 걸었다. KFC 아저씨가 입을 법한 하얀 조리복이 어울리지 않게 키가 크고 선이 굵은 사람이었다. 내가 아는 요리사들이 죄다 푹신한 카스텔라라면, 이 사람은 프랑스 토박이들이 좋아할 법한 바게트 같았다.

"아, 네. 직접 구워주시는 줄은 몰랐어요."

"저희만의 특별 서비스죠."

"저처럼 혼자 오는 분들한테 좋겠다."

"이렇게 예쁜 분들이 오시면 저희가 더 좋죠."

"멘트 교육도 따로 하시나 봐요."

"음, 진심인데요."

너스레를 떠는 남자의 립 서비스에 웃음이 났다.

"먼저 구운 야채부터 드시고요, 스테이크 굽기는 어느 정도로 해드릴까요?"

"저는 좀 덜 익은 게 좋은데… 보통 어떻게 많이 드세요?"

"일반적으로 웰던을 많이 드시지만, 저도 미디움 레어를 좋아해요. 고기는 살짝 덜 익혔을 때 육즙이 가장 많아서 진짜 맛을 느낄 수 있거든요. 역시 남다르시네요."

"쉐프님도 칭찬이 정말 남다르시네요."

"다시 한번 말하지만, 제 이야기는 전부 진심입니다."

무슨 말을 해도 리액션이 끊이지 않는 덕에 식사 시간이 지루하지 않았다. 고기를 굽는 그의 모습을 흘끔거리다 하얀 유니폼에 붙은 금색 이름표에 눈이 갔다. [김종욱]. 이름도 정말 바게트 같다. 쉐프님이 추천해준 대로 스테이크 굽기는 알맞았고, 따뜻한 속살에 어금니를 대기 무섭게 짭조름한 육즙이 입안 가득 퍼졌다. 즉석에서 구운 전복과 새우의 속살은 더할 나위 없이 탱글탱글했고 곁들인 소스는 입맛에 딱

맞아서 익힌 야채에 쉼 없이 포크질을 하게 했다.

"제가 도와드릴 그릴 요리는 아쉽게도 벌써, 끝이 났습니다. 더 필요하신 건 없으세요?"

"와인 한 잔이 없으면 안 되겠어요."

"하우스 와인 한 잔 준비해 드릴까요?"

"네, 드라이한 레드 와인이면 좋겠는데."

드라이한 레드 와인. 그는 무슨 말인지 정확히 알고 있다는 듯한 미소를 지었다. 입과 눈이 동시에 웃으면서 기분 좋은 주름이 잡힌다. 어떤 문제 앞에서도 눈살을 찌푸리지 않는 사람들만 지을 수 있는 아주 자연스러운 미소였다. 그는 지나가던 웨이터에게 귓속말로 속삭였고, 곧 투명한 글라스에 진득한 붉은빛의 와인이 담겨 나왔다.

"건배를 해드려야 하는데."

땀이 송골송골 맺힌 얼굴로 말을 붙인 그에게 나는 물잔을 건넸다. 잠깐 망설이는 듯했지만 그는 곧 하얀 장갑을 벗어내고 투명한 물잔을 받아들었다.

"멋진 여행을 위하여."

"위하여."

나는 와인을, 그는 시원한 물을 들이켜고 미소 지었다.

"덕분에 심심하지 않았어요."

"저도 오랜만에 재미있는 분과 대화할 수 있어서 반가웠어요."

팁이라도 안겨주고 싶은 마음으로 레스토랑을 나왔다. 낯선 사람과의 대화를 담을 수 있다는 것, 바로 다음 순간에 어떤 일, 어떤 사람이 튀어나올지 알 수 없다는 점이 혼자 여행의 진짜 매력 아닐까, 생각하니 나는 모험가라도 된 양 뿌듯해졌다. 이제 돌아가서 호텔 욕조에 몸을 푹 담그고 음악을 원 없이 듣다가 땅콩 막걸리를 마셔야지.

아무 기대가 없던 휴가치고는 정말 완벽한 하루였다. 프론트 건너편에서 반듯하게 올린 머리를 빛내며 그녀가 말을 건네기 전까지는.

"죄송합니다, 예약이 확인되지 않습니다."

"네? 그럴 리가 없는데… 이미 인터넷으로 카드 결제까지 마쳤어요. 지난주에요."

"아, 그러십니까? 잠시만요. 다시 확인해보겠습니다."

반질반질한 대리석 로비를 가득 메우는 타자 소리가 초조하기만 했다.

"죄송합니다. 고객님 혹시 예약하신 날짜가….'"

"7일이에요."

"아, 고객님 8일 예약으로 되어 있으십니다."

"네?"

나는 그녀가 내 쪽으로 돌려준 아이패드를 잡아먹을 듯 쏘아봤다. 7을 찾던 내 눈에 8이라는 숫자가 들어왔다. 먼 과거가 되어버린 기억을 헤집어 그 나른한 오후에 내가 저지를 실수를 마주하는 기분이 과히 좋지 않았다. 오밤중에 갈 곳도 마땅치 않은데. 내 당황스러움이 느껴졌는지 그녀가 조심스럽게 입을 열었다.

"만족스럽지는 않으시겠지만… 건너편에 호텔형 게스트하우스가 있습니다.”

“게스트하우스요?”

“아, 그렇긴 한데 도미토리형이 아니라 1인 사용이 가능하고, 루프톱과 펍도 잘 조성되어 있어 예약을 많이 하지는 않으실 것 같아⋯”

요즘 게스트하우스에는 루프톱도 있나. 대학생 때도 묵어본 적 없는 게스트하우스를 삼십 대 초반의 나이에 찾아간다는 것이 썩 내키지 않았지만, 이미 어둑해진 시간에 다른 호텔을 찾아다닐 생각을 하면 머리가 아팠다. 별수 없이 고개를 끄덕이는 내게 그녀는 친절히 말을 이었다.

“괜찮으시다면 제가 그쪽으로 문의해보겠습니다.”

“네, 부탁드려요.”

어디론가 전화를 걸어 상황을 설명하는 동안 나는 로비를 둘러봤다. 하얀 대리석 로비에 놓인 빨간 소파는 화선지에 떨어진 핏방울마냥 쩡하게 빛났다. “아 그렇습니까, 그럼 지금 안내해 드리겠습니다”라는 말이 이어졌고 그녀는 게스트하우스의 이름과 주소를 적어 건넸다.

“불편을 드려 죄송합니다.”

“아니에요, 제가 확인을 잘 못한 탓이죠. 감사합니다.”

도착한 곳은 게스트하우스라기보다는 리조트에 가까운 느낌이었다. 세 개의 건물이 가운데 중앙 정원을 만들면서 서로 마주 보고 있었고 정원에는 농구대며, 펍이며, 카페와 식당까지 알차게 들어서 있었다. 어디서 체크인을 해야 할지 찾다가 커다란 깜장 말이 조명을 얹고 있는 동상을 발견하고 혹시 저건가 싶어 다가갔다. 은은한 주황빛 조명이 가득한 까만 대리석 공간에 두 명이 리셉션을 보고 있었다.

"안녕하십니까, 무엇을 도와드릴까요?"

"호텔에서 전화를 하셨었는데…."

"아, 정수아 씨. 기다리고 있었습니다. 지금 체크인 하시겠습니까?"

"네."

종이에 이름을 적고 카드를 꺼내 긁는 간단한 과정 후 맨질거리는 까만 카드키가 내 손에 주어졌다.

"괜찮으시다면, 30분 전부터 투숙하시는 분들 대상으로 파티가 진행되고 있습니다. 해당 장소에서 인비테이션 카드를 보여주시면 되는… 준비해 드릴까요?"

그냥 방에 가서 쉬고 싶은 마음과 이 신기한 공간에서 준비한 파티는 어떤 모습일지 경험하고 싶은 마음이 뒤엉켰다. 리셉션에 선 남자는 인비테이션을 꼭 잡고 내 눈을 보고 있었다. 새로운 세계의 문을 열어줄 열쇠인 마냥. 못 해봤던 경험을 하는 것이 여행의 묘미니까. 나는 피곤함을 참아두고 낯선 모험을 조금은 즐겨보기로 마음을 먹었다.

"재밌겠네요. 짐 놓고 참석할게요."

캐리어를 끌고 객실 문을 열었을 때 가장 먼저 들어온 건 천장부터 바닥까지 자리한 큼직한 유리창이었다. 어둠이 가득한 야경 사이로 어렴풋이 성산일출봉의 실루엣이 보였다. 저녁 때 보면 참 예뻤을 텐데. 하얗고 사각사각한 이불이 덮인 매트리스는 푹신했고 바닥재며 벽, 조명은 기대했던 것 이상으로 모던했다.

하루 종일 입고 있던 블라우스와 반바지를 벗어두고 찬물로 간단한 샤워를 했다. 깨끗하게 빛나는 화장실의 하얀 타일과 샤워기 옆에 샴푸, 린스가 적힌 작은 어메니티까지 놓인 것이 게스트하우스라기에는 지극히 호텔에 가까웠다. 비좁은 공용 화장실까지 각오했었는데 안도의 한숨이 절로 나왔다.

샤워를 마치고 그 '파티'라는 것에 참석하기 위해 캐리어를 열었다. 계획에 없던 이벤트라 입을 만한 것이 마땅치 않았다. 그렇다고 막상 내일 카멜리아 힐을 생각하고 준비했던 비치 원피스를 입자니, 이게 뭐라고 너무 차려입은 것 같아 잠옷 겸 편하게 입으려고 구석에 챙겨 넣었던 하얀 티셔츠와 회색 면 반바지를 꺼내 입었다. 거울을 요리조리 살피다가 패턴이 잔잔히 들어간 반다나를 머리에 쓰고, 작은 귀걸이의 은은한 오렌지 빛에 어울리는 립스틱을 꺼내 입술에 덧발랐다. 이 정도면 되겠지.

리셉션에서 안내해준 장소로 걸어갈수록 이 고요한 제주에 이렇게 많은 사람들이 모여 있었나 싶은 소리가 가까워졌다. 많아 봐야 대여섯 명의 단출한 술자리를 상상했는데, 도착한 장소에는 스무 명은 훌쩍 넘는 듯한 사람들이 옹기종기 모여 앉아 이야기꽃을 피우고 있었다. 자리가 있을까. 낯선 사람들이 많은 장소에 갑자기 떨어졌을 때 으레 느끼는 당황스러움으로 눈동자를 둘 곳을 몰랐다. 쭈뼛쭈뼛 서 있는 나에게 모임장인 듯한 사람이 손을 들었다.

"어서 오세요! 이쪽으로 앉으세요, 식사는 하셨어요?"

"안녕하세요. 아까 오기 전에 먹긴 했어요."

"정말요? 근데 그럼 또 드셔야겠다. 오늘 여기 진짜 쉐프 분이 오셨거든요~"

　쉐프? 건너편 자리의 두어 자리 옆에 앉아 있던 남자가 고개를 들었다. 낯익은 얼굴. 아까 노을이 뉘엿뉘엿한 창문 앞에서 스테이크를 구워주던 남자였다. 그 잠깐의 마주침을 기억할 리 없을뿐더러, 기억한다고 한들 아는체하는 것도 민망해서 그저 눈웃음만 건넸다. 그런데,

　"어, 또 뵙네요."

　내 생각을 읽기라도 한 듯, 먼저 인사를 건넨 것은 그 사람이었다.

진심이 아니면
두드리지 말아줘

22 。

나는 테이블 너머로 인사를 받았다.

"또 뵙네요, 쉐프님."

"아시는 분이에요?"

할 말을 찾아 주변의 이야기에 귀를 쫑긋 세우고 있던 사람들은 우리의 관계에 대해 물어왔다.

"방금 전에 레스토랑에서 뵈었어요."

"마지막 타임이었는데 덕분에 엄청 즐거웠죠."

"와 인연이네요~ 두 분."

머쓱하게 웃어넘기고 옆에 앉은 사람들과 대화를 위한 대화를 나누었다. 어디서 왜 왔고 무슨 일을 하는지, 좋아하는 것은 무엇이고 인상 깊었던 것은 무엇인지. 그러다, 공통점을 찾으면 별일 아닌 일에도 박수를 치며 '신기해요'를 연발한다. 옆에 앉은 네댓 명의 이름과 하는 일을 알게 되고 어느 정도 장난기 있는 말을 건넬 수 있게 되자, 꽤 흥미진진한 분위기가 무르익었다. 건배가 네 번쯤 돌아갔을까. 여기저기 테이블을 돌아다니던 모임장이 박수를 치며 목소리를 높였다.

"홀을 대여한 시간이 끝나서 파티는 여기서 마무리하겠습니다. 더 노실 분들은 2차로 다트 한판 하러 가시죠!"

우렁찬 모임장의 목소리에 2차 가실 거예요? 저는 좀 피곤해서, 아이 그러지 말고 가셔야죠, 수군수군 주고받는 대화가 들썩이다가 막잔입니다, 하는 외침과 글라스가 부딪치는 소리를 끝으로 의자 소리가 썰물처럼 홀을 메웠다. 핸드폰 시간을 확인했다. 11시가 조금 넘어 있었다. 조금 피곤했지만 들어가기엔 아쉬운 시간이었다.

"다트 좋아하세요?"

눈인사를 주고받은 후 별 대화를 나누지 않았던 김종욱 씨였다.

"대학교 때 가끔 했었는데. 못 한 지 오래됐어요."

"2차 가세요?"

고민 중이라는 내 표정을 읽은 걸까, 그는 말을 이었다.

"이 게스트하우스에 있는 펍에서 한대요. 안 머니까 시간 괜찮으시면…"

"아, 체크인하면서 본 거기구나. 뭐가 많으니까 좋네요…"

맥주를 주고받으면서 조금은 친해진 여자 몇몇이 쉐프와 이야기 중인 내 모습을 보고 의미심장하게 웃더니 사라졌다. 나는 괜히 민망해졌다. 그러거나 말거나 이 바게트 빵 같은 남자는 다시 한번 묻는다.

"가실 거죠?"

"좋아요, 놀러 왔으니까. 놀아야죠."

펍으로 걸어가는 얼마 안 되는 시간 동안 우리는 일상적인 문답을 주고받았다.

"어디서 오셨어요?"

"아, 그렇지 여기는 서울이 아니죠? 저는 서울에서 왔어요. 가로수 길 쪽."

"아까 들어보니까 대구, 부산, 경기도 여기저기, 오신 곳들이 제각각 이더라구요. 반가워요, 서울 사람."

"아, 서울분이세요? 아까 레스토랑에서 뵈어서 당연히 제주도분인 줄 알았어요."

"아, 제주인 줄 알았수광? 하하, 그렇게들 생각하시더라고요. 지점 관리 겸 방문한 거예요."

제주도 사투리를 따라 하는 모습이 생각보다 유머러스해서 웃음이 터졌다.

"재밌다. 지점 관리면…?"

"가족이 하는 레스토랑이에요. 원래는 서울에만 있었는데 어쩌다 보니 제주까지?"

"와 멋져요! 사업 성공."

"음, 저보다는 아버지가. 저야 뭐, 어릴 때부터 요리하는 걸 좋아하고 해서. 아버지가 하라는 대로 배우고 관리하고 하다 보니 이렇게 됐네요."

"신기하다. 요리하시는 분들 멋있어요. 유행어도 있잖아요."

"요섹남? 섹시하기까지 해야 되다니 너무 바라는 게 많으신 거 아니에요!"

"음… 그런가요?"

몇 마디 주고받지 않았는데 펍에 도착해버리고 나니 조금 아쉬웠다. 페스티벌에 어울릴 법한 EDM이 쾅쾅 울려 퍼지는 펍에는 그래도 일고여덟 명의 사람들이 자리를 잡고 앉아 있었다.

"여기에요!"

"두 분, 너무 티 내신다."

"두 분 테이블 따로 잡아드려요?"

장난을 더하는 한두 마디에 손사래를 치며 앉았다. 건네진 메뉴판에서 수제 맥주 종류가 꽤 다양하게 판매되고 있는 데다, 자그마치 블랑이 생맥주로 적혀있는 것을 보고 고민 없이 주문을 마쳤다. 형형색색의 맥주가 함께 부딪히고 난 후 다트를 시작하자고 외친 것은 또다시 모임장이었다. 분명히 결혼식 사회 열 번 이상은 봤을 거야.

"저희 여덟 명이니까… 두 명씩 네 팀 나눠서 게임 할까요?"

"그냥 하면 재미없으니까 뭐 하나 걸고 하죠!"

"시원하게 진 팀이 맥줏값 내기합시다."

내기가 걸어지자 투지를 다지는 분위기가 느껴졌다. 눈치를 보는 서로들이 재미있어 두리번거리다가 '팀'이라는 단어에서 쉐프와 눈이 마주친 것이 스스로도 머쓱해 괜히 유리잔을 만지작거렸다. 옆에 앉아 있던 여자아이가 귓속말을 건 것이 천만다행이었다. 고개를 돌렸는데도 쳐다보고 있는 것이 느껴져, 얼굴이 빨개지기 일보 직전이었으니까.

"언니, 다트 잘해요?"

"그냥 그냥…. 그래도 다트 판을 맞추기는 해."

"언니 그럼 우리…."

"좋아요, 같이 해요."

"자자, 팀 다 정하셨어요? 아니면 공평하게 가위바위보?"

웅성대는 사람들 틈에서 나는 뭐가 그리 급했는지 손을 번쩍 들었
다. 얼렁뚱땅 저 남자와 같은 팀이 되어버리면 애써 잘 간수해 둔 심
장이 또 제멋대로가 될지 몰라 불안했다. 나는 옆자리 여자의 손을 들
며 말했다.

"저는 이 친구랑 같이 할래요~"

"아, 그럼 쉐프님이 뭐가 됩니까! 침울해하시잖아요~"

맞은편에 앉은 그가 아깝다는 듯 테이블을 주먹으로 치는 제스처를
취하자 모두들 한바탕 웃었다. 센스 있는 사람이라는 생각이 들었다.
그래서 더, 위험하게 느껴졌다.

결국 옆에 앉은 사람들끼리 한 팀이 되어 다트판 앞에 섰다. 오랜만
에 던지는 다트 핀이 손에서 헛돌았지만, 서너 번 판이 돌고 나니 감
이 잡혔다. 여섯 번째 판에서는 트리플도 연속으로 맞추었고 다음 판
에서는 정중앙에도 다트 핀을 내리꽂았다. 2등이던 점수가 순식간에
1등으로 올라섰다.

"다트를 잘하시잖아요?"

다음 순서로 다트 핀을 집어 든 그가 전의를 다지며 말했다.

"그러게요, 웬일이람."

3점과 17점을 맞추더니 마지막에는 정중앙에 그의 다트가 날아가 꽂혔다. 뭐야, 엄청 잘하네. 다시 1등을 뺏긴 나와 옆자리 여자는 이를 박박 갈며 다음번을 노렸다. 마지막까지 1, 2등을 다투며 마지막 라운 드에 다다랐다. 10점을 왔다 갔다 하는 점수를 세 번 따내고 아쉬워 하고 있는데 그는 또 50점을 맞추었다. 1등을 한 그의 팀 사람은 어깨 를 으쓱였고 꼴등을 한 팀은 입을 비죽이며 자리로 돌아갔다. 다트 핀 을 뽑아 들고 돌아서서 걸어온 그가 지나갈 때 나는 못내 아쉬운 축 하 인사를 했다.

"1등 축하해요."

"운이 좋았어요. 들어가실 거예요?"

1시가 가까워지고 있는데 들어갈 거냐고 묻는 건 뭐지, 나는 무슨 뜻 인지 모르겠다는 표정을 지은 나에게 쉐프는 물었다.

"우리 한잔 더 할래요?"

"새벽 1시에요?"

"네, 새벽 1시에요. 원래 일찍 주무시나 봐요."

"아니요 그런 편은 아니지만…."

"어차피 들어가서 할 것도 없잖아요. 다들 파하는 분위기인데."

말이야 맞는 말인데 그 '한잔 더'에 숨은 의미를 알 수가 없어서 대답 하기가 어려웠다. 순수하고, 예쁘게, 서로를 더 알고 싶어서가 이유의 전부일 수도 있지만, 그런 깨끗한 감정이 이 세상에 남아 있을 수 있다는 것 자체에 의구심이 들었다. 뭔가 다른 의도가 있을 것 같았고, 결국 이 사람도 오늘 밤 어떻게 한번 해보려고, 그런 건 아닐까 싶은 생각이 속마음대로 쉬이 '네 그래요'를 뱉지 못하게 했다. 어쩌지.

"피곤해요?"

"아니, 그런 게 아니라…."

레스토랑에서 바게트 같은 남자를 만난 것도, 하필 예약한 호텔의 날짜가 잘못되어 이 리조트 뺨치는 게스트하우스에 오게 된 것도, 모든 대화가 찰지게 이어지는 이 사람을 다시 만나게 된 것도 다, 우연의 우연의 우연인데. 어쩌면 설레발 치던 사람들의 말처럼 인연이라면 인연인데. 불안함 때문에 시작되려는 관계를 놓아버리는 게 맞을까? 나다운 걸까? 나는 속으로 도리질을 쳤다. 좋은 사람일 수도 있다는 1%를 믿어보자고 마음을 먹었다.

"재밌을 것 같아요. 마셔요, 와인."

"후~ 엄청 조마조마했다고요."

우리는 건너편 편의점에서 와인과 크래커, 참치캔을 사 들고 게스트하우스 옥상으로 올라갔다. 올라가는 길에 그는 자신의 방에 들러 와인 잔 두 개와 오프너를 챙겨 나왔다.

"항상 체크인할 때 와인 잔과 오프너를 부탁하거든요."

"와인을 진짜 좋아하시나 봐요."

"없으면 못 살죠. 그래서 아까 와인 한잔 없으면 안 되겠다고 했을 때 웃음이 났어요."

서울의 야경은 하늘이며 바닥이며 할 것 없이 빛무리인데 제주의 밤은 털을 잘 고른 고양이처럼 까맣기만 했다. 까만 어둠 사이로 철썩이는 파도 소리가 더 선명하게 들렸다. 어떤 음악보다 파도의 오가는 음색이 더 고왔다.

와인을 기울이며 우리는 시시콜콜한 이야기를 나눴다. 학교는 어디를 나왔고, 졸업은 언제 했고, 그러고 보니 동갑이네, 하며 박수를 치기도 했다. 그가 말한 무뚝뚝한 남동생의 행동은 내 시크한 여동생과 판박이였고 도대체 철들 줄 모르는 친구 한두 명의 근황 역시 그들끼리 서로 아는 것 아닐까 싶게 비스무리했다. 공감대가 형성될수록 이 사람이 더 알고 싶었다. 말을 할 때마다 피하지도, 흔들리지도 않는 저 또렷한 눈동자 뒤로, 지금 무슨 생각을 할까.

"근데 우리 나이도 같은데, 언제까지 존댓말 해, 요?"

두 번째 와인의 코르크를 따면서 쉐프님이 물었다. 접시 위에 새로 크래커를 놓고 참치캔을 따려던 나는 반사적으로 답했다.

"말 놓을까?"

"좋아."

"응."

"응."

"응?"

이건 뭐야, 왜 따라 해. 고개를 갸우뚱하며 그를 바라봤다. 재밌어 죽겠다는 듯 빙글거리는 미소는 티 없이 맑았다. 그 모습에서 너무 많은 사람이 겹쳐서, 살갑게 다가오는 그의 말과 행동을 있는 그대로 받아

들이지 못하는 내가 미웠다. 전주의 그 남자를 만나지 않았더라면, 잠자리를 가지고 난 후 다른 여자와 집에서 나오던 사람이 요리를 하지 않았었더라면. 나는 마주 앉은 이 사람의 미소를, 따뜻한 눈빛을, 있는 그대로 받아줄 수 있었을까. 복잡한 생각이 와인만 들이키게 했다.

"쉬는 날에는 뭐해?"

잠깐의 침묵을 깬 것은 다시 쉐프님의 질문이었다.

"나는. 그냥 그래. 회사 집 왔다 갔다 하고 친구들 만나고. 별게 없네. 너는?"

"운동."

"운동?"

"나 먹는 걸 진짜 좋아해서 요리를 시작한 거거든. 운동 안 하면 지금… 슈퍼 돼지일걸?"

"멋지다. 난 귀찮아서 오래 하지를 못하는데."

"뭐든 하다 보면 익숙해져."

"꼭 나 일할 때 같네. 처음엔 힘들어 죽겠었는데 하다 보니 익숙해져서 천직 같거든."

쉐프님은 천천히 고개를 끄덕인다. 어릴 때부터 요리만 해온 사람 앞에서 천직이라는 표현은 주제넘었을까. 나는 주제를 돌리려 내일의 이야기를 꺼냈다.

"그럼 내일도 출근?"

"아니 원래는 내일 아침에 올라가려고 했어."

다음 말을 기다리며 와인 잔을 돌리고 있는 나를 그는 뚫어져라 바라봤다. 그런데 왜, 라는 입 모양을 지어 보이자 그는 레스토랑에서 보여주었던 얼굴 가득 주름 꽃이 피는 미소를 지으며 말했다.

"넌 언제까지 있어? 제주도에."

"난 오늘 왔는걸. 내일모레 올라갈 거야."

"그렇구나."

"왜?"

질문하기 무섭게 답을 하던 그는 남은 와인 한 모금을 천천히 마실 때까지 말을 아꼈다.

"여행 친구, 필요하지 않아?"

쏴아, 하는 파도 소리 때문일까, 나는 머리가 얼어버린 기분이었다.

지금까지와는 다른 사람이,
어떤 건데?

23 。

다음 날 아침, 알람을 맞추지 않고 내일이 없는 것처럼 오랜 잠을 잤다. 무거운 눈꺼풀을 들어 올린 것은 매트리스를 울리는 진동 소리였다. 항상 맞춰둔 알람이 울린 것일까. 하지만 케이스를 만지는 순간 액정에 뜬 것이 그의 번호이리라는 것을 나는 직감했다. 전화벨과 알람의 진동은 다를 것이 하나도 없는데, 손을 대는 것만으로 알 수 있다는 확신이 오묘하다. 바라는 대로 보기 때문일지도 모르겠지만.

"음, 11시 반이야."

"응 그러네."

"어제 약속한 거 기억 안 나지?"

약속? 어둑한 성산일출봉의 실루엣 아래 2박 3일간 착한 여행 친구가 되자고 서약을 시킨 것이 떠올랐다. 착한 여행친구가 뭐냐고 되묻는 그에게 취기 오른 내가 했던 낯 뜨거운 대답들도 생각나서 핸드폰을 던져버리고 싶었다. 화끈해진 얼굴을 감싸 쥐며 침대를 박차고 일어났다. 목소리 톤이 두 톤은 높아진 것 같았다.

"아침부터 그런 이야기를 왜 하는 거야?"

"뭐가?"

"얌전한 친구 하기로 했잖아."

"아, 뭐야 너 그 생각한 거야? 혹시 한방을 쓰게 되어도 침대 위로 올라오지 않아야 한다, 그거?"

두 번째 물음표를 끝으로 전화기 반대편에서는 꾸밈없는 웃음이 쏟아졌다. 진짜로 웃으니까 더 민망하잖아.

"야!!!"

"장난이야, 장난. 눈물 난다 진짜. 아니 난 그게 아니고… 김밥 말이야."

"김밥?"

"예약 성공한 사람 소원 들어주기로 했잖아. 9시 50분부터 초시계 켜놓고 기다렸다고."

아, 수강 신청보다 더 힘들다는 그 김밥을, 어떻게 예약에 성공했구나. 지나가는 말처럼 그래 소원 들어주기 하자, 하고 대답하긴 했지만 그 귀한 김밥 예약에 성공하는 행운이 나와 이 사람 둘 중 한 명에게 주어지리라고는 상상도 못 했다.

"배 안 고파? 나 지금 이 김밥 앞에 두고 기다리는 중인데."

아침부터 일어나 예약 전화를 수십 번 걸고 있었을 모습을 상상하니 웃음이 났다. 예약해 성공해서 혼자 얼마나 좋아했을까. 버선발로

달려 나가 김밥집까지 가서 받아온 김밥을 두고 나를 기다렸을 모습이 예뻤다.

"1층에 카페 있던데. 거기서 볼까?"

잠이 완전히 깬 목소리로 묻는 그에게 나는 눈을 비비며 답했다.

"응 그래. 나 씻고… 빨리 준비할게."

두툼한 매트리스를 걷어내고 바닥에 발을 내려놓았다. 차가운 바닥이 잠을 깨우는 듯했다. 씻어야지. 캐리어에서 속옷 파우치를 꺼내 들고 화장실 유리문을 열었다.

따뜻한 온도에 몸을 맡기고 어제를 더듬는다. 얼떨결에 여행 친구가 생겨버렸다. 말이 잘 통하는 젊은 남자와 여행하는 것은 분명 유쾌한 일이지만 이 좋은 감정과 상황이 오래 가야 할 텐데. 누구를 마음에 들이고 어쩌고 할 생각이 없는 내 삶에 갑자기 던져진 이 사람의 존재가 당황스럽게 느껴졌다. 괜한 걱정이겠지, 나만 잘하면 될 거야.

또 전화가 오기 전에 물기를 닦아내고, 머리를 후다닥 말리고, 캐리어를 챙겼다. 가방을 털털 끌고 내려가 1층 카페 문을 여니, 그는 잘 보이는 자리에 앉아 있다가 손을 살짝 들었다.

"일찍 왔네!"

일찍이라니. 전화를 끊고도 40분은 더 지났구만. 나는 두 손을 모으며 미안 미안을 반복했다.

"다 식긴 했는데, 일단 먹어보자. 진짜 맛있대."

그가 꺼낸 김밥은 익히 들어온 명성에 비해 겉모습은 평범했다. 아침 10시부터 1초 간격으로 전화해도 예약하기 힘든 곳이라기에 나는 무슨 금가루라도 발라 놓은 줄 알았건만. 나무젓가락을 반으로 쪼개 김밥 한 알을 입에 넣었다. 입안 가득 퍼지는 고소함에, 오도독 씹히는 이 가루는 뭐지, 하는 사이 그와 눈이 마주쳤다. 놀라움에 동그래진 두 눈이 마주치니 웃음이 났다. 씹던 김밥을 겨우 삼키고는 뭘 쳐다보냐고 면박을 주다가, 또 한 알을 바쁘게 입에 넣고 씹으며 정말 맛있다는 말을 연발했다.

"아침부터 기다린 보람이 있네."

"고마워. 진짜 맛있다."

"응. 이제 소원 말해야지."

장난스럽게 말하는 그를 살짝 흘겨보았다. 소원이라니, 중학생도 아니고.

"하, 그래. 소원 뭔데."

김밥 두 줄을 끝낸 그가 아메리카노를 삼키며 말했다.

"아꼈다가 나중에 말할게."

속을 알 수 없는 그의 눈을 가만히 보다가, 어떤 뜻도 읽어낼 수 없어서 그만두었다. 체념한 듯한 내 모습에 그는 또 한 번 껄껄 웃더니 묻는다.

"자, 오늘 계획을 설명해주시죠."

계획이랄 것도 없긴 했지만, 이렇게 전개되리라고 상상도 못 했던 어제까지의 일정을 찬찬히 늘어놓는다.

"아래쪽 해안도로를 따라서 올레시장까지 갈 거야. 오늘 숙소가 서귀포시청 근처거든. 올레시장을 구경하다가… 체크인을 하고, 좀 쉬다가 시간 나면 쇠소깍을 둘러보고 올까 생각했었어.”

“생각보다 단출하네?”

그의 말에 담긴 의미를 모르겠어서 멀뚱히 바라보았다.

“엄청 활동적이라고 생각했거든. 그래서 시간 단위로 계획이 있을 줄 알았지.”

“아, 일할 때는 그렇지만. 쉬러 온 거니까. 더 가고 싶은 곳 있어?”

“아니 나도 그런 게 좋아. 너무 빽빽하게 돌아다니면 좀, 패키지여행 같잖아.”

패키지여행이라는 표현이 너무 정확해서 웃음이 났다. 닭장 같은 버스에 앉아 지루한 설명을 들으며 30분 단위로 관광 명소를 찍고 다니는 여행은 질색이었다. 그곳이 한국이든, 해외이든.

“다행이다. 나는 그냥 대충의 동선만 짜두고 그때그때 생각나는 대로 여행하는 걸 좋아해. 어제 그 레스토랑도 계획에 없었거든.”

“그러니까. 거긴 거의 예약하고 오는데 누가 대뜸 지금 가도 되냐길래 당황했다고.”

또 놀림조로 나오는 그에게 아랫입술을 깨물며 물었다.

“그래서?”

“좋았다고.”

저런 말을 어떻게 얼굴색 한 번 안 변하고 하지. 눈을 내리깔고 민망해하는 나를 빤히 바라보는 시선이 느껴졌다. 아침부터 하하 호호 조용할 틈 없던 사이에 잠깐 흐르는 침묵이 어색했다. 얼음 사이로 빨대를 일없이 뒤적이다가 고개를 들어 눈을 맞추니 그는 속 모를 미소를 지었다.

"렌터카를 연장하는 게 좋을까?"

조금 현실적인 질문이 날아오니 진짜 여행을 함께할 사람이 생겼다는 것이 조금은 실감이 났다. 둘이 하는 여행에서 차가 두 대일 필요까지야. 나는 반쯤 남은 라테를 빙빙 돌리며 답했다.

"아니… 굳이."

"그럼 나 레스토랑에 반납 좀 부탁드려야겠다."

손목시계는 1시를 향해 달려가고 있었다. 그와 나는 차를 나눠 타고 레스토랑으로 향했다. 12시간 전에 찾았을 때는 이런 모습으로 다시 오게 되리라고는 상상도 못 했었는데.

차를 세운 그는 다녀올게, 입 모양으로 말한 후 레스토랑으로 뛰어들어갔다. 갑옷 같은 어깨가 흔들리는 것을 바라보며 낯선 불안이 다시금 고개를 들기에 억지로 미소를 지어보았다. 기분이 한결 나았다. 15분이 채 지나지 않아 조수석 창문에 그가 나타났다.

"얼마 안 걸렸지? 운전 내가 할까?"

"아닙니다. 쉐프님, 편하게 있으세요."

부르릉, 시동을 걸고 서귀포로 방향을 틀었다. 어제는 그렇게 맑던 하늘에 우중충한 구름이 걸려 있었다. 비는 안 오면 좋겠는데. 올레시장으로 향하는 시간 동안 그는 꼭 먹어봐야 할 길거리 음식들을 브리핑했다. 그의 찰떡같은 설명을 듣고 나서일까, 도착한 시장에서 집어든 문어빵은 왠지 더 쫄깃하게 느껴졌고, 흑돼지 꼬치구이는 서울에 들고 가서 팔고 싶을 만큼 입맛에 맞았다. 땅콩 만두와 대게 그라탱까지 먹고 나니 배가 터질 것 같았지만 그는 또 저쪽 골목을 가리켰다.

"벌써 배불러? 마농치킨 먹어야 하는데."

나는 배를 두드리며 고개를 가로저었다. 지금은 절대 안 돼.

"너무 배부르구나. 그럼 사가서 이따가 먹자."

내가 말려도 맛보기를 절대 포기하지 않고 성큼성큼 걸어가는 그의 뒤를 따라 한 손에는 마농치킨, 다른 손에는 갈치회와 고등어회 그리고 꽁치 김밥까지 들고 다시 차에 올랐다. 차 안을 가득 메운 치킨 냄새가 부른 배와 상관없이 입에 침을 고이게 했다.

"저녁에 먹으면 맛있겠다."

"그치? 고등어회도 진짜 맛있어."

"쉐프님 덕분에 배부르게 먹고 좋다."

"별말씀을."

"어제는 혼자 여행하느라 제대로 못 먹었거든. 혼자 식당에 들어가서 먹는다는 게, 좀 민망해서."

"혼자 여행은 그게 좀 안 좋아."

"맞아. 어제 그 레스토랑이 거의 첫 끼였어."

"진짜? 배 엄청 고팠겠다. 안 돼. 어, 이거 소원으로 해야겠다. 이제 삼시 세끼 다 먹는 거다?"

진짜, 하는 목소리에 담긴 놀라움과 다 먹이고 말겠다는 다짐이 피부로 느껴져서 조수석을 흘끗 바라봤다. 고개를 저으며 '안 돼 안 돼'를 반복하는 옆모습이 귀여웠다.

20분도 채 지나지 않아 쇠소깍에 닿았다. 언젠가 바닥이 훤히 보이는 투명 카약이 유명하다는 것을 들은 것 같아 안내소를 찾았는데, 더 이상 운행하지 않는다는 말에 살짝 풀이 죽었다. 핸드폰을 들여다보고 있던 그는 화면을 들이밀며 물었다.

"월정리에도 있대. 가볼까?"

그것 때문에 핸드폰을 만지작거렸던 건가. 전혀 관심이 없는 것 같은 표정으로 앉아 있다가도, 이야기를 할 때 그는 세상에 대화할 사람이 나 하나인 것 같은 눈빛으로 바라본다. 굳이 잘해줄 이유가 전혀 없는데 눈 하나 깜빡하지 않고 다정하게 구는 것이 참 알다가도 모를 사람이다.

"아니, 괜찮아. 고마워."

고개를 저으면서, 하지만 고마움을 담아 말하고 쇠소깍을 걸었다. 깊고 푸른 계곡이 끝없이 이어졌다. 어떻게 바위가 저런 모양을 할 수 있지, 바닷물과 민물이 만나는 곳이라서 물빛이 저렇게 푸를 수 있는 건가. 대자연이 보여주는 모습 앞에서 숨을 평상시처럼 쉬는 것은 어색하다. 숨을 고르며 물가를 바라보았다. 내쉬는 숨과 들이쉬는 숨을 느끼면서 천천히 바라보고 있는 내 옆에서 그가 같은 속도로 숨을 들이쉬고 내쉬었다. 합쳐진 숨소리가 물소리를 마셔버릴 것 같아서 뭐야, 하는 표정으로 그를 바라보았다. 눈이 마주치나 싶었는데 능청스럽게 세상 진지한 모습으로 숨을 고른다. 편안하게 숨을 쉬는 일이 지금 가장 중요한 일인 것처럼. 나는 문득 대자연의 신비라거나 쇠소깍의 깊은 물보다 이 사람이 더 궁금해졌다.

"쉐프님."

왼쪽 눈썹을 찡그리며 바라보는 눈이 태평양 한가운데처럼 깊고 짙었다.

"우리 술 마시자."

술이 꼭 필요한 몇 가지 순간이 있다. 재미있는 것은 술을 동하게 하는 순간의 감각들이 서로 많이 닮았다는 것. 더 신나고 싶을 때, 어떤 감정으로부터 벗어나고 싶을 때, 지금이 아닌 어떤 상황을 갈망할 때 우리는 술이 필요해, 한다. 나는 지금 이 사람이 궁금했다. 알고 싶다는 갈망이 술을 고프게 했다. 올레시장에서 바리바리 사 온 짐을 싣고 호텔 앞 편의점에서 몇 개의 맥주와 혹시 몰라 집은 한라산과 약간의 안줏거리를 사 들고 로비에 도착하기까지 우리는 별말이 없었다.

예약을 확인하고 카드키를 받아든 내 뒤에서 그는 자연스럽게 다른 방을 체크인했다. 한 손으로 카드키를 쥐고 있기는 했지만 딱히 두고 올 짐도 없는지라 그는 캐리어를 털털 끌고 가는 내 뒤를 따라 들어왔다. 방은 그다지 크지도 작지도 않았지만 술잔을 놓을 테이블과 의자가 있었고, 뷰는 별 볼 일이 없었지만 창문은 만족스럽게 크고 높았다. 마농치킨과 땅콩 막걸리라는 극히 제주도스러운 술상을 앞에 두고 우리는 해도 지지 않은 창가에서 잔을 부딪쳤다.

"갑자기 술이 마시고 싶었어?"

반쯤 부어 둔 막걸리를 벌컥벌컥 들이켠 나는 입가를 닦으며 고개를 끄덕였다.

"낮술 진짜 오랜만이네."

그는 말없이 잔을 채워 마셨다. 그렇게 두어 잔이 돌았다. 커튼을 흔드는 바람 소리, 뜻 없이 왕왕대는 거리의 먼 소음이 방 안을 채우고 다시 나가기를 반복했다. 조용한 불편을 걷어낸 것은 그의 질문이었다.

"왜 남자 친구가 없어?"

속이 빤히 보이는 질문인데, 그는 그 흔한 작업성 질문을 '오늘 밥 먹었어'나 '립스틱 어디 거야'와 같이 일상적인 질문으로 느껴지게 했다. 내 컵을 들어 마지막 막걸리를 따르면서 내 눈을 바라보지 않고 물었기 때문일까, 아무 대답 없이 그를 보고 있는 내 눈을 순진무구한 표정으로 묵묵히 마주 바라보았기 때문일까.

"이런 질문은 좀, 불편한가? 다른 이야기할까?"

"아니, 괜찮아."

막상 괜찮다고 운을 떼긴 했지만 무어라 해야 좋을지 말을 찾기 힘들었다. 뭐 같았던 남자 친구와 헤어진 후에 도대체 몇 명인지 세기도 힘든, 더 뭐 같았던 남자들을 사랑하려 애쓰느라 연애를 하지 못했다고 해야 할까. 그렇게 말하면 내 지지리 궁상맞고 운이라고는 눈곱만큼도 찾아볼 수 없는 연애사에 조금은 면죄부가 될까. 컵을 물끄러미 바라보던 나는 창살이 날아올 일 없는 대답들만 골라 조합해보았다.

"오래 만나던 남자 친구랑 헤어진 지 좀 됐어. 몇 명 소개를 받긴 했었는데 잘 안 맞더라. 인연을 아직 못 만난 거지 뭐."

그는 어떤 말이라도 상관없었으리라는 표정으로 내 알맹이 없는 대답을 들었다. 천천히 고개를 끄덕이는 그에게 또 다른 질문이 떨어질

세라 나도 질문을 던졌다.

"너는? 여자 친구가, 없어?"

"나도 비슷해. 전 여자 친구랑 좀 안 좋게 헤어지고 나서 연애를 할 생각이 없어져서. 그냥 일만 했다고 해야 할까. 나는 소개도 안 받았었어. 여자를 만난다는 게… 소모적이라고 느껴졌거든."

소모적. 만나는 건 좋지만 더 큰 에너지를 쓰기엔 아까운. "우리는 만나고 있는 거야"라고는 했지만 사랑한다고는 말해주지 않았던 건우가 떠올랐다. 나는 눈을 질끈 감아버렸다. 그만.

"그렇구나. 여자 친구랑은 어떻게 안 좋았어? 나도 안 좋았던 건 못지않은데."

과거의 한 조각을 낚아 올리려는 듯 눈을 깜빡이던 그는 잠시 후 손사래를 쳤다.

"이건 나중에 기회가 되면 말해줄게. 별로 재밌는 이야기가 아니라."

물어봐 놓고도 막상 나에게 그 전 남자 친구 이야기를 꺼내 보라고 하면 불편함이 목구멍까지 차던 차라 나도 그래, 잘 됐어 하며 다른 질문을 찾았다. 찾아보려 해도, 이 주제에서 물을 수 있는 것들은 뻔했지만.

"그럼 좋은 거 이야기할까, 어떤 스타일 좋아해?"

이 질문도 흔하디흔한 작업성 질문이었지만, 그렇게 들리지 않기를 바라며 가능한 한 태연하게 물었다. 정말로, 이 바위 같은 사람이 사랑을 느낄 수 있는 여자란 어떤 사람일지 알고 싶었다.

"음… 말이 통하는 사람. 너무 추상적이지? 그런데 그게 정말 어렵

190

거든. 나 좀 이상한 데서 웃고 이상한 데 집착하는 스타일이라. 같이 웃어줄 수 있는 그런 사람을 좋아해."

정말 그게 다야? 하는 의심스러운 눈초리로 바라보는 내 표정을 보고 또 그 찌그러진 미소를 짓더니 그는 말을 이었다.

"그런 표정은 어떻게 짓는 거야, 진짜? 물론 키 크고 예쁜 거 좋아하지. 음식 맛있게 먹는 사람 좋아하고, 내가 운동 좋아하니까 같이 운동할 수 있는 사람이면 좋겠고. 그런데 그런 건 부수적인 거니까."

말이 통하는 사람. 말이 통한다는 것만으로 사랑할 이유가 충분하다는 걸까. 그렇게 쉬운 조건이면 된다고 말하는 남자가 있는데 내가 지금껏 만났던 남자들의 기준이 높았던 걸까, 내 방식이 잘못되었던 걸까. 질문을 하고 답을 들으면 들을수록 내 안에 질문들이 쌓이는 기분이었다.

"너는? 너는 어떤 스타일을 좋아해?"

"아, 나는."

잠깐 말을 멈추긴 했지만 으레 친구들에게 답하던 것과 같은 대답을 했다.

"키 크고 잘생긴 사람."

혼자서 그의 잔에 내 잔을 부딪치고 한 모금을 마시며 말을 이었다.

"그래서 여행 친구 허락해준 거야."

그는 또 피식 웃는다.

"나 잘생기지 않았어."

모든 남자들이 그렇게 말하지 뭐. 잘생기지 않았다고, 이런 사람 많다고 그러면서 속으로는 다들 다른 생각을 하잖아. 나는 더 확정적으로 그의 답을 막았다.

"내 기준 무시하지 말아 줄래."

"근데 그 기준은 너랑 어울리는 사람 찾으려고 그렇게 세운 거야? 레스토랑에 들어올 때도, 게스트하우스에서 다시 만났을 때도 너만 보였거든. 예뻐서."

내가 시작한 칭찬이었지만 그 대상이 나로 바뀌어 듣게 되니 괜히 더 어색했다.

"그만해."

"레스토랑에서 그냥 헤어지기 아쉬웠는데. 다시 만나는 건 정말 말도 안 되는 거잖아. 나 어제저녁에 정말 용기 낸 거야."

"거짓말."

"거짓말 못 해."

"그러면 더 거짓말 같아."

요리하는 듬직한 남자가, 운동으로 다져진 다부진 체격과 잘생긴 얼굴을 하고, 순진한 의도로 "너는 정말 예뻐"라고 말할 수 있는 마음가짐까지 갖출 수 있다는 것을 나는 믿을 수가 없었다.

"나는 그런 남자가 아니야."

"어떤?"

"네가 생각하는. 네가 만났던."

내가 만났던 사람이 어떤 사람이냐고 물으려다, 또 뻔한 꼬리잡기가 될 것 같아 그만두었다. 문득 나는 내가 이 유치하기 짝이 없는 대화를 즐기고 있다는 것을 깨달았다. 우리는 정답 없는 대화를 맥주 네 캔을 다 마시고 한라산 한 병을 비울 때까지 이어갔다. 마지막 잔을 마시고 나니 눈이 감겨왔다.

"졸리지."

그의 목소리가 먼 데서 들리는 것 같았다. 천천히 끄덕끄덕하던 고개가 푹 떨어졌다.

"쓰러지겠다. 일어나 침대에서 자야지."

바닥에 디딘 발이 무거웠다. 두어 걸음을 걸어 침대에 몸을 묻었다. 폭신한 매트리스의 촉감이 볼과 가슴에서 느껴졌다. 그가 묵직한 팔로 나를 들어 바로 눕히는가 싶더니 등과 목이 매트리스에 폭 잠겼다. 종욱이는 이불을 들어 나의 목과 팔위로 꼭꼭 눌러 덮었다.

"잘 자."

"응, 너도."

고개를 돌려 자연스럽게 방을 걸어 나가는 그를 바라봤다. 걸을 때마다 움직이는 어깨선에서 눈을 뗄 수가 없었다. 돌아보지 않고 걸어가는 뒷모습이 당연한데, 한 잔만 마신 맥주처럼 아쉬웠다.

마지막 밤이라는
그럴듯한 핑계

24 。

머리가 아팠다. 무거운 눈을 비비며 창문을 바라보니 하늘이 어느 때보다 파랗게 빛나고 있었다. 날씨가 좋아서 다행이다, 안도의 한숨을 내쉬었다. 습관처럼 베개 주변을 더듬었다. 잡힐 때까지 휘젓던 손에 얄팍한 아이폰이 들어오자 비로소 하루가 시작된 기분이었다. 액정에 떠 있는 두 개의 메시지가 보였다. 시계와 여행 사진만 있는 빈 화면보다 훨씬 나았다.

[잘 잤어? 1층 카페에서 봐.]

짧은 메시지와 함께 한 장의 사진이 전송되어 있었다. 체크인할 때는 제대로 보지 못했었는데, 사진 속 호텔 1층의 카페는 일부러 찾아가는 제주의 핫한 카페들 못지않은 분위기였다. 사진을 잘 찍은 건가.

마지막 날에는 꼭 카멜리아 힐에 가고 싶어, 푸른 이파리를 닮은 원피스를 챙겨 왔다. 편하고 후줄근한 옷 중에 그나마 가장 옷 같은 옷이었다. 종아리 중간께에서 살랑대는 리넨 원피스에 몸을 넣고 옆 지퍼를 올렸다. 머리를 한쪽으로 땋고 연한 오렌지빛 블러셔를 볼에 두어 번 토닥였다. 거울을 보고 두어 번 미소를 지어보다가, 뭐 하는 짓이람, 한숨을 쉬고 캐리어를 챙겨 나섰다.

그는 어제처럼 카페의 중앙 테이블에서, 누군가 가져다 놓은 동상처럼 앉아 있었다. 엘리베이터가 도착하는 소리에 고개를 든 그와 눈이 마주치자 나도 모르게 웃음이 났다. 어제와 사뭇 다른 차림에 스스로 민망해 지은 웃음이었다.

"우와."

아메리카노를 내려놓고 일어선 종욱이가 특유의 감탄사로 나를 반겼다. 듣기 좋으라고 하는 말이겠지만, 진심이 절반 이상 담긴 것 같은 담백한 감탄사가 듣기 좋았다.

"나뭇잎 같지?"

"물미역 그런 거 같은데."

"죽을래."

그는 또 환하게 웃더니 살짝 녹은 아메리카노를 건네며 내 어깨를 잡아 앉혔다.

"자, 오늘은 어디로 가?"

이 사람은 정말 내 여행의 그림자로 있으려는 건가. 하나부터 열까지 내 의견을 묻는 모습이 고마웠지만, 이 좋은 날의 시간을 온전히 내 의사대로만 쓰게 하는 것이 조금은 미안하기도 했다.

"우선 카멜리아 힐. 그 옆에 방주교회를 둘러보고, 신비의 도로를 한 번도 못 가봐서 거기 들렀다가, 애월까지 쭉 갈 거야. 오늘 숙소가 협재 쪽에 있거든."

핸드폰 지도로 내가 말하는 곳들을 하나하나 살펴보는 모습이 수업 시간 맨 앞줄에 앉은 모범생 같았다.

"이게 내가 세웠던 일정이긴 한데 네가 가보고 싶은 곳 있으면 들러도 괜찮아."

혼자서 동선을 이리저리 살펴보던 그의 눈썹이 가운데로 살짝 모였다. 아주 중요한 생각을 하는 것처럼. 나는 괜히 주눅이 들었다. 뭐야.

"이건 안 되겠어."

안 된다고? 뭐가 잘못된 건가 싶어 간이 철렁하려는 찰나 종욱이가 입을 열었다.

"밥집이 하나도 없잖아."

고개를 절레절레 저으며 어제처럼 또 '안 돼 안 돼'를 나직하게 속삭이는 그가 열 서너 살쯤 먹은 학생 같았다. 머리를 한껏 헝클어뜨리고 싶을 만큼, 귀여웠다. 귀엽다니. 그 수많은 남자들 앞에서 느꼈던 감정들은 불안이라거나, 주체 못 할 가슴 뜀이라거나, 잘 보여야 한다는 부담을 동반한 설렘이었는데. 길에서 마주친 온순한 15킬로짜리 허스키를 보는 것마냥 귀여움이 피어오른다는 것이 신기했다.

"일단 가자. 맛집은 가는 동안 내가 찾아볼게. 지금은 배 안 고파?"

"괜찮아. 너는?"

"어제 술을 그렇게 먹고 괜찮긴. 카멜리아 힐 근처에 성게 라면 진짜 맛있게 하는 데가 있어. 거기서 해장하고 갈래?"

원래 여행에 '음식'이 큰 부분을 차지하지 않는 터라 뭐라도 상관은 없었지만, 내가 바라보지 못한 관점으로 여행을 바라보는 사람과 함께라 다행이라는 생각이 들었다. 나는 그래, 좋아, 하고 웃었다.

그가 안내한 곳의 라면은 정말로 시원하고, 쫄깃하고, 맛이 있었다. 라면보다는 라멘이나 짬뽕에 가까운 느낌이었지만 국물이 알맞게 칼칼해서 어제의 알코올을 씻어내기에 충분했고, 면발 사이사이 자연스럽게 풀어진 성게 알은 비릿함 없는 바다 맛이 났다. 배를 든든하게 채운 덕분일까, 철이 살짝 지나 시들시들한 수국 앞에 섰을 때도 웃으며 넘길 수 있었다.

"투명 카약 허탕부터 철 지난 수국이라니, 제주도가 나 싫어하나 봐."

"왜? 우리가 만났잖아."

전구가 잘랑이는 골목을 두 번쯤 지나고 널따란 광장에 앉아 다리를 두드리며 뜻 없이 뱉은 중얼거림이었다. '우리'라는 말의 무게를 이 사람은 이해하고 말하는 걸까. 나는 깜빡임도 없이 내 눈빛을 받아내는 그에게 그건 그래, 하고 답할 수밖에 없었다.

종욱이는 방주교회의 찰랑대는 물가 앞에서 감탄하는 내 뒷모습을 예쁘게 찍어주었고, 신비의 도로에서 우와, 진짜 올라가잖아, 하고 호들갑을 떠는 나를 보며 배를 잡고 웃어주었다. 그 덕분에 내 마지막 날은 한층 더 풍성했다. 애월이 가까워 올수록 해는 내 귓가쯤의 높이로 내려앉았다. 벌써 마지막 저녁이라는 것이 아쉬웠다.

"저녁에는 흑돼지를 먹을까?"

애월의 해변이 한눈에 들어오는 잘 꾸며진 카페 테라스에서 그는 말했다. 해안도로를 따라 몇 분이나 달렸을까, 근처부터 구수한 고기 냄새가 거리를 감싸고 있었다. 언제였지, 학교 앞에서 친구와 친구의 두 번째인가 세 번째 남자 친구를 앞에 두고 지글지글 익어가는 고기를 바라보았던 기억이 났다. 불편함에 고기가 코로 가는지 입으로 가는지 모르고 소주 두 잔에 고기 한 점씩 먹었는데. 그 짤막한 기억 속에 씹었던 고기가 흑돼지였다는 게 생각났다. 껍질을 깨물었을 때 이빨에 와 닿던 바삭함, 여러 번 씹어도 껌마냥 쫄깃했던 살점. 그가 안내한 곳의 고기는 기억 속의 불편함은 지워내고 맛있다는 사실만 불러내 주었다.

"멸치젓에 찍어 먹어야 돼. 알지?"

그는 쉐프답게 고기를 뒤집어 보글보글 끓어오르는 젓갈에 담그더니 내게 건넸다. 눈앞의 고기를 빤히 바라보고 있는 나에게 웃으며 말한다.

"팔 떨어지겠다."

엉겁결에 젓가락 끝에 걸린 고기를 입에 넣었다.

"잘 먹으니까 이렇게 예쁘잖아."

젓가락을 내려놓기 무섭게 집게와 가위를 들고서 속삭이듯 말하는 목소리가 달콤하게 귀를 휘감았다. 마치 오늘 날씨를 말하듯 자연스럽게 칭찬하는 사람을 만난 적이 있던가.

흑돼지 냄새를 뒷좌석에 함께 태우고 협재의 호텔까지 달리는 동안 우리의 손끝이 두어 번쯤 닿았다가, 떨어졌다. 피곤하다고 중얼거린 나를 조수석에 태우고 운전대를 잡은 종욱이의 옆에서 내비게이션을 쳐주고 껌을 꺼내는 아주 작은 몇 가지 행동을 했을 뿐인데. 손끝이 스칠 때 목 뒤로 차가움 설렘이 오소소 돋는 것이 싫지 않았다. 도착한 호텔 로비에서 체크인을 하려는 그의 팔을 살짝 잡은 용기는 어디서 나왔을까.

"트윈 객실이야."

돌아보는 그에게 이어서 말했다.

"침대가 두 개라고. 예약 안 해도 돼."

말이 없는 그의 눈치를 보게 되는 이유를 나도 알 수가 없었다. 무안했다. 하지만 얼굴이 화끈거리지도, 눈꼬리가 발끝께로 처지지도 않았다. 지난 남자들이 나에게 하던 수작을 내가 하고 있다는 것이 우습기는 했다.

"그래, 그러지 뭐. 착한 여행 친구 약속 잊지 마라."

"아, 이상한 쪽으로 기억력 진짜 좋네."

장난을 치며 객실 키를 받아 드는 동안 심장이 두근두근 뛰었다. 무엇을 기대한 건 아니었다. 그저 조금 더 오래 같이 있고 싶었다. 함께 와인을 고르고 스트링 치즈와 감자칩을 집어 들었다. 프론트에서 와인잔과 오프너를 빌렸고, 카드키를 찍어 문을 열었다. 아주 일상적인 이야기가 오고 가는데, 심장이 울렁거렸다.

객실에는 두 개의 침대가 있었다. 하나는 작달막한 싱글베드였고 다른 하나는 더블베드였다. 싱글베드 옆으로 넓은 창과 테라스가 있었고 더블베드 옆에는 작은 테이블이 놓여 있었다. 테이블에 와인을 올려 두고 마주 앉았다.

"뭔가 딥톡을 해야 할 것 같은데?"

그는 한쪽 눈을 찡긋하며 와인을 땄다. 내 제안에 그렇게 깊은 의미는 없었는데.

"그동안 안 했던 이야기 할까?"

생소한 주제를 이야기한 거였나. 나는 붉은 와인이 찰랑이는 와인 잔을 부딪치면서 안도했다. 이틀간 나눈 이야기가 하도 많아서, 아직 나누지 못한 세세한 과거의 일들을 긁어모아 나눴다. 이야기를 안주 삼아 한 병을 비우는 데에 2시간도 채 걸리지 않았다. 종욱이는 질문을 멈추지 않았다. 꼬리를 무는 질문들이 하나같이 나의 일상다반사를 향한다는 것이 놀라울 뿐이었다. 대답하는 나를 바라보는 눈에는 순수한 호기심만 가득했다. 제주의 푸른 밤이라는 것도, 테라스가 딸린 방에 우리 둘뿐이라는 것도, 손만 뻗으면 닿을 거리에 내가 앉아 있다는 것도, 한 발자국 뒤에 더블베드가 있다는 것도, 그에게는 중요하지 않은 듯했다.

지금까지 친한 친구는 누구야, 왜 하필 가로수길에 살아, 와 같은 사소하기 짝이 없는 질문을 이어가던 그가 새로운 질문을 던졌다.

"여행에서 다른 사람 만나본 적 있어?"

"아니. 그래서 신기해."

"왜 없지. 가만 안 뒀을 것 같은데."

능청스럽게 말하는 그의 볼이라도 꼬집고 싶었다.

"그냥 뉴욕 여행 갔을 때 게스트하우스에서 만난 사람들이랑 같이 나들이했던 정도?"

"오, 뉴욕! 좋지. 나도 어학연수로 갔었어."

그는 뉴욕에서 있었던 이야기의 페이지를 넘기기 시작했다. 내가 말을 끊지 않으면 해가 뜰 때까지 이야기를 이어갈 것 같았다. 할렘에서 마주친 흑인의 덩치가 얼마나 컸었는지 팔을 벌려 설명하는 그의 팔이 유난히 딱딱해 보였다. 홀리듯 어깨를 잡은 나는 입을 맞췄다. 내 선택이 틀렸다고 해도, 오늘이 지나면 다시 볼 수 없을지도 모른다는 불안이 내 안에 그를 가두고 싶게 했다.

믿고 싶어,
너라는 사람

25 。

아침이 올 때까지 나는 그의 위에 정확히 네 번, 올라갔다. 사정을 마치고도 여운이 가시지 않아서 한 번 더, 선잠을 자다가 일어나서 마주한 그의 가슴팍이 따뜻해서 다시 한번 더, 햇살이 간질이는 그의 어깨선과 잔뜩 화가 난 팔 근육 때문에 마지막으로 한 번 더. 내 숨이 가빠질라치면 그는 내 등을 쓰다듬던 손에 힘을 주어 매트리스에 눕혔다. 위에서 느껴지는 그의 묵직함과, 쉴 새 없이 드나드는 뜨거움에, 내 손은 그의 어깨를 붙잡다가, 이불을 구기다가, 머리카락을 쓸다가 힘없이 떨어지기 일쑤였다.

처음이었다.

수많은 관계들이 있었지만 이렇게 피를 끓게 하고, 소리치게 하는 기분은. 침대를 적시는 땀이 등과 목에서만 흐르는 것이 아니라 움직이는 그와 나의 모든 곳에서 뿜어져 나오는 것은. 그가 한숨 같은 신음을 내 귀에 속삭이며 쓰러질 때마다 내 볼과, 눈과, 어깨에 입을 맞춘다는 것까지, 모두 처음이었다. 체크아웃 시간이 가까워 왔지만 누구도 바닥에 떨어진 옷가지를 집어 들지 않았다. 조금만 더 체온을 느끼고 싶었다. 맞닿은 살 내음을 조금만 더, 들이마시고 싶었다.

"아쉬워."

"한 번 더 할까?"

달뜬 숨을 내쉬며 그의 가슴에 입을 맞추다가 속삭인 혼잣말이었는데, 장난스러운 대답이 들려왔다. 올려다본 그의 눈에는 장난기와 진심이 적절히 버무려져 있었다. 나는 눈을 감고 입을 맞췄다. 목덜미를 쓸어내리는 그의 손이 뜨거웠다.

종욱이의 비행기는 내가 미리 예약한 것보다 2시간 뒤에 있었다. 제주 공항에 함께 도착한 후 그는 탑승 수속을 하는 곳까지 내 캐리어를 착실히 끌어주었고, 가슴에 나를 꼭 안았다가 잘 가라고 속삭여 주었다.

72시간 만에 다시 앉은 비행기 의자가 낯설기만 했다. 멀어지는 푸른 섬의 모습과 동그란 창문을 가득 메운 구름에서 종욱이의 웃음소리가 들리는 것만 같았다. 기대를 하면 안 되지만, 안 되겠지만, 그와 연결되어 있는 것만 같은 기분이 자꾸만 콩닥거리는 마음에 괜찮다고 속삭였다.

'이 사람은 괜찮아. 괜찮을 거야.'

김포공항에서 캐리어를 끌고 잡아탄 택시 안에서 집 주소를 부를까

하다가, 고작 이틀을 누군가와 함께 보냈다고 반기는 이 하나 없는 방에 들어가기가 껄끄러워졌다. 쇼핑이라도 할까.

"가로수길이요."

심드렁한 표정으로 귀걸이를 대보고, 머리띠를 들었다가 내려놓고, 치마를 거울 앞에서 대보았다. 출근할 때보다는 분위기 좋은 어드메를 걸을 때 어울릴 것 같은 치마였다. 미디 스커트의 중앙에 깊게 패인 슬릿이 요염하다고 생각했을 뿐인데, 뒤이어 종욱이의 얼굴이 떠올랐다. 미쳤어.

치마를 들고 계산대로 걸어갔다. 크라프트지 쇼핑백에 치마가 곱게 접어 담기는 모습을 바라보며, 시간을 생각했다. 지금 몇 시지, 비행기는 탔을까. 쇼핑백을 받아들고 어둠이 내리기 시작한 가로수길을 걸었다. 휴가철을 맞은 거리에는 시끄러운 음악 소리를 내보내는 화장품 가게, 구수한 냄새를 풍기는 고깃집, 보기만 해도 바스락 소리가 들리는 드라이 플라워가 걸린 꽃집들이 어깨동무를 하고 늘어서 있다. 불을 밝힌 곳곳마다 사람들이 한가득이었다. 나는 시간을 들여 걸음을 옮겼다. 목적지를 정해둔 발걸음은 아니었는데 걷다 보니 집 앞이었다. 별로 든 것도 없는 캐리어가 타박타박 소리를 내며 따라왔다.

엘리베이터를 올라 비밀번호를 누르고, 문을 열었다. 삐리릭, 달캉, 닫히는 소리, 그리고는 조용했다. 끈적한 고요의 방에 나라는 불청객이 세상 소음을 붙이고 나타난 기분이었다.

'띠링'

조용한 공기와의 눈싸움을 말린 건, 종욱이가 보낸 메시지였다.

[서울은 역시 복잡해.]

피식, 웃음이 났다. 답장을 하려 손가락을 올리는데,

[저녁은 먹었어?]

헤어진 지 얼마나 됐다고 또 밥 이야기라니.

[아니, 아직.]

[집이야?]

[응, 이제 막 도착했어. 집이지.]

[압구정로2길… 여기 근처인 거 같은데.]

머리 위로 물음표가 솟았다. 헤어지기 전, 사는 곳을 이야기하긴 했지만 그게 오늘, 이 저녁에 찾아오라는 뜻은 아니었다. 제주에서 1시간을 날아오자마자 집 앞으로 찾아오는 사람이 부담스러워야 하지만, 철없이 웃음이 났다. 답장이 없는 메시지창에 답답증이 일었는지 그는 묻지도 않은 설명을 하기 시작했다.

[혼자 있으면 저녁 안 먹을 거잖아.]

귀여워. 나는 집 위치를 전송했다. 심호흡을 하고, 손가방에 들어있던 파우치를 꺼내 립스틱을 덧발랐다. 신발도 벗지 않은 채였던지라 캐리어를 잡고 있던 손을 놓고 그대로 엘리베이터를 탔다. 1층을 누르는 심장이 꼭대기 층부터 지하 5층쯤까지 널뛰기를 하는 것 같았다.

"안녕!"

문 앞에서 단단한 팔을 흔들고 있는 그의 등 뒤로 제주의 푸른 숲이, 바다가 따라온 것만 같았다. 너무 보고 싶었다는 말이 목구멍까지 차

오르는 것을 느끼며 미소를 지었다. 올라가는 눈꼬리 끝에 눈물이 차
오르는 것이 느껴졌다.

"밥 먹자."

작은 꽃다발을 건네며 그는 인사를 했다. 껴안고 싶은 마음을 꾹꾹
참으며 꽃다발을 받았다.

"고마워."

어쩌면 이 사람은 거짓이 한 방울도 섞이지 않은 고백을 해 줄지도
모르겠다는 생각이 들었다. 너무 이른 말이지만, 어쩌면 내가 그토록
찾아 헤매던 세 글자를.

계속 그렇게 다가와 줘,
지금처럼

26 。

종욱이의 손을 잡고 다시 나온 가로수길은, 방금 전에 걷던 곳과 다른 차원의 공간으로 보였다. 분명 아까 봤던 그 간판인데 핑크빛이 더 발그레해진 것 같았달까. 평소라면 사람이 미어터져 절대로 가지 않는 곳이지만, 한 번쯤 가보고 싶었다는 그의 말에 순순히 지하의 고풍스러운 식당에 들어섰다. 액자가 군데군데 걸린 것에 반해 막걸리를 팔고 있는 익살스러운 곳에서 우리는 오늘 아침의 연장선 같은 식사를 했다. 어제와 그제가 배경만 서울로 옮겨 와 그대로 상영되고 있다는 것이, 믿기지 않았다.

커피를 마실까, 하는 그의 말에 나는 테이크아웃을 하자고 했다. 벌써 11시였고 내일은 다시 출근을 해야 하니까. 이 낭만적인 시간에 갑자기 끼어든 출근이라는 단어가 생소하게만 느껴졌지만, 별수 있나. 나는 굳이 티를 내지 않았지만 그는 묵묵히 그래, 하고 고개를 숙였고 바닐라 라테에 빨대를 꽂아 건넸다. 달달한 설탕이 입안 가득 퍼졌다. 천천히, 시간을 들여 걸었는데도 집 앞에 도착하는 데에 20분도 채 걸리지 않았다.

"다 왔다."

문 앞에서 돌아선 나는 그를 올려다봤다. 가로등 앞에 선 그는 하필이면 불빛을 딱, 가리고 서 있었다. 등 뒤로 주홍 불빛들이 일렁이는 것이, 꼭 등대 같았다. 그렇게 한참을, 이라고 느껴졌지만 분명 30초도 되지 않았을 찰나에 우리는 눈을 마주치고 서 있었다.

"다음에 봐."

어깨에 손을 올리며 그는 인사를 했다. 나도 모르게 눈을 감았다. 불빛을 등에 이고 그가 다가오고 있었으니까. 하지만 다음 순간 그의 입술이 닿은 곳은 약간은 차가워진 이마였다. 한 발 멀어지더니, 두 발 멀어지더니, 그는 그렇게 나를 문 앞에 세워두고 먼저 돌아섰다. 나는 지나가던 고양이가 봐도 어딘가 나사가 빠진 듯했을 표정으로 손을 흔들었다.

로맨스를 기대하지 않은 것은 아니었다. 우리는 틈만 나면 만났고, 셀 수 없이 다양한 식사를 함께했다. 밤늦게 헤어지는 날도 있었고 점심시간에 잠깐 커피 한 잔을 나누기도 했다. 그게 다였다. 제주도에서 몇 번이고 부둥켜안았던 그 날은 내 상상 속에만 존재하는 것인가, 사실 그 일은 실제가 아닌 허구였던 건 아닐까 싶을 만큼.

물론 그런 사이가 나쁜 건 아니었다. 그런대로 좋았다. 편안했다. 나를 집 앞에 데려다주고 언제나처럼 이마에 입을 맞추며 돌아서는 그를 보면서 나 매력이 없나, 속으로 속삭이지 않았다고 하면 거짓말이겠지만.

그렇게 평화로운, 평범하기 짝이 없는 만남에 익숙해졌을 때쯤 해가 짧아지기 시작했다. 퇴근길의 바람에 카디건 생각이 간절해졌다. 고작 8월 말인데 쌀쌀함이라니. 혼자였다면 정말 쓸쓸했겠다고 생각을 하다가, 지금은 뭐 누구랑 함께인가, 착각하는 스스로에 놀라 헛웃음을 지었다.

[오늘은 몇 시에 끝나?]

6시를 넘어선 지 10분이 채 되기 전, 알람이라도 맞춰둔 듯 종욱이의 메시지가 울렸다. 하루 종일 붙잡고 싸우던 모니터와 전화통에 열이 오를 대로 올랐던 정수리가 녹아내리는 기분이었다. 누군가가 나를 찾아준다는 것이, 호감을 주고받는다는 것이 이렇게 따뜻한 기분이었나.

[이제 막 퇴근했어. 너는?]

[왠지 그럴 것 같아서, 회사 앞이야.]

보내기가 무섭게 답장이 왔다. 회사 앞이라고? 어디? 핸드폰을 손에 잡고 멈춰 서서 고개를 돌려대고 있으려니 저 멀리 익숙한 실루엣이 보였다.

"안녕."

하얀 티셔츠가 어둑해지기 시작한 거리 위에서 별처럼 빛났다.

"밥 먹자."

나는 헤, 웃으며 홀리듯 종욱이의 손을 잡았다.

　이태원역에서 10분이나 걸었을까 싶은 곳에 테라스가 딸린 레스토랑이 있었다. 어둑한 조명 사이로 푸른 이파리가 분위기를 돋웠다. 외국 어드메의 시골 지방에 앉아 있는 듯했다.

　"와, 여기 예쁘다."

　감탄하는 나에게 그가 웃어 보이며 메뉴를 추천했다.

　"그렇지? 뇨끼도 맛있어."

　취향이 느껴지는 스타일리시한 메뉴들이었다. 흔한 까르보나라도 물론 있었지만 달걀노른자를 베이스로 한 정통 파스타였고, 피자는 당연하게도 화덕에서 뜨끈하게 구워 나오는 식이었다. 뇨끼와 마르게리타, 알리오 올리오를 주문한 우리는 잠시 눈치를 보다가, 고양이 생선 가게 지나칠세라 맥주 한 병씩을 주문했다.

　"오늘 하루는 어땠어?"

　거의 매일, 틈만 나면 만나는 사이지만 대화의 시작은 늘 이 질문이었다. 안부. 오늘의 하루가, 일상이 안녕했는지를 묻는 것. 어린 날 초등학교에서 돌아오면 엄마가 만두라거나 너겟 같은 간식을 올린 식탁을 앞에 두고 사랑이 넘치는 눈으로 묻곤 하시던 모습이 떠오르는, 그런 따뜻한 물음이었다. 나는 어리광을 부리는 열두 살의 아이로 돌아간 것처럼 시시콜콜한 에피소드를 늘어놓았고, 그는 고개를 끄덕이며 그 별것 아닌 이야기를 중대한 뉴스처럼 들었다. 그 진중한 눈빛을 보며 이야기하는 것은 내 하루에 대한 고백 같았고, 고생했어, 하는 그의 웃음은 고해성사 끝에 오는 축복 같았다.

"한 잔 더 할까?"

누가 먼저랄 것 없이 거절할 수 없는 제안을 한 우리는 이태원 거리
로 쏟아졌다. 그가 앞장선 이태원의 바는 한적했다. 평일 저녁인 덕도
있겠지만 아무리 그래도 이렇게 조용해도 될까 싶을 만큼 조용, 했다.
아주 멀리서 차가 달리는 소리가 효과음처럼 들리다 사라졌다. 테라
스에 앉아 와인 한 병과 치즈 플래터를 주문했다. 아주 진한 치즈와 올
리브 조금이 나무 판에 담겨 나왔다. 투명한 잔에 담긴 와인은 가을이
은은하게 흐르기 시작한 공기 탓일까, 평소보다 향기롭게 느껴졌다.

하루에 대한 이야기, 지난번 말했던 그 친구들의 근황을 두런두런 나
누다가 세 번째 잔을 채울 때쯤엔 말이 다 떨어졌다. 말은 떨어졌지만
달콤한 침묵이 묵직하게 흘러 불편하지 않았다. 누가 입을 열어도 상
대가 기꺼이 받아주리라는 것을 알고 있는 사람들끼리만 용인할 수 있
는 적막이었다. 말을 해도 좋았지만, 하지 않아도 좋았다.

"좋다."

"뭐가?"

"이렇게 같이 있는 거."

그의 미소가 어딘가 불편해 보였다. 내 성급한 질문에 끝나버렸던
관계가 떠올랐다.

"부탁 하나만 들어줄래?"

"말해봐."

"너에게 짐이 되고 싶지 않아."

종욱이는 아리송한 표정을 지었다.

"나와 잠을 잤으니까 책임져달라는 말은 안 할 거야. 그런데 아무 말도 하지 않으면 내가 종종 그렇게 사람을 만나는 여자처럼 보일까 봐서."

그는 잠자코 내 말을 듣고 있었다.

"나는 항상 이렇게 있을 거야 연락을 뜸하게 해도 괜찮고 자주 만나지 못해도 좋아. 그냥, 있어 주면 돼."

좋은 것인지 나쁜 것인지 모르겠다는 표정으로 그는 고개를 끄덕였다.

"만약에."

나는 와인 잔에 입술을 대었다가 다시 떼었다. 이 말이 그에게 더 큰 부담이 될까, 한 번 더 생각을 하다가, 혹시 내가 지금까지 한 말이 그를 혼란스럽게 할 것 같아서 말하지 않을 수 없었다.

"이 관계에 욕심이 나게 되면 그때 말해줘."

입을 반쯤 벌리고 나를 뚫어져라 쳐다보는 종욱이의 모습에서, 역시나 내가 성급했지, 싶어 우스갯소리를 던졌다.

"그 때까지 내가 클럽은 자제해줄게."

그는 갑자기 폭소를 터뜨렸다.

"왜?"

당황스러워하는 나에게 종욱이는 함박웃음을 지을 때 생기는 눈가 주름을 거두지 않은 채 말했다.

"클럽은 오늘부터 안 돼."

반달이 된 눈 사이로 또렷한 눈빛이 나를 관통했다.

"처음부터 지금까지, 나는 네가 욕심이 나."

연애의
시작

<u>27</u> 。

연애의 시작은 다양하다. '언제 어디서 어떻게'는 우리의 DNA만큼 이나 다채롭지만, 결정적인 순간의 멘트들은 유치할 만치 비스무리하 다. 교복을 입은 내 앞에서 얼굴을 붉히던 첫 남자 친구의 고백은 "나랑 사귀자"였고, 캠퍼스에 벚꽃이 흐드러지던 어느 날의 남자 친구는 "내 여자 친구가 되어줄래?"라며 손을 내밀었었다. 중요한 것은, 그게 누구 의 입에서 나오건 간에 반드시 '지금까지와는 다른 관계'를 제안하고, 수락하는 과정이 필요하다는 것이다. 여러 의미에서, 과정에 충실하면 서도 진부하지 않았던 "네가 욕심이 나"라는 고백은 매우 신선했다.

당연하고, 어찌 보면 참 쉽게 여겨지는 이 연애의 출발 과정이 내게 는 왜 그리 어려웠을까. 되짚어보면 나를 스쳐 갔던 사람들에게 내가, 혹은 내가 지나쳤던 남자들이 나에게, 그만큼의 중요도를 갖지 못했기 때문이라는 아픈 답이 나왔다. 커플에 조건이 있다면 존중이나 이해,

사랑과 관심과 같은 당연한 요소 가장 앞에는 서로가 아닌 다른 사람을 바라보지 않겠다는 암묵적인 약속이 빠질 수 없는 법이니까. 그 기준을 1밀리미터라도 충족시키지 못하면 금세 또 다음, 또 다른 곳으로 눈을 돌려버리는 사람들이었고, 돌리게 하는 사람들이었다.

그래서 나는 우리를 다른 가능성으로부터 차단하는, 남자 친구라는 네 글자가 몹시도 고마웠다. 내가 그의 수많은 옵션 중 하나일까 조마조마할 일도, 연락이 되지 않는 어느 시간에 내가 아닌 누군가와 걷고 있지는 않을까 걱정할 필요도 없게 된 것이다. 내 눈에 꼭 맞고, 내 기준에 합당한, 두 번 세 번 다시 재고 따져봐도 이만한 사람은 없다는 확신이 들게 하는, 완벽한 사람이, 꼭 그와 같은 감정으로 나를 바라봐준다는 것은 기적이었고, 이 놀라운 일이 지금 내 앞에 펼쳐진다는 것이 믿기지가 않았다. 꿈이 아닐까. 종욱이의 뺨을 쓰다듬으며 나는 짓궂게 물었다.

"그럼 그동안 왜 그랬어?"

"뭐가?"

아무것도 모르겠다는 표정으로 빙글 웃는 모습에 약이 올라서, 한편으로 그 천사 같은 얼굴이 못 견디게 사랑스러워서, 한 마디 한 마디를 뱉을 때마다 입을 맞추며 물었다.

"왜, 그냥, 집 앞까지 와놓고, 왜, 어?"

아야 아야를 반복하던 그는 내 볼을 잡더니 꾹, 도장을 찍듯 입을 맞췄다. 추운 겨울밤, 집에 들어서기 무섭게 덮어버리는 이불같이, 따뜻한 키스였다.

"난 다르다니까, 네가 만났던 사람들이랑."

자신만만하게 장난기 가득한 미소를 지으며 바라보는 그 앞에서 나는 피식 웃어버릴 수밖에 없었다. 넓은 가슴에 얼굴을 파묻으며 속삭였다.

"너는 정말 좋은 사람인 것 같아."

머리카락을 쓰다듬으며 등을 토닥이는 손바닥을 느끼면서 문득 생각했다. 이 사람은, 내 지난 일들을 모두 알게 되어도 내 옆에 있어줄까. 혼자 솟아난 물음 앞에서 도리질이 쳐졌다. 아니, 그럴 리가 없지.

물을 잔뜩 푼 하늘빛 붓이 쓱 한 번 지나간 것 같은 하늘에 선선한 바람이 흩날리는 아침이었다. 네모난 창문 뒤로 구름이 느릿느릿 지나가고 있었다. 새로이 시작된 아름다운 주말을 누군가와 함께한다는 것이 가슴 벅차게 행복했다. 하얀 이불보를 사각이며 그가 침대에서 일어섰다. 스피커로 음악을 틀고, 화장실에 들어가는 모습을 동그란 눈을 하고 바라봤다. 나를 돌아보며 싱긋 웃는 그의 뒤로 문이 닫히고 샤워기 소리가 났다.

나도 씻어야 하는데. 물소리와 음악 소리가 잘 섞인 커피처럼 방 안을 휘감아서 눈꺼풀이 무거워졌다. 날은 좋고, 우리 앞에는 기나긴 주말이 남았고, 멜로디는 부드럽고, 나는 혼자가 아니고 할수록 좋기만 한 생각들을 반복하노라니 잠이 왔다. 잠이 들었었나 보다.

상쾌한 향이 코끝을 스쳤다. 잠이 덕지덕지 내려앉은 입술에 차가운 물기가 가볍게 닿았다, 떨어졌다. 무거운 눈꺼풀을 천천히 밀어내니,

침대에 걸터앉아 이마를 쓰다듬고 있는 그가 보였다.

"일어나야지."

나는 배시시 웃었다, 아니, 나도 모르게 입과 눈이 먼저 웃어버렸다. 여기에 근육이 있었던가, 싶었던 곳들이 이 기분을 표현해보겠다고 미소를 지으려 움직이는 기분이었다. 종욱이는 내 어깨 사이로 팔을 넣는가 싶더니 눈 깜짝할 새에 나를 들어 앉혔다. 깨끗해진 방에서 고소한 냄새가 났다.

"우와."

식탁에 차려진 정갈한 브런치에 감탄사가 나왔다. 바삭하게 구운 베이글과 크림치즈, 토마토와 달걀이 군데군데 들어앉은 샐러드와 꽃게를 업은 로제 파스타, 김이 모락모락 나는 커피 한 잔까지. 나는 식탁을 한 번 바라보고, 그를 한 번 바라보고, 어디에 눈을 두어야 좋을지 모를 기분으로 고마워를 반복했다.

"나 기분이 너무너무 좋아."

"좋아하니까, 나도 좋다."

"우리 오늘은 뭐할까?"

"글쎄, 뭐 하고 싶은 거 있어?"

"음…."

파스타 면을 돌리며 뭘 하지, 생각하는 나를 보며 그는 '귀여워'를 속삭였다. 뭘 하지, 뭘 하면 이 완벽한 토요일 오후에 어울릴까. 언젠가 가보고 싶어서 라이크 해두었던 카페와 식당들이 생각나려다가 또 금세 사라져 버렸다. 우리가 함께 마주 보고 앉아 있기만 하다면, 그 유명

216

한 어디, 저기는 별로 중요하지 않았으니까.

"카페 가서 아이스크림 먹자."

그러자, 하는 너그러운 대답에 나는 남은 음식을 남김없이 삼키고, 샤워를 하고, 옷을 입고, 화장대에 앉았다. 수백 수천 번도 반복한 화장인데, 바라보는 사람 한 명 생겼다고 손동작이 오락가락했다.

엉거주춤하게 화장을 하는 내 뒤로 그의 실루엣이 나타났다. 젖은 머리를 감싸둔 수건을 풀어내고 그는 드라이기를 켰다. 머리카락 사이사이를 오가는 바람과 손가락이 봄바람처럼 따사로웠다. 그 다정한 손가락이 머리카락을 말리고, 화장을 마친 어깨를 어루만지고, 내 손을 감아 거리로 이끌었다.

두 계절이 힘겨루기를 하는 찰나는 아름답다. 더위는 한풀 꺾이고, 하늘은 차츰 푸르게 높아지고, 바람은 선선하다. 온통 좋은 것들만 한데 모아놓은 것 같은 오후였다. 한산한 카페의 테라스에 앉아 아이스크림과 타르트를 하나씩 입에 물었다.

"오늘 꼭 해야 하는 중요한 일이 있어."

종욱이는 나를 한 번 바라보고, 핸드폰에 시선을 고정했다. 손바닥에 쥐어 든 작달막한 핸드폰 속에서 그렇게 중대한 일이 일어난다니. 페이스북에 들어가는가 싶더니 내 이름을 검색하고, '연애 중'을 신청하는 그의 옆모습이 신기했다. 이 나이에 지금, 연애 중을 신청한다고? 귀여워.

"응? 수아야, 이 사람 알아?"

잃어버린 퍼즐 조각을 침대 밑에서 발견한 것과 같은 눈망울로 그가 물었다. 내 보인 핸드폰에는 그 남자가 있었다. 요리를 하는, 몇 달간 천국을 보여주었다가 잠자리를 가지기 무섭게 다른 여자를 집으로 불러들였던, 세욱 씨. 나도 모르게 눈살이 찌푸려졌다.

"아, 이분."

고개를 돌리며 얼버무렸다.

"그냥 옛날에 알던 사람. 왜 너랑 서로 아는 친구로 뜨는지 모르겠네."

"우리 레스토랑에서 일했었거든. 나랑 꽤 친한 형인데."

나는 그렇구나, 속삭이고 입을 다물었다. 그는 내 다문 입술을 살짝 바라보다가, 고개를 숙였다가, 다시 나를 바라보았다.

"응?"

괜히 배시시 웃었다. 그의 눈에 비친 내 입꼬리는 얼마나 어색할까. 가식이 가득한 내 미소는 힘을 풀자마자 사라졌다. 공기가 천천히 차가워지는가 했는데, 종욱이가 촛불같이 웃었다.

"자, 이제 수락해줘."

무슨 말인지 모르겠다는 표정을 읽었는지 그는 명료하게 답했다.

"좋을 게 없는 질문이잖아."

그렇게 현명한 사람이었다, 그는. 사랑이 피어난 사람 사이에 지금까지 걸어온 길을 묻는 것만큼 불필요한 일은 없다는 것을 알 만큼.

좋은 사람의 여자 친구가
된다는 것의 무게

28 。

페이스북에 달린 "연애 중"이라는 세글자의 힘은 생각보다 강렬했다. 동기들부터 어린 날 왁자지껄한 거리를 함께 뛰놀던 친구들까지, '축하해'와 '잘 어울린다' 같은 말들이 번갈아 달렸고 나는 부끄러움 반, 뿌듯함 반으로 하루에도 몇 번씩 페이스북에 드나들었다.

어제와 오늘이 데칼코마니 같았던 생활에 새로운 물감이 퍼지기 시작한 것이 싫지 않았다. 몹시, 설렜다. 사랑을 막 시작한 사람의 눈먼 호기로 나는 그를 자랑하고만 싶었고, 음식 사진과 가끔의 셀카가 전부이던 SNS에 그와 나의 사진을 한두 개씩 올리기 시작했다. 전에는 지인들의 커플 사진을 보면서 나이 먹고 무슨 짓이람 남사스러워했었는데. 이제는 그 용기들이 이해가 갔다. 보는 사람들이 무슨 생각을 할지 빤히 알지만, 그럼에도 내가 이렇게 멋지고 사랑스러운 사람과 만난다는 것을 자랑하지 않고는 견딜 수가 없었구나.

행복한 일상은 핸드폰을 타고 타고 소문으로 돌아, 입사 1년 차까지는 매주 주말을 함께 신나게 불태우던 친구로부터 연락이 왔다. 재작년쯤부터 만난 남자 친구 덕에 그 허랑방탕했던 라이프를 깨끗이 청산하고, 새로 생긴 카페며 유원지 등을 님과 함께하는 것이 신혼부부 수준에 이른 친구였다.

"수아야, 너네 좋아 보여. 우리 언제 만나?"

오랜만의 연락을 도화선으로 그 시절을 함께했던 서너 명이 몇 번의 연락을 통해 날짜를 잡았다. 오랜만에 모일 겸, 남자 친구를 동반하는 자리였다. 그래도 큰일이라고 할 만한 근황은 시시콜콜하게 주고받았던 터라 친구들과의 만남은 반가웠지만, 남자 친구 동반이라는 거창한 주제는 조금 무겁게 다가왔다. 어떻게 이야기해야 하지.

종욱이와 자주 들르는 카페에서 이런저런 일상을 이야기하다가 나는 조심스레 운을 띄웠다.

"지난번에 이야기했던 친구들 기억나? 재미있고 엉뚱하고."

"응, 그리고 예쁜 친구들?"

얄궂게 답하는 종욱이에게 새초롬하게 왜 너는 꼭 그렇게 예쁜 친구들만 기억하느냐고 가랑비 같은 푸념을 하고 나니 오히려 말을 이어가기가 쉬웠다.

"그 친구들이랑 만나기로 했는데."

"다녀와, 다녀와. 클럽은 안 갈 거지?"

"…같이 갔으면 해서."

학생 때는, 남자 친구를 친구들에게 소개하는 일이 하나의 유쾌한 이벤트였던 기억이 난다. 친구들이 두세 번쯤 바뀐 남자 친구를 데리고 똑같은 술집의 똑같은 자리에 앉으면, 우리는 아무것도 모르는 척 시치미를 뚝 떼고 처제 놀이를 톡톡히 했다. 우리 누구같이 예쁘고 착한 애가 또 없다고 복도 많다고 팔이 안으로 굽는 칭찬을 하기도 하고, 행복하게 해줘야 한다고 으름장을 놓기도 했다. 연애의 무게가 깃털 한 줌만 하던 때였으니까 가능했을지 모른다. 학창 생활이, 과제와 시험이, 멀고 막연하긴 하지만 반드시 살아내야 하는 졸업 후 어느 날을 준비해야 한다는 사실이 상대적으로 연애의 휘발성을 높였다.

그런데 어른이 될수록 함께 살아갈 누군가를 고르는 일은 그 어떤 일보다 중요한 일이 되었고, 친구들 앞에 남자 친구를 소개한다는 것의 의미도 점차 무게를 더해갔다. 이제 정말 어느 날 덜컥 청첩장이 나와도 어색하지 않은 때이니까. 그래서 친구들을 보러 같이 가자는 그 쉽던 제안이 좀처럼 입에서 떨어지지 않았다. 그에게도 내 기분이 전해졌을까. 종욱이는 얼떨떨할 표정으로 '나도?'라는 입 모양을 해 보이더니 혼잣말을 한다.

"부끄러운데."

잠깐 고민하더니 마침내 동의해주었다. 억지로 받아낸 '그래'라도, 약속한 날이 다가올수록 설렜다. 유치하게도 그 먼 길을 돌고 돌아 만난 사람을 친구들 앞에 자랑할 수 있다는 것에 신이 났다.

한 주가 지난 금요일 저녁, 네 커플이 비스트로 펍 테이블 앞에 모여 앉았다. 석양이 잔잔히 내려앉는 모습이 잘 보이는 창문 앞이었고, 주변 테이블과의 간격 사이에 얄팍한 파티션이 있어 프라이버시가 존중되는 자리였다. 누가 먼저라 할 것 없이 번갈아 자기소개를 했고 짤막한 인사는 1분을 채 지나지 않아 끝이 났다.

어색한 공기가 감돌던 식탁 위에 감바스며 피자며 파스타들이 차곡차곡 놓여갈수록 분위기는 점점 풀어졌다. 와인과 보드카가 두어 잔 돌았고, 저 끝에부터 이쪽까지 이름과 얼굴을 매치할 수 있게 되자 한결 나았다. 종욱이는 생각보다 그 낯선 곳에 잘 스며들었다. 먼저 손을 들고 입을 열지는 않았지만 테이블 위로 던져진 주제가 하나도 소외되지 않게 꼼꼼히 맞장구를 쳤다. 종욱이의 노력 덕분인지 알코올 덕분인지 몰라도 밤이 깊어갈수록 우리는 펍 안에서 가장 시끄러운 테이블 중 하나가 되어버렸다. 조용한 금요일 밤보다는 시끌벅적한 모임이 훨씬 나았고, 나는 잔잔한 안도가 퍼지는 것을 가만히 느끼며 자주 웃었다.

종욱이와 남자 친구들이 잠깐 우르르 자리를 비운 사이 친구들은 빨래를 마치고 우물가에 모여 앉는 아낙네들처럼 입을 모아 내 남자 친구에 대해 입방아를 찧었다.

"정말 좋은 사람이다. 착하고 다정하고 속 깊고."

"그러게 어디서 만났다 그랬지, 제주도?"

"나도 헤어지면 제주도 가야겠어."

"오빠 오면 다 이른다?"

좋은 사람의 여자 친구라는 호칭이 내 앞에 온 적이 있던가. 내 지난 시간들의 지독함 때문이었겠지만, 잘됐다고, 절대 놓치지 말라고 거듭

강조하는 친구들의 주억거림이 싫지 않았다. 예전 같았으면 이 밤의 끝을 잡고 부어라 마셔라 했겠지만, 각자의 생활과 내일이 있는 어른들의 모임은 약간 아쉬울 때쯤 끝이 났다.

부산한 인사를 끝으로 우리는 밤거리에 다시, 둘이 되었다. 벌써 12시가 다 된 시간이었다. 고작 서너 시간 무리 속에 앉아 있던 것뿐인데, 마주 잡은 손이 오랜만처럼 느껴졌다.

"어땠어?"

"재밌었어. 근데 수아가 제일 예쁘던데."

장난 어린 말을 시작으로 느릿느릿 달빛이 내린 거리를 걷는 내내 그는 내 친구들이 얼마나 친절했는지, 그 남자 친구들이 얼마나 멋있고 친근했는지에 대해 조곤조곤 칭찬했다. 친구들에 대한 칭찬도 좋았지만, 이 사람이 내게 익숙한 무리의 사람들 중 하나로 흡수되고 있다는 기분이 더, 좋았다. 그의 삶의 바퀴가 내 작달막한 생활에 조금씩 들어오고 있다는 것은, 우리가 점점 더 가까워지고 단단해지는 것처럼 느껴졌다. 짧았던 밤 외출을 회상하며 이야기하다 보니 집 앞이었고, 현관 앞에서 멈춰선 그에게 차 한잔 하고 가라고 스치듯 말했다.

캐모마일 차 한 잔을 다 마시고 문을 나서려는 종욱이의 허리를 감았다. 볼에 닿은 등의 온도가 따뜻했다.

"같이 있어줘."

이렇게 멋지고 좋은 사람에게 어울리는 여자 친구의 기준이라거나 하는 것은, 모르겠다. 밤은 아직도 한참 길고, 내일의 아침은 '몇 시까지 일어나야 하는' 아침도 아니고, 이 작은 공간에 우리 둘이 함께 있는 지금이 좋으니까, 이대로 조금만 더 붙어 있으면 안 되는 걸까. 아이 같은 응석이라는 것을 알면서도 나는 잡은 깍지를 풀지 않았다. 돌아선 그가 나를 품에 안고 이마에 입을 맞출 때까지, 알겠다고 라고 귓가에 속삭일 때까지.

너무 가까워,
서로를 태워버릴 만큼

29 。

　　그와 나의 생활은 차츰 하나가 되어갔다. 호수당 한 대씩 등록할 수 있는 차 번호는 종욱이의 번호가 되었고, 혼자 누우면 긴 긴 밤이 썰렁하던 침대는 둘의 온기로 밤새 훈훈했다. 우리는 와인을 좋아했다. 어디서 맛 좋은 포트 와인을 판다더라, 하면 그게 익선동의 어디든 성수동의 어디든 상관없이 달려갔고 그런 날이면 늘 둘만의 파티가 벌어졌다. 새 학기에 처음 만난 친구와 데면데면하다가 시시콜콜한 정보가 늘어나고 습관을 이해하게 되면서 비로소 내 사람으로 느껴지는 것처럼. 함께하는 밤과 아침이 늘어날수록, 주말들이 켜켜이 쌓여갈수록 종욱이는 더 진하게 내 일상에 퍼졌다. 아주 독한 칵테일처럼, 진하디진하게.

　　여느 때와 같은 저녁이었다.

　　마지막 와인 잔을 비우고 침대에 쓰러진 종욱이를 토닥여 치약을 올린 칫솔을 입에 넣어주고 와인 병을 주섬주섬 치웠다. 입을 헹구는 소리를 들으며 남은 안주를 치우고, 침대로 걸어가는 발소리를 느끼며 설거지를 했다. 마지막 접시의 물기를 닦고, 고무장갑을 걸어두고, 조용히 화장실 불을 켠 나는 천천히 칫솔을 움직였다. 하얀 조명 아래서, 와인으로 빨갛다 못해 보라색이 되어버린 입술과 하얀 치약의 조화가 우스꽝스러웠다. 불쑥불쑥 고개를 드는 '이래도 되는 거야?' 하는 물음표 하나하나를 헹구어 뱉어버렸다. 불을 끄고 침대에 눕는데, 그의 손이 어깨를 어루만졌다.

"안 잤어?"

"네가 안 자는데 어떻게 자."

처음부터 지금까지 변함없이 사랑하는 이 미소. 나는 활짝 벌린 종욱이의 팔에 안겨 눈을 감았다. 좋았다. 그를 보고 있는 것도, 함께 살아가는 모든 순간이, 다른 어떤 것과도 바꾸고 싶지 않았다. 하지만, 뭐랄까, 먼지 쌓인 부엌 서랍 속 사각 이는 종이 사이에 들어가 꼭 껴안고 있는 나무젓가락 같았다. 반으로 쪼개져 필요한 순간에 필요한 부분만 맞닿는 시간이 서로를 절실하게 한다는 것을 알고 있지만, 외면했다. 그저, 오늘, 이 침대 위에서 한숨을 토하는 것만이 우리를 존재하게 한다고 믿었다. 믿고 싶어서, 망가지는 현실의 소리로부터 귀를 막았다.

사무실에 지각하는 날이 늘어났고 방탕한 밤이 허구했다. 방에 쌓여가는 와인 병을 치우는 것도 이골이 나서, 몇 달이 지나고 나자 원래의 깔끔했던 인테리어가 가물가물했다. 그때쯤이었던 것 같다. 잠든 그의 긴 속눈썹을 바라보며 혼자 생각하는 시간이 늘어나기 시작한 것이.

'우리는 서로에게 필요한 사람일까?'

언제나처럼 반쯤 숙취에 젖어 출근을 한 아침, 난데없이 부장에게서 미팅 요청이 왔다. 가그린을 두어 번 하고 롤온 향수를 손목과 귀 언저리에 두어 번 두드린 후 문을 열었다.

"정 팀장! 좋은 소식이 있어."

호빵맨을 닮은 부장은 늘 얼굴에 싱글벙글한 미소를 띠고 있다. 이 작은 브랜드에 그래도 긍정적 에너지가 도는 것은 이 사람의 존재감 덕이 컸다. 호빵맨의 기쁜 소식은 열두 번째 스토어가 오픈하게 된다는 것이었다. 그의 표현을 빌리자면, '젊은 피가 도는 아주 새로운 거리'에. 그는 지금까지와는 완전히 다른 모습으로, 지나가는 모든 젊은 이의 시선을 사로잡는 매장이 되도록, 최선을 다해 주기를 바란다고 신신당부를 했다. 흥미로웠다. 얼마만의 오픈인지.

"재밌겠네요."

나는 진심으로 반응했다. 내 긍정에 신이 난 부장이 그러니까 비주얼팀 전원이 현장 답사를 하고 오라는 호탕한 제안을 했다. 주소지 언급만 없었더라면 나는 시간이 지날수록 알아서 더 신이 났으리라. 그런데,

"어디라고요?"

갑자기 찬물이 끼얹어졌다. 다른 곳도 아니고 그곳만큼은 죽어도 가기 싫었다. 하필 전주라니. 제주도로 떠나던 날까지도 가슴 한편을 울렁이던 사람과의 추억이 지금도 생생, 까지는 아니어도 나름 펄쩍이는데… 하필 그 하고많은 곳 중에 전주여야 했다는 것에 화가 났다. 하지

만 별수 있나. 알겠습니다, 고개를 숙이고 물러날 수밖에.

  착잡한 마음으로 하루를 보내고 피곤한 퇴근길에 발길이 마트로 향했다. 별 연락이 없었으니 그는 퇴근과 동시에 집 앞에 와 있을 테고, 고생한 그의 속을 달래주기 위한 뭐라도 있어야 마음이 놓이니까. 싱싱한 양배추며 할인이 들어간 파스타 면이며 앤초비가 가득 담긴 유리 항아리를 무심하게 담아 넣었다.

  종욱이의 요리 솜씨는 놀라웠다. 재료와 상관없이 맛있는 음식을 뚝딱뚝딱 차려내는 솜씨는 시간이 꽤 지난 지금도 신기하다. 어차피 어떻게 만들어도 맛있을 거라면, 상상도 못 했던 재료로 세상 처음 보는 음식을 만들어달라고 떼를 쓰기도 했다. 못되기 짝이 없는 제안인데도 그는 늘 웃는 낯으로, 연어 아스파라거스 롤이라거나 아보카도 샌드위치를 만들어주곤 했다. 엄마의 반찬에 밥 하나가 고작이던 식탁이 그를 만난 이후로 어찌나 다채로워졌는지, 좋았다. 모든 것이 다 좋은데, 그 좋음이 매일 이어져 처음 같은 감동이 아니라는 것만 나빴다. 나쁘다고 생각하는 내가 나쁜 거겠지만.

  문을 열고 들어선 곳에는 기분 좋은 종욱이의 미소가 웰컴 벨마냥 싱글싱글 떠 있었고, 그 올라간 입꼬리가 비뚤어졌던 마음을 꽁꽁 안아버렸다. 나를 무조건 반사적으로 웃게 만드는 그 미소 앞에서 팔을 벌려 그의 어깨를 감았다.

  그가 식사를 준비하는 동안 나는 가벼운 샤워를 하고, 파란색과 분홍색이 번갈아 줄지어진 잠옷을 입고, 머리를 말리며 식탁에 앉는다.

그의 요리 앞에서 박수를 치고 맛있어하면서 하루의 근심을 말끔히 지워내는 것이, 우리의 매일 저녁이었다. 오늘처럼 새로운 이벤트가 끼어들 일은 거의 없었다. 그것도 약간의 멀어짐을 전제로 한 사건은 상상도 하지 못했었는데. 마지막 파스타 소스를 쓸어 담으며 나는 입을 열었다.

"출장을 갈 것 같아."

이렇다 저렇다 들어보기도 전에 종욱이는 절레절레였다.

"안 돼. 보고 싶어서 어떡하라고."

알뜰한 엄마, 든든한 아빠 같은 그가 아주 가끔씩 어리광을 부릴 때면 깨물어주고 싶을 만큼 귀여웠다. 그 표현이 단호하면 단호할수록 더욱.

"귀여워. 고작 하루인데 뭘."

"고작 하루라니!"

눈을 접시만 하게 뜨더니, 갑자기 현실 감각을 찾은 우주비행사 같은 표정으로 그는 고개를 끄덕였다.

"그래, 일이니까 내가 보내줘야지."

"또 그렇게 쉽사리 오케이해버리면 내가 서운하잖아."

입을 삐죽이자 그가 치우던 접시를 싱크대에 올려놓기 무섭게 내 허리를 껴안았다.

"그럼 보내지 말까?"

목을 간질이는 그의 입술에 나는 자지러지며 웃었다. 우리가 침대 위에서 포개진 후에서야 숨넘어갈 듯한 웃음소리를 멈출 수 있었다.

시간은 느리지만 정직하게 흘러, 출장 날 아침이 밝았다. 잠든 그의 볼에 입 맞추고 서울역으로 향하는 길은 맑고 밝았다. 눈에 넣어도 아프지 않을 만큼 사랑하는 사람이지만, 온전히 나 자신을 위해 주어진 24시간 앞에서 나는 큰숨이 절로 나왔다. 11시쯤까지 이어진 야근을 마치고 나올 때 쉬는 숨처럼, 약간의 해방감을 담은 숨이었다.

사랑해, 사랑해,
사랑하지만

30 。

호빵맨 부장이 새로 오픈할 매장이 젊은이들의 거리에 있다고 했을 때, 코웃음이 나왔었다. 전주와 젊음이라니, 거긴 한옥 도시잖아. 하지만 오픈 예정지에 도착한 나는 내 생각이 얼마나 얕고 짧았는지 깨달았다. 신시가지라는 이름에 걸맞게 도로는 널찍하고 건물은 큼직하며 브랜드 매장이 즐비한 곳이었다. 이런 데는 또 처음이네.

답사지에 도착한 우리는 매장이 될 공간을 둘러보고, 동선을 살펴보고, 인근 카페에 들어가 각자의 관점으로 아이디어를 냈다. 한두 번 하는 오픈도 아니고 콘셉트를 리뉴얼하는 것도 아니다 보니 중압감이 큰 출장은 아니었다. 오히려 친목 도모의 성격이 크다면 컸지만, 막상 공간을 보고 상권을 걷다 보니 다들 아이디어가 샘솟았나 보다. 오픈 이벤트를 연계할 수 있는 곳들에 대한 이야기, VMD 콘셉트에 대한 이야기들이 자유롭게 쏟아졌고 나는 체에 걸러진 고운 밀가루를 골라 담는 며느리처럼 차곡차곡 정리를 했다. 열띤 토의를 몇 시간 불태우고 나니 빠르게 다가온 저녁이 손을 흔들었고, 모두의 배는 꼬르륵, 한목 소리로 합창을 했다.

"오늘은 여기까지 할까?"

일제히 날아오르는 새들처럼 네, 네, 소리가 울렸고 우리는 다홍빛 노을이 칠해진 전주의 거리를 두리번거리며 걷기 시작했다.

"배고프다. 뭐 먹지?"

"역시 비빔밥 먹어줘야 하지 않을까요?"

비빔밥이라는 단어에 멀쩡하던 심장이 약간은 울렁거렸다. 처음 전주에 도착했을 때 마주 앉았던 그의 얼굴이, 만약 우리가 조금 더 시간을 들였더라면 어땠을까 가설을 세우고 무너뜨리던 밤들이 흐릿하게 떠올라서.

다행히 배가 고팠던 그들은 가장 먼저 눈에 들어온 고깃집으로 향했고, 내 추억도 고소한 고기 냄새에 묻혀주었다.

"오랜만에 회식하니까 진짜 좋네요."

"우리끼리 있으니까 그렇지, 또 부장님 있었어 봐요, 소맥 짝으로 먹이려 들지."

팀의 분위기메이커인 막내의 너스레에 자연스럽게 웃음보가 터졌다.

"반주할까요? 우리끼리니까 짝으로 말고."

"응? 소주 없이 그냥 먹으려고 했어요? 예의가 없네."

"그러게, 고기에 대한 예의가 없으시다."

편안한 사람들끼리의 농담, 만큼 맛좋은 안주는 없다. 고기도 맛이 좋았지만 스스럼없는 대화들이 술맛을 더 돋웠고, 낯선 시가지에서의 밤은 흥미롭게 무르익었다. 딱 소주 한두 잔씩을 가볍게 마신 후 배를 두드리며 식당을 나왔다.

둘러본 거리는 새삼, 젊은 사람들이 좋아할 만한 곳이었다. 낮에 봐도 거리를 조금만 돌아서면 술집이 많이 보였는데 밤이 되어 네온사인이 반짝이기 시작하니, 불야성을 이루었다. 몇 발자국 걷지 않아 예약한 호텔이 나타나긴 했지만, 아직 초저녁인데.

"그냥 들어가기 아쉽지 않아요?"

부장님이나 다른 팀 없이 딱 우리 팀만 서울이 아닌 곳으로 출장을 온 것은 참 오랜만이라 다들 들뜬 눈치였다. 말이 좋아 팀장이지 연차나 나이 차이도 별로 나지 않아 그들이나 나나 맥주 두어 잔 기울이며 농담을 주고받는 일은 전혀 불편하지 않았기에, 나도 흔쾌히 그러자고 했다.

"씻고 좀 쉬다가 9시에 볼까?"

5층에서 내리는 팀원들의 등에 대고 물었고, 좋다며 신나 하는 대답에 웃으며 한 층 위로 올라왔다. 특급이라 할 만큼 좋지는 않았지만 그럭저럭 깔끔한 방에서 샤워를 하고 옷을 갈아입었다. 창밖으로 보이는 전주의 밤이 곱게도 반짝였다.

[전주는 재밌어?]

옛 생각에 빠지려는 찰나, 나를 구한 것은 종욱이의 메시지였다. 나는 통화 버튼을 눌렀다. 붙어 있으면 붙었다고 진저리가 났는데, 막상 떨어지니 못 견디게 보고 싶었다. '여보세요'가 들리는 데에 일 초도 채 걸리지 않았다.

"안녕, 오늘 하루는 어땠어?"

"외롭고, 허전하고, 보고 싶어."

"거짓말."

"증명해야 한다면… 지금 전주로 내려가면 되는 거지?"

나는 까르르 웃으며 그의 목소리에 푹, 빠졌고 그 별 것 아닌 몇 마디를 이어가다 보니 9시까지 10분이 남아 있었다.

"씻어야겠다."

"벌써 자?"

"그건 아니고… 회식 비슷한 거."

눈앞에서 멀어도 한참 멀어진 여자 친구의 야반회식이 달가울 리 없는 그의 타박이 두세 번 이어졌지만, 그나 나나 익히 알고 있는 사회생활이라는 개념 앞에서 끝내는 고개를 끄덕여주었다.

"너무 늦지 말고, 많이 마시지 말고."

"응, 걱정 마."

사랑해를 앵무새처럼 반복하고 전화를 끊으니 9시였다. 씻고 다시 화장을 하려던 계획은 애저녁에 날아갔으니 클러치만 집어 들고 1층으로 부리나케 달려갔다.

"오셨다! 갈까요~?"

우리는 별똥별같이 반짝이는 전주의 시가지를 걸었다.

"와, 여기가 이태원 같은 데인가 봐요."

도로 절반을 북적북적 메운 사람들이 음악이 휘감은 테라스에서 술잔을 기울이고 있었다. 확실히 이태원의 오르막길에 줄지어 있는 라운지 바들을 연상시키는 구석이 있어서, 우리는 이구동성으로 맞다며 웃었다. 고막을 뒤흔드는 음악이 왕왕거리는 포차는 싫었고 어두침침한 클럽도 싫었었는데, 깔끔한 분위기의 라운지 바는 가볍게 몇 잔 걸치기에 안성맞춤이었다.

누가 먼저랄 것 없이 들어가 앉은 우리는 보드카 세트를 놓고 수런수런 이야기를 나눴다. 결혼 이야기가 오고 가고 있는 지윤 씨의 근황을 시작으로 연애사가 도마 위로 올라왔다. 결혼 준비의 고단함부터 막내의 소개팅 진상녀까지 각자의 애정전선이 하나씩 공개되더니, 화살이 내 쪽으로 돌려졌다.

"아니 근데, 팀장님 요즘 좋아 보여요."

나는 머쓱한 미소를 지으며 괜스레 보드카 잔을 입술에 갖다 붙였다.

"연애하시죠? 솔직히 말해봐요."

불쑥 민아 씨와 눈이 마주쳤다. 그녀의 눈도 다른 사람들처럼 호기심에 가득한 원형이었다. 그래도, 혹여나. 누가 취조하는 것도 아닌데 비틀릴 대로 비틀렸던 내 지난 연애사가 생중계라도 되는 양 얼굴이 다 화끈거렸다.

"그냥, 어쩌다 보니…."

부정도 긍정도 아닌 말로 어물쩍 넘어가려고 했는데, 붉어진 얼굴이 대답을 대신해버려서 말꼬리가 잡혔다. 예능 프로그램 방청객들처럼 환호와 박수로 '어떤 사람이에요', '어디서 만났어요', '세상에'가 번

갈아 오가는 통에 나는 붙들고 있던 보드카 잔을 벌컥 들이키고 입을 열었다. 길지는 않지만 짧지도 않았던 사회생활의 관습상, 이렇게까지 자리가 깔리면 뭐라도 이야기를 털어놓아야 분위기가 죽지 않으니까.

"제주도에서 만났어."

"어? 그럼 제주도 사람이에요?"

"힘들어서 어떻게 만나요?"

아직 프롤로그도 시작을 안 했는데 저 멀리까지 달려나가는 성급함들이 회의 때 쏟아지는 망상 같았다.

"제주도에서 만난 서울 사람. 요리사고, 동갑이고, 착하고 성실합니다. 이상!"

"오 요리사! 대박. 잘생겼어요?"

"사진 보여주세요!"

새로운 인연이 시작되면 겪게 되는 의식들은 어쩜 이다지도 한결같은지. 호구조사와 외모 파악, 만남의 히스토리와 장단점에 대해 읊어낸 후에야 입방아에서 풀려나는 것이 학창 시절이나, 지금이나 똑같다. 끝날 때까지 끝나지 않을 질문이기에 나는 한숨을 쉬고, 어쩔 수 없다는 듯 사진첩을 열어 사진을 올려놓고, 어떻게 생각하든 모두 똑같이 뱉어내는 "우와 잘생겼어요!"를 "고맙습니다"로 받아냈다. 신고식을 마친 후에야 나는 얼마 전부터 여자 친구와의 갈등에 시달리는 김 대리에게 바통을 넘겨줄 수 있었고, 보드카 두 병은 모두의 연애 사전을 써 내리며 바닥을 드러냈다.

미혼의 로맨스 이야기에 걱정 없이 즐거운 2차를 마치고, 왁자지껄 웃으며 걷다 보니 어느새 호텔 앞이었다. 아쉬운데 방에서 맥주 한잔 더 할까요, 하기에 내가 손을 들었다.

"들어가 있어, 내가 사 갈게."

같이 가요, 따라붙는 손을 떼어내며 괜찮다고 뒤돌아섰다. 빨리 오세요! 하는 목소리에 흔쾌히 손을 들어 보였다. 호텔 앞의 편의점에서 세계 맥주를 다양하게 골라 담고 씹을 거리를 몇 가지 함께 집어 계산대에 올렸다. 불투명한 하얀 봉투가 터질 듯 빵빵했다.

계산을 하고 휘청거리는 걸음으로 편의점 문을 나서는데, 환한 형광등 조명을 등지고 선 실루엣이 나 하나가 아니었다. 무심코 돌아본 곳에서 나는 낯익은 눈동자와 마주쳤다.

옅은 갈색의 눈이었다. 야시장의 불빛과 함초롬히 솟아올랐던 한옥의 처마와 햇살을 잔잔히 반사하던 호수를 차례로 비쳐내는, 그의 눈동자. 눈 한 번 깜빡일 시간도 채 지나지 않았는데. 그 짧은 찰나에 그와 내가 '우리'였던 시간이 상영되어 버려서, 나는 모른 체 고개를 돌려버릴 수가 없었다. 분명 2초, 3초도 되지 않았을 텐데. 너무 오래 눈을 마주치고 있던 것 같아 화끈거리는 얼굴을 호텔 쪽으로 돌리고 성큼성큼 걸었다.

뒷모습에 내리꽂히는 건우의 시선이 느껴졌지만, 고개를 돌리지 않았다. 오늘은 주말이고, 누가 봐도 여기는 젊은 사람이 놀기 좋은 곳이니까, 마주칠 수도 있는 거라고. 술기운에 또 다른 내가 만들어내는 인연이라느니, 운명이라느니 하는 단어들을 억지로 밀어내며 더는 생각하지 말자고 걸음걸이에 온 신경을 집중했다.

위태로운
호기심

31 。

내 마음은 여기, 당신의 손안에 있다는 것을, 굳이 말로 하지 않아도 알아주기를 바랐다.

당신이 말하지 않아도 내가 눈치챘던 것처럼, 당신의 불편과 환희와 아쉬움과 불안에 내가 민첩하게 반응했던 것처럼. 말로 하지 않으면 전해지지 않는다는 것은 이미 저 먼 어린 날에 깨달았지만, 머리로야 얼마든지 이해하고 있지만, 때로는 자존심이, 혹은 어색함이, 대부분은 '말하지 않아도 챙겨주길 바라는 욕심'이 벌어지는 입을 막았고 언젠가부터 나는 심각한 일이 아니라면 굳이 말하지 않는 법을 배웠다. 나를 위해서이기도 했지만 거창하게는, 우리를 위해서. 내 미성숙한 '챙겨줘'로부터 그를 보호하기 위해, 그의 착한 마음이 베푸는 친절에 익숙해지는 내 이기심을 저 멀리 가두어 버리기 위해. 내가 입을 한 번 다무는 것이, 혹시나 모를 나쁜 당연함보다 백번 나았다.

그랬는데, 그래서 참았다고 생각했는데.

말하지 않아도 그의 눈이 이야기해온 날들이 길어서였나. 그 나지막한 눈동자에 반응하는 나의 감각이 우리 관계에 대한 무의식을 만들어버렸다. 몸에 새기지 않아도, 당신이 나의 것이기 때문에. 공기를 끌어모아두지 않는 것처럼 당신이 나에게 당연한 소중함이라서 나는 방심했던 걸까.

모르겠다. 왜 내가 그 밤, 근 몇 달 만에 울린 건우의 메시지에 심장이 쿵 떨어졌는지. 전화가 온 건가 착각하게 하는 세 번의 진동 소리에 나는 건우로부터 온 메시지라는 걸 직감했다. 그 규칙적인 진동을 그리워하던 어느 날의 내가, 아직도 떨어져 나가지 못하고 숨어 있다가 기다렸다는 듯 튀어나왔던가 보다.

[신기하다. 어떻게 지냈어?]

철 가루를 끌어당기는 자석인 양 핸드폰을 잡고 떨어질 줄 모르는 나를 보며 팀원들은 지레짐작으로 놀려댔다.

"남자 친구 지극 정성이다, 아직 안 자고."

도무지 생각해도, 모르겠다. 왜 팀원들의 놀림에 할 말을 찾지 못한 웃음으로 얼버무렸는지, 빈 맥주캔을 대충 치우고 각자들의 방으로 돌아간 후 그 네모반듯한 침대 위에서 천천히 올바른 말투로 이어진 그의 이야기에 착실히 답장을 했는지.

[안녕. 그러게 신기하다.]

건우는 전주에는 무슨 일로 왔느냐고 물었고, 나는 매장을 오픈하러 왔다고 답했다.

건우는 무슨 매장? 하고 묻고는, 아, 매장. 맞다. 하고 그 다섯 글자에 과거에 우리가 나누고 나누었던 나의 일상을 끌어 담았다. 띄엄띄엄 울려대는 그 박자도, 무심한 듯 살뜰한 말투도 그대로였다. 왜 이렇게 아무렇지도 않게 이 사람은 나와의 대화를 다시 시작하는 걸까. 궁금했다. 내가 그토록 나를 한번 봐주기를 바랄 때는 돌려주지 않던 고개를, 뜬금없이 지금 돌려오는 것인지. 변명을 하자면 그래서, 죄책감 묻은 답장을 띄엄띄엄, 한숨 쉬듯 이어갔는지도 모른다.

[잘 잤어?]

아침을 깨운 액정에는 세 개의 메시지가 가지런히 누워 있었다. 20분 전 도착한 종욱이의 메시지 바로 아래에 놓인, 내가 잠든 후 울린 두 건은 건우로부터 온 담담한 밤 인사였다.

[잠들었나 보다.]

[잘 자.]

답장을 하기도 뭐한 그의 끝맺음에 나는 대화를 오른쪽으로 밀고, 지우기를 눌렀다. 꿈이었다. 꿈을 꾼 것으로 하자.

올라오는 서울행 기차에서도 싱숭생숭함은 좀처럼 가라앉지 않았다. 6시가 조금 넘은 시각, 서울역으로 데리러 온 종욱이의 환영에 나는 마냥 환하게 웃을 수 없었다.

"보고 싶었어."

언제나처럼 웃으며 안아주는 품 안에서 나도, 하고 속삭였지만, '고

240

작 문자 몇 개'라고 하기에는 그와 나 사이에 있었던 일들의 농도가 너무 짙었다.

그날 밤, 나는 고작 하룻밤 떨어져 있었다고 몸이 달아오른 그가 내쉬는 거친 숨 밑에서 한참을 젖었다. 언제나처럼 좋았고, 언제나보다 좋았던 시간 후 종욱이는 처음처럼 내 눈과 볼과 쇄골에 입을 맞췄고, 가쁜 숨은 점차 잦아들다가 새근새근 잠자는 소리로 바뀌었다. 이렇게 착하고, 예쁘고, 좋은 사람인데. 별일은 아니었지만, 말할 수 없는 일이 그와 나 사이에 생겼다는 것만으로 불안할 이유가 충분했다. 습관적으로 핸드폰에 손을 뻗었다가 그만두었다.

생각을 하지 말자.

오픈은 11월 어느 토요일로 확정되어 있었다. 신명 나는 분위기의 윈도우를 준비하고 새로운 도시에 빠르고 정확하게 입소문이 나도록 이슈를 기획하는 일은, 루틴했던 매일의 활력이 되어 매일의 초침 속도를 높였다. 하루가 어떻게 가는지 모르게 가을이 지나고 외투가 도톰해지다가, 오픈을 하루 앞둔 금요일이 왔다. 몇 주 만에 찾은 전주는 가을빛으로 곱게 빛났다. 매장으로 가는 도로 위에서 붉은빛이 비칠라치면 흠칫 놀라는 마음을 몇 번이고 다독였다. 쓸데없는 생각 말자고, 하늘이 이렇게 고운데.

도착한 매장에서 왁자지껄한 작업은 11시를 훌쩍 넘기고 나서야 끝이 났다. 다행히 눈코 뜰 새 없이 바빴고, 미리 컨택해 둔 업체 두어 군데에 방문하기 위해 빠르게 달려나간 택시에서 숨을 돌릴 때를 빼고는 하루가 어떻게 흘렀는지 떠올릴 수도 없었다.

아무도 생각할 틈이 없다는 것에 감사했다. 택시로 이동할 때 혼자가 아니었다면 더 좋았을 텐데. 두어 번 마주하는 풍경은 첫인상을 더 또렷하게 투영시킨다. 자주 오간 거리는 그때그때의 상황과 기분도 다양했으니 다시 들추어도 딱딱히 굳어 별 목소리를 내지 않지만, 오래전 딱 한 번 들렀던 유원지를 예고 없이 다시 지나게 되면 그 어린 날의 하늘이 얼마나 맑았으며 그날 입었던 꽃무늬 원피스가 얼마나 촌스러웠는지 선명하게 기억난다. 나에게는 이 도시가 그랬다. 가뜩이나 생경한 풍경 어디에 눈을 두어도 처음 보았던 때 함께 있던 그의 목소리가 쟁쟁한데, 이번 두 번째 방문의 끝에도 잘못 떨어진 와인 자국처럼 그가 묻어 있어서 오늘의 이동들이 참, 힘겨웠다. 망상에서 허우적대는 나를 시끌벅적한 매장의 소리가 건져 올리기까지 한참을 그랬다. 옷을 다시 손에 잡고 쏟아진 일들에 방향을 지시할 때까지.

오랜 시간 공을 들인 날이라서 그랬고, 멍해지지 않기 위해 평소보다 더 뛰어다녔다. 하루 종일 서 있거나, 무언가를 들고 있거나, 전화기를 붙잡고 무언가를 해결하느라 지친 몸을 이끌고 호텔에 도착하니 진이 빠졌다. 샤워기 물을 틀고 뜨거운 물 안에 두 발을 붙이고 섰다. 물과 함께 몸이 온통 녹아내려버리는 기분이었다. 피곤과, 왕왕대는 소리와, 이따금씩 떠올렸던 진득한 과거가 주제 없이 뒤엉켜 녹아내리는 것을 가만히 바라보았다. 따끈한 안개를 방 안에 밀어 넣으며 가운에 감겨 방에 들어서니, 비로소 살들이 제 자리로 엉겨 붙었다. 좋다, 싫다도 없는 큰 숨이 절로 나왔다.

머리를 말리는 시늉만 하다가 침대에 드러누웠다. 매트리스가 파도 위의 에어베드처럼 출렁이며 목뼈부터 꼬리뼈까지, 종아리와 발목을 아늑히 받아냈다. 눈을 감았다. 바다를 상상하고, 8월의 태양을 생각하고, 파도 소리를 떠올렸다. 이 정도면 충분히 잠들 법한데, 머릿속의 파도 소리를 따라갈수록 그 소리들이 호숫가의 찰랑임으로 바뀌다가, 한옥 처마의 이슬로 바뀌다가, 전주역의 주차장으로 바뀌었다. 몸의 피로는 당장 눈을 감아도 곯아떨어질 만큼 충분한데, 눈이 감기지 않았다. 와인 잔을 돌릴 힘도 없는데 와인 한 잔이 간절했다. 시원한 맥주 한 잔도 좋고, 평소 잘 즐기지 않는 사케 한 잔도 좋을 것 같았다. 뭐라도 좋았다. 이 뭐라도 하지 않으면 안 될 것 같은 복잡한 기분을 잠재우고 싶었다.

거기까지만 생각을 했는데, 분명.

나는 무슨 생각으로 건우에게 전화를 걸었던 걸까.

그리고 그는, 또 무슨 심보로 스스럼없이 전화를 받았을까.

"안녕."

"전화를 다 했네."

"그냥. 잠이 안 와서."

"전주에… 다시 왔나 보구나."

"응. 내일 떠나."

대답을 하는 동안에도 내 속의 깊은 어딘가의 목소리는 나를 말렸다. 그만해, 전화를 끊어야 해.

"잠깐 볼까?"

"아니"라고 대답해야 하는데.

"그래."

심장박동 소리에 귀가 먹어버릴 것만 같았다. 내가 지배하지 못하는 신경의 어딘가가 나를 붙잡고 움직이는 것만 같았다. 마침표를 찍지 못한 그날에 대한 설명이 필요했다.

"어디야? 너 있는 곳으로 갈게."

"좋아."

그가 묻는 어디야, 에 선선히 호텔 이름을 말하고 전화를 내려놓으며 바라본 거울이 낯설었다. 애써 지워낸 맨얼굴에 화장품을 발라 올리는 것이 어색해 립글로스만 발랐다. 내 눈에는 아무리 봐도 어제와 같은 나인데 그는 나를 알아볼 수는 있을까, 나는 그를 알아볼 수 있을까, 짧은 시간 동안 오만 생각이 스쳤다.

엘리베이터의 기계음과 로비를 가로지르는 타박타박 발소리가 수갑 소리만 같았다. '이게 도대체 무슨 짓이야. 돌아서서 들어가야 해. 이제라도 늦지 않았어.' 하고 말리는 마음의 소리들이 유리문 저편에 서 있는 건우의 실루엣 앞에서 입을 다물었다. 생각의 소리들이, 일제히 잠잠해졌다. 우리 사이에 많은 얼굴들이 지나갔었는데, 서로와 상관없는 많은 날들이 지나갔는데. 뒷모습만 보고도 나는 그를 직감했다. 무서울 만큼 낯익은 어깨와 팔. 심장이 파닥이는 소리가 온몸을 뒤흔들었다. 한 발짝도 뗄 수 없어 그저 서 있던 나를 향해 그가 천천히 고개를 돌렸다. 입술이 닿았던 차가운 목선, 칼로 벤 듯 매끈한 광대를 지나, 길고 곧은 눈이 나를 향했다. 예의상으로라도 웃어야 하는데.

"일찍 나왔네."

먼저 운을 뗀 그의 어색한 인사에도 미소가 지어지지 않았다. 웃으며 지워버리기에는 묻고 싶은 것들이 너무 많았다. 건우는 성큼성큼 걸어와 민망한 듯 웃었다. 그제야 나도 입을 열 수 있었다.

"오랜만이야."

잠깐만,
이걸 원한 게 아니야

32 。

건우는 과거를 이어붙인 판박이 같은 손길로 조수석 문을 열었다. 나는 어디로 갈 것인지 묻지 않았고 건우 역시 말없이 시동을 걸었다. 밤거리들이 스쳐 지나갔다. 강을 건너고, 불 꺼진 간판 여러 개를 지나는 동안에도 조용한 차 안은 덜컹대는 소음 한 번 없이 고요했다. 언젠가처럼 한옥 마을에 가는 걸까, 혹시나 또 그의 집 앞에 도착해버리면 어떻게 해야 하지.

"문을 연 카페가 없네."

건우의 혼잣말은 꽤나 뜬금없었지만, 오히려 나를 안도하게 했다.

"그러게. 좀 늦긴 했지."

"무슨 일 있어?"

"응?"

"한밤중에 전화를 했길래."

"아니, 그런 건 아니고… 그냥."

"그냥?"

"이제 올 일이 없을 곳이잖아. 그래서… 그냥."

무슨 횡설수설이람. 나는 죄 없는 치맛자락을 구기며 말끝을 흐렸다. 대답을 기대한 이야기는 아니었지만, 다시금 시작된 침묵이 심장을 옥죄었다. 15분도 채 흐르지 않은 짧은 시간이었는데 도망치고 싶은 마음과 두근거림이 수도 없이 반복됐다. 아직도 남은 감정을 책망했다.

"지난번에 왔던 곳이긴 한데…."

그는 어둑한 길에 주차를 하며 입을 열었다.

"밤에는 또 분위기가 달라서."

시동을 끈 차 안에서 그는 굳이 내 표현을 반복했다.

"마지막 밤에 어울릴 거야."

운전석 문이 닫히고, 그는 당연하다는 듯 옆으로 돌아와 조수석 문을 열었다. 내 앞에 놓인 그의 손을 보며 잠시 망설이다가, 손바닥을 올려놓고 힘을 주어 밤이슬 내린 땅을 밟았다. 마주해 선 모습이 어색해 엉거주춤 손을 놓고 어둑한 길로 시선을 돌렸다. 먼 기억 속의 언젠가 호수 위로 놓인 다리를 걸었던 날에는 햇살이 맑았고 봄기운이 완연했는데. 조명이 은은한 산책로는 감정 없는 사람들의 마음에도 촛불을 켤 만큼 운치가 있었다. 그때였다면 이 분위기를 두근대는 마음으로 즐길 수 있었을까. 싸늘한 바람을 맞으며 걷는 이 길이 그때와 같은 공간이라는 것을 실감할 수가 없었다.

"어때?"

"예쁘다. 분위기가 좋은 곳이네, 정말."

"어떻게 지냈는지 궁금했어."

그렇게 흐지부지한 말로 나를 밀어냈던 사람의 입에서 나온 말로는 적합하지 않았기에, 나는 그의 옆얼굴을 바라볼 수밖에 없었다.

"정말?"

"이제 와서 말하기엔 좀… 그렇지만, 미안했어."

미안했다고?

"그렇게 말하면 안 됐었는데. 하지만 그대로라면… 너도 힘들었잖아. 힘들었을 거야."

그의 시시콜콜한 속마음들이 궁금하지 않았다고 하면 거짓말이겠지만, 막상 그 담담한 목소리로 이어지는 사과를 듣고 나니 물음표가 더 생겨났다. 이제 와서 미안이라니. 그때는 왜 나를 잡지 않았어? 그 애매모호했던 질문과 대답들처럼, 나는 너의 무엇이었던 거야? 입 밖으로 나오지 못하는 질문들 대신 내 눈은 그의 이야기에 휘감겨 더 어찌할 수도 없이 그에게 고정되어 있었다.

"만나서 말 못 한 게 마음에 걸렸었는데. 우연이지만 다시 보니까 좋다."

좋다. 여러 의미가 있겠지만, 그 어떤 다른 의미도 없겠지만, 그 말에 나는 고개를 돌려 반쯤 남은 다리를 다시 천천히 걷기 시작했다. 스산한 바람이 난데없이 조금 따스해진 기분이었다.

"갑자기 너무 진지했나?"

"아니, 아니야. 고마워. 나도 성급했던 것 같아, 그때는."

"급했다고?"

건우는 반듯한 미소를 지으며 되물었다. 벚꽃 아래서 보던 것과 꼭 닮은 미소였다.

"연애를 하고 싶어서 급했다고, 바보야."

"아, 그때도 내가 우리 만나고 있는 거라고 하지 않았었나?"

"애매하게 대답해서 미안하다고 했던 사람, 어디 갔지?"

"장난이야 장난. 뭘 또 그렇게 불을 켜고 달려드시나."

봄날, 그 햇살 아래 해사했던 미소. 가만히 있을 때보다 웃을 때 더 밝아지던 얼굴이 깜깜한 호수 위에서 빛나고 있었다. 먹물을 풀어놓은 듯한 물 위 산책로를 돌아 나올 때쯤, 나를 꽁꽁 묶고 있던 어색함은 사라졌고 꾹꾹 밟아두었던 과거의 기억들이 새록새록 떠올랐다. 처음이었던 한옥 마을, 가이드 같았던 그의 이야기, 고양이와 야시장, 지금 이 호수. 길을 다 건너왔을 때 잡아 왔던 따뜻한 손, 노을 아래 나누었던 입맞춤, 그리고 그 밤, 그 밤들. 문득 얼굴이 화끈거렸다. 그가 내 속마음을 읽을세라 저 멀리 빨간 차가 보이자마자 조수석으로 쪼르르 걸어가 문고리를 잡았다.

"안 잡아가. 데려다줄게."

눈썹을 찡긋하며 다가온 그가 조수석 문을 열고 나를 앉혔다. 오던 길은 1시간 같았는데 돌아가는 길은 눈 깜짝할 사이였다.

호텔 앞 주차장에서 그는 시동을 끄고 고개를 돌렸다. 안전벨트를 풀어내던 나는 그 시선에 붙들리고 말았다.

"마지막 날 피날레로 괜찮았어?"

"아주 훌륭했어."

"이 정도로 되겠어?"

이글거리는 눈이 뜨겁다 못해 살을 파고들 듯했다. 차가워진 머리는 알고 있었다. 이 남자가 원하는 건 우리의 지난날과 같은 하룻밤, 그 이상도 이하도 아니라는 것. 그런데도 차마 '아니야, 싫어'가 나오지 않았다. 모든 사고가 정지해버린 기분이었다.

그런 내 모습이 선선한 동의, 또는 어떤 행동을 기다리는 것처럼 보였던 걸까, 그는 내 어깨를 자기 쪽으로 돌리더니 입을 맞췄다. 이걸 원한 건 아니었는데. 마주친 입술이 벌어지고 낯선 차가움이 들어오는 순간 나는, 나도 모르게 건우의 팔을 쳐내고 차 문을 열었다. 그 동작도 충분히 날카로웠을 텐데, 입술을 손등으로 닦아낸 것까지는 너무했을까.

"미안해. 갈게."

호텔로 도망치듯 뛰어가는 종아리가 파르르 떨렸다.

핸드폰을 구석으로 던져버리고 이불을 뒤집어썼다. 무슨 짓을 저지른 거지. 문방구에서 슬쩍했던 연필을 품에 안고 방 안에 웅크려있던 어린 날처럼 숨이 찼다. 열어서는 안 되었는데. 남자 친구와 나 사이가 먼지 하나 없이 말끔한 날은 다시 없겠구나, 생각하니 숨이 막혔다.

'이야기해야 해.'

'미쳤어? 그냥 끝까지 숨겨.'

'별일 있었던 것도 아니잖아.'

'입맞춤이 별일이 아니란 거야?'

'큰일은 안 났잖아. 바람피운 것도 아니고.'

'가능성을 생각했다는 것 자체가 문제아냐? 입장 바꿔서 생각해 봐.'

아니야, 아니야, 맞아. 생각들이 자기들끼리 물고 뜯고 싸우는 소리에 귀가 먹먹했다. 땅 밑으로 파고들어 내려간 심장을 다시 주워오고 싶었다.

눈물 젖은 이불보를 뒤척이며 일어난 아침은 어느 때보다 푸석했다. 아무렇지 않은 척 사람들과 마지막으로 매장을 돌아보았고, 금요일 퇴근이라며 신이 나 죽겠다는 표정으로 서울역에 내렸을 때, 나는 나를 스쳐 간 어제와 오늘의 일이 득달같이 뛰어드는 것을 외면하느라 더 힘주어 걸어야 했다. 아주 재밌는 일을 하자. 종욱이에게 전화를 걸어야겠어.

"도착했어? 보고 싶었어. 서울역이지?"

들뜬 목소리의 그를 실망시킬 수 없어 애써 밝게 답했다.

"나도. 빨리 만나자. 너무너무 보고 싶어."

"밥도 못 먹었지? 배고프겠다."

"배고파. 집이야?"

"응 빨리 갈게. 맛있는 거 먹자."

건우로부터 연락이 없다는 것에 허전함이 드는 찰나를 무시해내는 것이, 슬펐다. 내가 이 모양인 여자라는 것에 지독하게 화가 났다. 그래서, 나는 종욱이가 살뜰히 잘라낸 고기 한 점 한 점을 꼭꼭 씹지 못했는지 모른다. 아마도 그래서, 와인 세 잔째에 머리가 어질거렸는 지도.

"표정이 안 좋아. 무슨 일이야."

근심 가득한 표정으로 물어오는 남자 친구의 눈을 오래 바라볼 수가 없었다.

"아무것도 아니야."

애써 웃는 입꼬리 끝에, 자신이 없었다.

불투명한
불안의 끝은

33 。

　이야기를 꺼내려 했다. 사실대로 털어놓고, 나를 용서해달라고 진심이 아니었다고, 내가 잠깐 미쳤었나보다고 말하려 했다. 하지만 그의 눈을 마주하기만 하면 입이 떨어지지가 않았다. 다시 행복한 양 웃을 수밖에 없었다. 묻어두면 없어지리라 생각했다. 우리의 더 좋은 날들로 거짓을 파묻으면, 내 머릿속에서도 잊히고 전주의 호수도 우리를 잊으리라고.

　오랜만에 온도가 높아진 주말이었다. 핸드메이드 코트 하나로도 견딜만한 오후에 종욱이의 손을 잡고 걸었다. 싱글벙글한 그의 옆에서 나도 쉴 새 없이 웃었지만, 어느 순간 자꾸만 그림자가 드리워졌다. 스시집에 들어가면서 그는 명랑하게 물었다.

　"수아야, 무슨 걱정 있어?"

　아니, 걱정은 무슨. 나는 고개를 살래살래 흔들었다. 오늘의 행복을 잠시라도 붙잡고 싶어 참치살이 올라간 밥알을 씹는 동안에도 남자친구의 팔을 꼭 잡았다.

"많이 먹어. 꼭꼭 씹어서."

아기 다루듯 한 알 한 알을 내 접시 위에 올려놓는 그의 자상함이 문득, 불안해졌다. 내 거짓을 이 탁자 위에 올려놓았을 때도 종욱이는 이렇게 살가운 미소를 지어줄까.

"왜 그래, 너무 맛있어서 눈물 날 것 같아?"

나는 웃으며 응, 너무 맛있어, 하고 답했고 머리칼을 쓰다듬는 그의 큼직한 손바닥을 좋아라했다. 딱 하루만, 없던 일로 해버리고 싶었다. 아무도 그 일을 아는 사람은 없는데, 나만 입 꼭 다물면 우리는 이대로 영원에 가깝게 행복할 텐데.

식당을 나와 진노랑빛 햇살이 묵직하게 올라온 거리를 걸었다. 교보타워에 내가 사는 건물과 그의 집을 합친 것쯤 되는 크기의 현수막이 여느 때처럼 나부끼고 있었다.

[진실한 두 눈동자가 마주 본다. 아, 사랑이어라.]

언제 봐도 좋은 글귀지만, 진실과 사랑, 두 글자만 나란히 들어왔다. 연애를 참 잘했던 친구에게 너는 어떻게 그렇게 많은 남자들과 쉼 없이 농도 짙은 연애를 이어갈 수 있느냐고 물었던 날이 생각났다.

'글쎄, 믿으니까. 믿게 하니까.'

사랑은 믿음이라고 찰떡같이 믿는 친구였다, 그 말이 나에게 사랑에 대한 교과서 같이 느껴지던 날이었다. 사랑은 믿음이라는 말, 나는 지금 우리의 사랑을 지키고 있는 걸까, 갉아먹고 있는 걸까.

"녹차 빙수 나왔습니다."

아이스크림이 잘 보이게 첫술을 뜬 그가 내 앞으로 은은한 녹색 빙수를 내밀었다. 웃으며 한입 받아먹어야 나다울 텐데, 적어도 '그가 아는 나'다울 텐데. 좀처럼 입이 떨어지지 않았다. 숟가락을 내려놓으며 오늘만 몇 번째인지 모를 '왜 그래'를 다시 듣기 전에 입을 열었더라면, 좀 달랐을까.

"아니야. 음… 말해야 할 게 있어."

그가 믿는 내가, 온전한 내가 아니라면 이 사랑은 의미가 없다.

"나, 전주 갔을 때 어떤 사람을 만났어."

그가 알고 있는 나와, 내가 기억하는 내가 다르다면, 우리가 하고 있는 사랑은 완전하지 않다.

"예전에 잠깐 만났던 사람이야. 우연히 만났어."

내가 생각하는 '옳은 사랑'을 나 스스로 엎어버렸으니까. 그의 판결이 어느 쪽으로 나더라도 내가 할 수 있는 것은 투명하게 고백하는 것이 옳다. 그 결과가 그 없는 생활이 된다고 해도. 이렇게 가슴 한켠에 어두운 비밀을 모셔두고 그를 마주하는 것은, 힘들다. 불쑥불쑥 튀어나와 사랑해 속삭이는 입을 막을 텐데.

"그래서?"

"두 번 만났어."

"그리고?"

"그리고…."

이미 딱딱하게 굳을 대로 굳은 그의 목소리에서 이전의 살가움과 장난기는 찾아볼 수가 없었다. 할 수만 있다면 여기서 멈춰버리고 싶었다. 아니야 장난이었어, 하고 이 불편한 대화를 끝내고 싶었다. 그럴수록 그의 분노만 부채질할 뿐이겠지만.

"그리고?"

재차 묻는 그의 말투는 차갑기 그지없었다.

"만나서 1시간 정도 걸었어. 걷다가 다시 데려다줬고."

아랫입술을 살짝 깨물고 고개를 숙이는 모습이 아주 멀게 느껴졌다. 잠깐의 침묵이 1년처럼 길었다.

"그게 다야?"

참을 인을 쥐어짜낸 목소리였다.

"그게 다냐고!"

"헤어질 때… 키스했어."

눈을 질끈 감고 뱉어버렸다.

"후우…."

깊은 한숨을 내쉬며 그는 머리를 쓸어올렸다. 그의 눈이 삽시간에 붉게 충혈된 것이 심장에 박혔다.

"내가 잘못 들은 거 아니지?"

고개를 저어줄 수만 있다면 그렇게 하고 싶었다. 그가 혼잣말처럼 반복하는 실망과 배신감의 단어들이 칼날처럼 여기저기서 날아와 박혔다.

"그만…."

고개 숙인 나에게 그는 마지막 말을 꺼냈다.

"그만하자."

의자를 박차고 일어선 뒷모습이 눈물에 흐려지는 것을 멍하니 바라봤다. 몇 안 되는 카페의 모든 사람이 나를 구경했다. 평소 같았으면 창피함에 얼굴을 가리고 일어서서 어디로든 도망쳐야 하는데, 일어설 수가 없었다. 다리에 힘을 주고 의자에서 몸을 떼어내는 일이 나와 전혀 상관없는 먼 나라 이야기만 같았다. 여기 이렇게 앉아 있으면 내가 떠나보낸 그 사람이 일으키러 와줄 것만 같았고, 장난이야, 웃어 보일 것만 같았다. 하나도 현실적이지 않은 이야기들이 자꾸 머릿속에서 맴맴 맴돌았다.

미안해, 고마워,
사랑해

34 。

찬바람이 볼을 때리는 길 위에서 손잡이를 잡은 채 한참을 서 있었다. 약속 시간 30분 전부터 카페 주위를 맴맴 돌던 나였지만, 막상 카페 안으로 들어서는 종욱이의 실루엣을 보자마자 골목으로 숨어버렸다. 그는 정각에 맞춰 나타났고, 나는 5분째 문고리를 잡은 채 멍하니 서 있는 중이었다. 약속대로 나와주었다는 건 좋은 신호 아닐까. 설레발 치는 생각들이 잡은 손에 힘을 주게 하다가도, 이내 불안한 결론을 내렸다.

'마지막 인사를 하러 온 걸거야. 믿음이 깨졌잖아.'

손목시계는 7시 10분을 가리키고 있었다. 애써 받아낸 마지막 만남에서도 10분이나 늦어지고 있는 나를, 종욱이는 어떻게 판단하고 있을까. 발가락 끝에 숨은 용기까지 싹싹 긁어모아서 눈을 질끈 감고 문을 열었다.

잘그랑, 소리가 내 존재를 공간 전체에 알렸다. 문 쪽을 향해 앉아 있던 그는 찬찬히 고개를 들었다. 까만 목폴라를 입고 초록빛 가죽 등받이에 기댄 모습이 그림 같았다, 이 와중에 그의 모습에 감탄하고 있는 내가 답답할 뿐이었다. 큰 숨을 쉬고 애써 입꼬리를 올리며 눈인사를 했다. 한 발 한 발 걸어가는 걸음이 그날을 떠올리게 했다.

또각 또각.

그날, 내 서투른 양심 고백이 있던 다음 날 저녁, 그의 식당 후문에서 내 구두 굽은 텅 빈 소리로 울렸었다. 문을 닫을 시간이 한참 지나서야 주방의 불이 꺼지고, 후문이 열리던 것이 떠오른다. 차디차진 손가락으로 그의 손을 잡았다. 그는 '여긴 왜 왔어' 라거나 '웬일이야'도 없이 나를 공기처럼 스쳐 지나갔다.

"미안해."

주차장으로 걸어가는 뒷모습에 대고 들릴락 말락한 소리로 울리는 내 목소리가 쓸쓸했다.

"듣지 않을 거 알아. 그래도 말하고 싶었어. 미안해."

미안하다는 말에 내 간절함이, 놓고 싶지 않은 절박함이 다 담기지 않아 애가 탈 뿐이었다. 내 흐느낌과 그의 발걸음 소리만 차가운 공터를 메웠다. 그는 무심히 시동을 걸었고, 헤드라이트를 켠 채 나를 지나쳐, 주차장을 빠져나갔다.

다리에 힘이 빠진 나는 바닥에 주저앉아 터져 나오는 눈물을 어린애처럼 쏟았다. 저지른 과거의 내가 미웠고, 상처를 준 주제에 다시 나타난 이기심이 죽도록 싫었다. 이번에는 정말 잘 사랑하고 싶었는데, 잠깐의 호기심을 이기지 못했던 자제력 없는 철부지에게 사랑은 욕심이었는지 모른다. 잠재우려 해도 좀처럼 가라앉지 않는 상실감에 눈물이 파도처럼 밀려들었다. 그래서 다시 주차장 안으로 들어오는 타이어 소리도, 운전석 문이 열리고 저벅저벅 내 앞으로 걸어오는 발소리도 듣지 못했나 보다. 가로등 불빛을 가린 큼직한 그림자에 인기척을 느낀 내가 고개를 들었을 때, 그의 눈에 비친 나는 얼마나 초라하고 보잘것없었을까. 정성 들인 눈화장은 쏟아낸 눈물에 엉망진창으로 지워지고 충혈된 눈은 병든 물고기처럼 안쓰럽게 비쳤겠지. 그나마도 긍정적인 생각이었을지 모른다. 어쩌면 그저 언짢고 혐오스러웠을지도.

종욱이는 말없이 손을 내밀었다. 그 손이 동화책에서 튀어나온 환상 같아서, 바라보고만 있었다. 나를 위해 뻗어진 손이라는 것을 믿을 수 없었다. 그는 얼어버린 내 어깨를 잡아 일으켰다. 한 걸음 한 걸음 그의 체온을 느끼며 걷는 잠깐이 꿈 같았다. 꿈일까? 조수석에 앉아 운전석으로 돌아오는 그의 옆얼굴을 바라보는 내내, 나른한 기분으로 한 편의 영화를 보고 있는 것 같았다. 왜, 나에게 왜? 혹시나 나를 용서하고 싶어서인지 몰라. 그에게도 내가 가볍지 않아서, 아주 조금의 애정은 남아서 그런 걸 거야.

방정맞은 소망들이 재잘대기에 고개를 떨구었다. 감당하지 못할 기대는 더 큰 실망만 낳을 뿐이니까. 적막한 차 안에 목소리를 불러들인 것은 종욱이였다.

"왜 그랬어?"

"…미안해."

"왜 나한테 이야기한 거야?"

그의 초점이 진실을 밝힌 것에 있어서, 더욱 숨이 막혔다. 역시 내 쓸데없는 고백이 문제였나. 그렇다고 숨긴다면 더 나쁜 거잖아.

"거짓말은… 나쁘니까."

"아, 거짓말하는 건 나쁜데 다른 남자는 만났어?"

"그 부분에 대해서… 나는 할 말이 없어. 정말 미안해. 그런데 숨기는 건 더 나쁘잖아. 나는 우리 사이에 어떤… 가림막이 생기는 게, 최악이라고 생각했어."

정작 그 가림막을 만든 사람은 나 자신이면서, 뭐가 그렇게 잘났다고 변명을 늘어놓는지. 나 자신이 한심하고 못나서 한 마디 한 마디를 발음하기가, 그 단어를 선택하기가 너무나 힘겨웠다. 그는 말없이 차를 몰았고 나의 집 앞에서 브레이크를 걸 때까지 차 안에는 불편한 고요함 뿐이었다. 그래서 그가 네 번째 질문을 던졌을 때, 나는 너무 오랜만에 언어를 들은 사람처럼 어벙했던지도 모른다.

"내가 어떻게 했으면 좋겠어?"

"…미안해."

"그건 알아. 내가 어떻게 해야 돼?"

"용서해줘."

답 없는 그의 얼굴을 바라보았다. 딱딱하게 굳은 얼굴. 나는 수면 위로 막 올라온 마냥 정신이 퍼뜩 들었다.

"변명 같겠지만… 정말 우연히 마주친 거였고, 잠깐의 실수였어. 다시는 그런 일 없을 거야."

"너가 다시 그런 일을 반복하지 않는다는 걸 어떻게 믿어?"

"내가… 너에게 이 일을 말한 것으로."

무슨 말이냐는 듯 찌푸린 눈썹이 나를 향했다.

"다시는 반복하지 않을 거니까… 고백한 거야. 다른 남자를 또 만나겠다는 생각을 하는 사람이라면 끝까지 숨기지 않았을까…?"

그는 고개를 저으며 고개를 떨구었지만, 나는 시작한 자기 항변을 멈출 수 없었다. 마지막일 테니까, 내 마음을 전할 마지막일 테니까.

"알아, 웃기는 변명이라는 거. 그런데, 나는 정말 진심으로 내가 저지른 일을 후회하고, 반성해. 그래도… 내가 잘못한 일이라도 너에게 숨기는 건 더, 못할 일이라고 생각했어. 그리고, 다시는 반복하지 않겠다고 약속해."

"무슨 말인지 알겠어."

그는 한숨을 쉬며 말을 골랐다.

"그런데 나는… 생각을 좀 해봐야겠다."

생각.

"2주 뒤에. 너희 집 앞에 있는 그 카페에서 만나자."

그의 생각을 기다리는 2주가, 몇 달 같았다.

우리가 처음 만났던 제주의 여름과 함께했던 시간들을 하나하나 되짚어보며 그가 나에게 얼마나 다정하고 세심한 남자였던가를 또다시 아프게 깨닫는 시간이었다. 내가 왜 그랬을까. 나를 위해 만들어진 것 같이 너그럽고 자상한 이 완벽한 남자를 두고 왜, 그깟 다 지나간 아무 의미도 없는 놈이 뭐라고 대체.

왜 이 고마운 사람에게 나는 미안하다는 말만 반복했을까. 만나면 꼭 이야기를 해줘야지. 오늘이 우리의 마지막이라고 해도. 그날, 날 위해 아침을 만들어줘서 고마웠다고, 그렇게 멋진 아침은 처음이었다고. 내 시시콜콜한 심경 변화를 알아채주어서, 뾰로통한 표정을 단 한 번도 그냥 넘어가주지 않아서, 귀찮을 법도 한 데 보고 싶다는 한마디면 달려와주어서, 함께한 시간이 꽤 지나서도 늘 헤어질 때면 꼭 안고 이마와 볼과 입술에 뽀뽀해주어서, 고마웠다고. 잊지 못할 거라고. 혹여 그를 마주하면 입이 떨어지지 않을까, 편지지에 적어 내리다가 몇 번을 울었다. 후회와 자책을 반복하며 눈물 젖은 이불을 안고 지샌 밤이 허다했다.

그리고 2주째가 된 오늘. 연차까지 내서 아침부터 머리를 한다, 메이크업을 받는다, 옷을 고른다, 오만 난리를 치느라 하루가 눈 깜짝할 사이 지났다. 할 말을 빼곡히 적은 편지지를 만지작거리며 그 카페 앞을 약속 시간 30분 전부터 빙빙 돌았다. 한 걸음 걸을 때마다 해야 할 말을 생각했다.

먼저 고맙고, 아, 온다면. 와줘서 고맙고, 마지막까지 내 철없는 부탁을 들어주어서 고맙고….

수십 번 반복해 읽어서 누가 첫마디만 읊으면 녹음된 라디오처럼 흘러나온다고 생각했는데. 카페에 들어서는 그를 봤을 때, 머릿속이 하얗게 지워졌고, 겨우 카페 안에 들어와 그를 마주하고 앉았을 때는 준비한 모든 것들이 다 안개처럼 사라졌다.

　그가 내 앞에 있다.

　바보처럼 웃음이 났다. 보고 싶었던 이 사람이, 마지막일지 몰라도 일단 지금, 내 앞에 있다는 것이 마냥 좋아서 웃었다, 웃는데 왜 그의 실루엣이 흐릿해지는지 모를 일이었다.

　"왜 웃어."

　"좋아서."

　종욱이는, 멋쩍은 미소이긴 했지만 따라 웃으며 답했다.

　"바보네."

　"보고 싶었어."

　지금 이 상황에 어울리는 말이 전혀 아닌데. 그냥 마음에 있는 말들이 쏟아져 나왔다.

　"기억하고 있었네. 나 혼자 한참 기다리면 어쩌나 걱정했는데."

　그는 말없이 찻잔을 만지작거렸다. 1시간이 지나면 사라져버릴 사람처럼 답 없는 그를 앞에 두고 준비한 이야기가 속사포처럼 쏟아졌다.

　"잊지 않고 와줘서 고마워. 나 지난번에 너무 애처럼 변명만 했지. 2주 동안 생각해보니까 너한테 고마운 것만 떠오르더라. 매 맞을 때 맞더라도 고마운 이야기들은 하고 싶어서. 예전에 너가…."

　"잠깐만."

　갓은 용기를 짜내어 재생하던 나의 라디오였는데 종욱이가 일시 정지 버튼을 꾹 눌러버렸다.

"내가 먼저 이야기할게."

아직 시작도 못 했는데 그만하라는 그가 원망스러웠다. 마지막 고마운 마음은 전하게 해줘야 될 거 아냐.

"생각해봤는데… 너를 전처럼 믿기는 힘들겠지."

심장이 덜컹, 내려앉았다. 그래, 그럼 그렇지. 각오는 했지만 막상 그의 입에서 끝이 나오려고 하니 눈치 없는 눈물이 먼저 나왔다.

"왜 울어. 내 말 아직 안 끝났잖아."

그는 티슈를 집어 내게 건넸고, 나는 아랫입술을 깨물었다. 너무해. 앉은 지 1분도 채 안 됐잖아.

"처음엔 정말 너무, 화가 났어. 어떻게 너가 그럴 수가 있지? 내가 너에게 뭘 잘못했나? 서운하게 해서 그런가?"

"그런 건 절대 아니야. 고마워 모든 게."

"그런데 왜. 어떻게 다른 남자를 나 몰래 만날 생각을 할 수 있지? 생각만 해도 열 받아."

나는 학생부에 처음 끌려온 새내기마냥 바싹 얼어 손가락만 만지작거렸다.

"다시 널 안 볼 생각이었어. 주차장에서 기다리는 너를 봤을 때만 해도 화가 엄청 나 있었거든."

생생히 떠올랐다. 처음 보는 낯선 딱딱한 얼굴.

"그랬는데 백미러로 너가 우는 모습이 보이니까. 발이 떨어지지가 않더라."

응?

"나한테 다시 거짓말하지 않을 생각으로 고백했다고 했지."

나는 목이 부서져라 고개를 끄덕였다.

"너도 용기를 내서 이야기한 거겠구나 싶었어. 불쑥불쑥 생각날 때마다 힘들겠지만…"

쉴 새 없이 재잘거리던 내 생각들은 쥐죽은 듯 잠잠하고, 그의 말에 모든 신경이 집중했다. 다음 말에 내 숨이 걸려있는 것 같은 기분이었다.

"너를 한 번 더 믿어볼게."

믿어본다고?

너무, 기다리던 말을 들으면 오히려 못 미더운 법이라, 잔뜩 조여있던 심장이 갑자기 놓이는 것이 낯설어서 좋은 기분을 어떻게 전해야 할지 떨떠름했다.

"정말?"

"왜. 자신 없어?"

"아니, 아니아니. 절대 자신 있지. 고마워."

나는 괜히 더 고개를 끄덕이며 말했다

"이제 아까 하려던 이야기 계속해봐."

"나는 너 만나면 그동안 고마웠다고 말하려고…. 이렇게 생각하는지 모르고 오늘이 끝일까 봐…."

갑자기 눈물이 북받쳤다.

"고맙다는 이야기를 못 했는데. 말도 못 하고 다시는 널 못 보게 될까 봐…."

숨이 턱 막혀서 말이 이어지지가 않았다. 눈물을 정신없이 훔치는 내 손에 그의 따뜻한 손이 잡혀 왔다.

"끝 아니야. 나 어디 안 가."

그는 손바닥을 펴서 볼에 가득한 눈물을 닦아주며 말했다.

"눈물 뚝. 밥 안 먹었지?"

가까이 다가온 그의 눈동자가 제주 바다처럼 푸르고 깊었다. 이 와중에 밥이라니. 한결같은 사람. 나는 피식 웃음이 났다.

우리가 다시 처음처럼 아무 상처도 없던 때로 돌아갈 수 있을까. 이 투명한 눈동자에 의심의 빗방울이 내리지 않게, 내가 더 큰 우산을 씌워야지. 처음부터 곱씹어봐도 정말 소중한 사람이니까. 그 험한 길을 돌고 돌아, 이제야 겨우 찾은 사랑이니까. 나는 그의 손에 손바닥을 포개며 말한다.

"맞아. 나 배고파."

에필로그。

    <B사감과 러브레터>를 처음 읽던 날이 생각납니다. 정확히는 그 소설을 포함하여 17편의 현진건 작품을 묶어 놓은 책이었지요. 분명 현대문학의 걸작이라 하여 첫 문장부터 곱씹으며 읽었는데, <유린>이라거나 <타락자>를 읽을 때쯤에는 낯이 뜨거워 어쩔 줄을 몰랐습니다. <구운몽> 역시 저에게 몹시 인상적인 고전문학이었습니다. 아홉 명의 선녀와 연애도 아니고 결혼을 한 양소유는 영웅이기 이전에 카사노바, 아닌가요? 그런데도 이러한 소설에 당대의 여성들이 흥미를 느끼며 푹 빠졌다는 것이 놀랍기만 합니다. 엄청난 교훈이 있는 것도 아니고, 그저 얽히고설킨 연애 이야기인 소설들이 왜, 모든 시대에 모든 문화권에서 널리 읽히는 작품으로 존재하는지 생각해보았습니다.

    오 헨리의 소설이 그러하듯 연애소설만큼 그 시대의 가장 일상적인 부분을 잘 보여주는 글이 없기 때문은 아닐까요. 처음 만난 사람들이 가장 오래, 그리고 가장 뜨겁게 토론할 수 있는 주제가 연애인 것은 우리 모두 누군가에게 사랑의 갑이었고 또 을이었던 경험 때문일 것입니다. 다수의 사람들이 공감하는 동시대적 주제가 연애이기에 당시에는 평범하다 못해 자칫 외설스럽게도 보이는 소설들이 후대에는 일상 문화를 읽는 나침반이 된다고 생각합니다.

오늘날의 연애를 담아내는 가장 '요즘스러운' 현상은 무엇이 있을까 생각해 보았습니다. 일반적이지는 않지만 용인되는, 이전에 없던 개념들.

원나잇 스탠드, 섹스 파트너, 어장 관리, 불륜과 같은 단어가 떠올랐습니다. 많이 이야기하게 되니까 그 개념에 이름이 필요했겠구나 싶습니다. 일반적이지 않은 일이라면 그저 "남자(혹은 여자) 여러 명 만나는 걔 있잖아"라고 하면 될 일이지, 군이 어장 관리라는 단어를 만들어 함축시킬 필요가 없지 않겠습니까?

그래서 그 실상을 파고들어 적나라하게 풀어 놓고 싶었습니다. 후에는 이 모든 그렇고 그러했던 일들이 촌스러운 히스토리가 된다 해도, 2020년을 살던 사람들이 어떻게 만나고 사랑했는지에 대한 기록에 0.01%라도 보탬이 된다면 그것만으로도 무척 의미가 있다고 생각합니다.

소설을 쓰는 동안 수아라는 철없고 용감한 여자를 따라가면서 저도 많이 웃고, 울고, 설레었습니다. 진한 감정을 건져 올리기 어려운 빌딩 숲 사이에서 지나온 연애의 추억을 떠올리게 하는 마중물이 되었다면 충분합니다.

감사합니다.

있을 법한 연애소설

초판 1쇄 2020년 8월 1일
초판 2쇄 2020년 8월 20일

글 조윤성

발행인 겸 편집인 유철상
편집 남영란, 이정은, 이현주, 정예슬
본문 디자인 노세희
마케팅 조종삼, 윤소담

펴낸곳 상상출판
주소 서울시 동대문구 정릉천동로 58, 103동 206호(용두동, 롯데캐슬 피렌체)
구입·내용 문의 | 전화 02-963-9891 팩스 02-963-9892
이메일 sangsang9892@gmail.com
등록 2009년 9월 22일(제305-2010-02호)
찍은 곳 다라니
종이 ㈜월드페이퍼

ISBN 979-11-90938-04-4(03810)

---

www.esangsang.co.kr